集英社オレンジ文庫

九天に鹿を殺す

煌王朝八皇子奇計

はるおかりの

目次

第二皇子
呂恭明《りょきょうめい》
25歳。物腰の柔らかい優男。
色好みで享楽的な性格。
第一皇子
呂世建《りょせいけん》
26歳。先帝の皇長子。
名門出身の皇后を母に持ち、尊大で気位が高い。
第三皇子
呂剛飛《りょごうひ》
24歳。明るくおおらかで武芸に長ける。
家族思いで息子を溺愛している。
20歳。第七皇子の脱落に伴い
九天逐鹿に参加する。野心家。
第四皇子
呂威昌《りょいしょう》
閏《じゅん》水娥《すいが》
18歳。九天逐鹿の間だけ玉座を預かるかりそめの女帝。
次期皇帝即位に伴い殺される運命にある。

第九皇子
呂《りょ》至純《しじゅん》
13歳。一見幼く無邪気だが、敬慕する姉のために卑劣な行為も厭わない。
第八皇子
呂《りょ》令哲《れいてつ》
15歳。純朴な性格。深く敬愛する母のために過酷な戦いに身を投じる。
第五皇子
呂《りょ》革義《かくぎ》
19歳。物静かな文人肌。最近娶った王妃を深く愛している。
第六皇子
呂《りょ》狗《こう》
16歳。母が大罪を犯したため、最近まで幽閉されていた。冷静沈着。
第七皇子
呂《りょ》定穏《ていおん》
15歳。臆病で、九天逐鹿に恐れをなして開始早々に逃げ出す。
KYUTEN NI
SHIKA O KOROSU

装画／アオジマイコ

【九天逐鹿《きゅうてんちくろく》】

卜占で選ばれた八人の皇子「龍生八子《りゅうせいはっし》」による玉座争奪戦。凌咒剣《りょうしゅけん》で蠱鬼《こき》を斬ると、夭珠《ようじゅ》と呼ばれる玉を得られる。毎月末の解魄《かいはく》で定数を満たした者だけが戦いを続けることができる。武力と知略を尽くし、最後の一人となった者が次代の皇帝となる。


【失鹿《しつろく》】

蠱鬼に心の臓を喰われるか、解魄で落第するか、凌咒剣で斬られるかして龍生八子の肉体が滅び、霊魂が九鼎《きゅうてい》のなかに封じられること。


【九鼎《きゅうてい》】

皇帝の礼器。


【禳焱《じょうえん》】

皇帝が操る神威の炎。


【釁礼《きんれい》】

凌咒剣に皇子の血をしみこませる儀式。


【斂牙嚢《れんがのう》】

夭珠を入れる巾着袋。


【解魄《かいはく》】

毎月末に、女帝が各人の夭珠を数えること。定数に満たない者は失鹿する。


【問鼎軽重《もんていけいちょう》】

何らかの理由で没収された夭珠の行方を皇子たちが話し合うこと。


【既生覇《きせいは》】

没収された夭珠をみんなで山分けすること。


【既死覇《きしは》】

没収された夭珠をめぐり、皇子に擬態した蠱鬼を狩る競争をすること。


【蠱鬼《こき》】

皇宮に現れる妖怪。下級蠱鬼の蝪《とう》、中級蠱鬼の蠕《ぜん》、上級蠱鬼の蟜《きょう》、最上級蠱鬼の蜿《えん》がいる。得られる夭珠はそれぞれ白玉、紅玉、黄玉、翡翠。

九天に鹿を殺す
煌王朝八皇子奇計

序幕

嗤《わら》う亡霊

雪まじりの風がうらさびしげに咆哮《ほうこう》する。夜陰は荒っぽくかき混ぜたように白濁《はくだく》し、真冬の外気は千本の針を孕《はら》んだかのごとく危うく張りつめている。

錦の外套《がいとう》を飛雪にもてあそばれながら、呂威昌《りょいしょう》は力強い足どりで階《きざはし》をのぼっていた。

威昌が見すえる先には、鮮血を塗りたくったような朱赤の大門《もん》が凜然《りんぜん》とそびえている。寒々しい暗がりにひっそりと息をひそめるその建物は、燭龍廟《しょくりゅうびょう》という。

燭龍廟は皇帝が誕生する場である。

これから威昌は宝祚《ほうそ》を賜《たまわ》りにいく。否、奪いに行くのだ。

父帝崩御《ほうぎょ》から今日まで、策を弄して七人の兄弟たちを出しぬいてきたのは、ひとえに皇位を勝ちとり、生き残るため。

大煋《だいせい》帝国の第四皇子として生まれたことを後悔《こうかい》したことはない。なぜなら確信していたからだ。父帝のあとを襲うのは自分だと。

階をのぼりつめると、門衛たちが威昌にむかって揖礼《ゆうれい》した。黄金でふちどられた壮麗《そうれい》な大扉が彼らの手でゆっくりとひらかれる。

威昌は胡服《こふく》の裾《すそ》を払って大門の敷居を跨《また》ぎ、長い方塼《れんが》敷きの路《みち》を歩いた。南配殿《みなみはいでん》を素通りし、雪化粧《ゆきげしょう》した広場を横切って、正殿へとつづく道のりを急ぐ。

ほどなくして、黒羽色の甍《いらか》に覆われた正殿が出現した。反りかえった屋根は勇ましく闇を貫き、軒《のき》に吊るされた風鐸《ふうたく》は吹雪《ふぶき》に嬲《なぶ》られてけたたましい鳴き音をあげている。

大扉に彫刻された燭龍はもっとも尊貴とされる左右対称の坐龍《ざりゅう》。

衛士たちが大扉をひらけば、吊り灯籠《どうろう》の火影《ほかげ》を映した龍鱗《りゅうりん》がぬらぬらと夜を弾く。

殿内《なか》には薄明かりが立ちこめていた。

紗幕に覆われたような視野に人影がゆらりと浮かびあがる。

それはうら若い女だった。龍鳳《りゅうほう》が縫《ぬ》いとられた火焔紅《ほのおいろ》の上衣《じょうい》をまとい、金糸銀糸で花卉《かき》瓔珞文《ようらくもん》が織りだされた下裳《かしょう》の裾をひいている。

豊かな高髻《こうけい》で輝く歩揺冠《ほようかん》、淡雪色の耳朶《じだ》を彩る点翠《てんすい》の耳墜《みみかざり》、緋桃《ひとう》の蕾《つぼみ》をつらねたような瑪瑙《めのう》の首飾り、鸞《らん》が尾をひろげたような組玉佩《そぎょくはい》。

華奢《きゃしゃ》な肢体《したい》を飾るものが天下にふたつとない神品ばかりなのは、かの女の身分がこの国のだれよりも貴《とうと》いからだ。

女の姓名は閏蕙《じゅんけい》。字《あざな》は水娥《すいが》という。九百年にわたって中原《ちゅうげん》を支配してきた煋王朝に君臨する、十三か月限りの女帝である。

「勝負はついた。俺が新帝だ」

水娥は扶桑樹《ふそうじゅ》をかたどった青銅の燭台《しょくだい》に火を灯している。

威昌が正殿に入ってきたことにすら気づかないふうで、複雑なかたちに枝をひろげた灯架を炎で彩っていく。

「聞こえないのか？　早く禅譲《ぜんじょう》の――」

ふいに背後で跫《あしおと》が響いた。宦官《かんがん》でも来たのかと、なにげなくふりかえる。

「おまえは……」

威昌の両眼が大きく見ひらかれた。

「……失鹿《しんだ》したはずでは」

その言葉を待ちかねていたかのように、亡霊はにやりと嗤《わら》った。

第一幕

九天《きゅうてん》に鹿を逐《お》う

景命《けいめい》四年十一月、献霊帝《けんれいてい》は赫永宮《かくえいきゅう》で崩御した。

翌月、皇太女閏蕙《こうたいじょじゅんけい》が即位した。これが烈帝《れってい》である。

勅命《ちょくめい》により、卜占《ぼくせん》で選ばれた八人の皇子が参内《さんだい》した。主上《しゅじょう》は詔《みことのり》して言った。

「この紫庭《してい》はそなたたち龍生八子《りゅうせいはっし》の狩場。鹿を逐《お》い、殺《あや》めよ。七人の兄弟を滅ぼし、最後まで生き残った者に、朕《われ》は玉座を譲る」

こうして炎盛《えんせい》元年の九天逐鹿《ちくろく》がはじまった。

『煋書《せいしょ》』烈帝紀《き》

皇宮は赫永宮、前殿《ぜんでん》。

つねならば笏《しゃく》を持った群臣が居ならぶ金光燦然《きんこうさんぜん》とした朝堂《ちょうどう》に八人の皇子たちが集っていた。いずれも先帝、献霊帝の皇子である。

皇子たちは龍虎文が刺繍《ししゅう》された大袖《おおそで》の袍服《ほうふく》を着て、王の位をあらわす九旒《りゅう》の冕冠《べんかん》をいただいている。腰には蛟《みずち》をかたどった金帯鉤《きんたいこう》が、烏羽《からすば》色の蔽膝《へいしつ》では玻璃《はり》と翡翠《ひすい》の組玉佩がきらめきを放ち、玉座にむかって稽首《けいしゅ》する彼らの姿を粛然《しゅくぜん》とひきたてていた。

「ここに八本の凌咒剣《りょうしゅけん》がある」

暁光《ぎょうこう》に照らされる御簾《みす》のむこうから、女帝の冷ややかな美声がこだました。

「凌咒剣は斬鬼剣《ざんきけん》――蠱鬼《こき》を斬るための剣《つるぎ》だ。蠱鬼は人に擬態《ぎたい》して忍びより、そなたたちの心の臓を喰らおうとする。蠱鬼に心の臓を喰われれば、そなたたちの躯《からだ》は滅び、そなたたちの魂魄《こんぱく》は九鼎《きゅうてい》のなかに封じられる。これを失鹿《しつろく》と呼ぶ」

そんなことは百も承知だと言わんばかりに第一皇子呂世建《せいけん》は御簾を睨《にら》んでいた。そのとなりでは第二皇子呂恭明《きょうめい》が退屈そうにあくびを嚙《か》み殺している。

「失鹿への道は三つある。一つ、蠱鬼に心の臓を喰われた場合。二つ、解魄《かいはく》で落第した場合。三つ、ほかの皇子に凌咒剣で斬られた場合」

第三皇子呂剛飛《ごうひ》は武骨なおもてに真剣な表情を浮かべ、第五皇子呂革義《かくぎ》は静かな書房《しょさい》で書見するかのように落ちつきはらっていた。

「蠱鬼を斬るたび、そなたたちは夭珠《ようじゅ》を得る。予《よ》は毎月末、各自の夭珠を数え、定数を満たしているかどうか調べる。これが解魄と呼ばれるものだ」

第六皇子呂狗《こう》のおもてからは表情が削《そ》ぎ落ち、第七皇子呂定穏《ていおん》は顔面蒼白。

「凌咒剣は人も斬ることができる。用心せよ。そなたたちが斬らねばならぬのは蠱鬼であって人ではない。もし、誤って人を斬れば、己が夭珠で罪を贖《あがな》ってもらう」

第八皇子呂令哲《れいてつ》は緊張を隠せない様子で玉座をふりあおぎ、第九皇子呂至純《しじゅん》はあどけない瞳を高揚《こうよう》させている。

「蠱鬼を斬り、夭珠を集め、互いに謀略《ぼうりゃく》の限りを尽くすこの戦いを九天逐鹿という」

皇子たちの冕冠から垂れる旒《たまかざり》が朝堂に満ちた沈黙に音のさざ波を落とす。

「九天逐鹿の期間は春秋《いちねん》。早く決着がつけばその時点で終幕となる。春秋を過ぎても二名以上の皇子が残っている場合、彼らは全員処刑され、ふたたび呂姓の男子が選出されて九天逐鹿がはじまる。これは七人の皇子が失鹿するまでくりかえされる。最後まで生き残った者のみが唯一無二の勝者。天下を手中におさめる、あらたな帝である」

女帝は氷の文字を読みあげるようにつづけた。

「九天逐鹿の規矩《おきて》にまつろわぬ者は名乗り出よ。戦う意志を持たぬ者はこの先に進めぬ。

なお、棄権は大罪である。律令《りつりょう》にのっとり、棄権者の三族を誅《ちゅう》す」

朝堂は絞め殺されたように黙する。

「規矩に従い、死力を尽くして戦うことを誓うならば、凌咒剣を受けよ」

燭台のそばにひかえていた八人の宦官が前に進み出た。彼らが丁重に捧げ持つ銅剣こそ、蠱鬼を斬り、天珠を獲得し、持ち主を万乗《ばんじょう》の位へと導く凌咒剣である。

皇子たちは稽首してそれを受けとり、おもてを伏せて綸言《りんげん》を待つ。

「釁礼《きんれい》をはじめよ」

勅命が下るや否や、いっせいに鞘《さや》を払う音が響きわたった。

朝日影を弾く剣身には金象嵌《きんぞうがん》の鳥虫篆《ちょうちゅうてん》でおのおのの姓名が銘じられている。

皇子たちは宝玉がちりばめられた鞘を宦官にあずけ、左手で剣首を持った。右手を剣身にあてがい、手のひらの肉を鋭い刃に食いこませて切っ先まで滑らせる。

流れ出た鮮血はみるみるうちに剣身に吸いこまれていく。剣身が赤い光を帯びると、目に見えない絵筆で描かれるように龍生八子《りゅうせいはっし》の精緻な文様が浮き出てきた。

龍生八子は龍が生んだとされる八匹の子、蚩吻《しふん》、蒲牢《ほろう》、狴犴《へいかん》、饕餮《とうてつ》、蚣蝮《こうふく》、睚眦《がいし》、狻猊《さんげい》、椒図《しょうず》をいう。

めいめいの剣身にあらわれた龍生八子は、凌咒剣が覚醒《かくせい》した証だ。

「そなたたちは凌咒剣を目覚めさせた。もう後戻りはできぬ。七人は死に、一人だけが生き残る。大いに競い合い、騙し合い、殺し合え。予はここで待っている。そなたたちのだれかが予に禅譲《ぜんじょう》を迫るその日まで」

女帝は袖を払って玉座から立ちあがる。皇子たちは稽首して衣擦れの音を見送った。

「とうとうはじまりましたねえ」

中常侍蚤厓《ちゅうじょうじそうがい》が歌うような調子で言った。中常侍は天子の侍従長《じじゅうちょう》をつとめる宦官だ。蚤厓は前任者の死を受けて、献霊帝《けんれいてい》の崩御後、中常侍に昇進したばかりである。

「だれが勝つのかなあ。いやいやそのまえに、だれが最初の九鼎《きゅうてい》になるのかなあ。三皇子？　五皇子？　九皇子？　それとも二皇子かな？　だれだと思います、主上？」

「ずいぶんはしゃいでいるな」

下裳の裾をつまみ、閏水娥《じゅんすいが》は燭龍《しょくりゅう》廟正殿《びょうせいでん》の敷居を跨《また》いだ。

「そりゃあ、待ちに待った九天逐鹿ですから。今日この日を指折り数えていましたよ」

「やけにめずらしがるじゃないか。おまえは前回の九天逐鹿を経験しているだろうに」

「前回は経験したうちに入りませんよ。口惜しいことに部外者でしたからねえ。今回は特等席で鑑賞できるでしょ？　どんな最高の戯劇《しばい》が見られるかと楽しみで楽しみで」

蚤厓は払子《ほっす》をふりまわしてにやつき、こほんと咳払いした。

「古人曰《いわ》く、骨肉相食《こつにくあいは》む争いは至高の嘉饌《ごちそう》なり」

「そんな格言は聞いたことがないが」

「はいそうでしょうとも。なんとなれば、奴才《わたくし》の格言ですから。のちの世で語られる予定なんですよ。裏切り、抜け駆け、騙し討ち。嗤《わら》う者、泣く者、憤《いきどお》る者。生と死、情愛と怨《えん》憎《ぞう》、栄光と恥辱《ちじょく》。現世《うつしよ》のあらゆる諍《いさか》い事は面白おかしい戯劇である、と」

「この世は舞台というわけか」

「美しく醜悪《しゅうあく》で、高潔かつ汚らわしく、あざやかで泥臭い、最上の舞台でございますよ」

下手《へた》な鼻歌を歌う蚤厓を横目に、水娥は祭壇へ歩みよった。

殷紅《ふかきくれない》と黄金で彩られた祭壇には、燭龍を擬人化した鍾山帝君《しょうざんていくん》の神像が祀《まつ》られている。神像の左右は朱雀《すざく》をかたどる青銅の燭台が守り、金色《こんじき》の嘴《くちばし》に支えられた灯架では赫々《かっかく》たる炎が朝日影を燃やしていた。

祭壇前にならべられた九台の方卓は九鼎を安置するためのもの。いまのところ、すべて空だ。九天逐鹿が終わるころには、九台のうち七台が埋まることになっている。

「ここに九鼎がそろうのを見られるんだなあ。楽しみだなあ」

妙な手つきで方卓を撫でながら、蚤厓は右へ行ったり左へ行ったりする。

「べたべたさわるな、匡。不敬だぞ」

「不敬だなんてとんでもない。尊敬の気持ちをこめて撫でまわしているんですよ。はああ、待ちきれないなあ。だれでもいいから早く失鹿しないかなあ」

水娥があきれて黙っていると、蚤匡は方卓に頬ずりしはじめた。

「その昔、九鼎は九脚の鼎《かなえ》だったそうですが、ほんとうでしょうかねえ？」

「史籍によれば、そういうことになっている。帝堯《ていぎょう》の御代、十の日輪が大地を焦がした。帝堯の命を受けた英雄羿《げい》が九つの日輪を射落とした。それから千年後、永《えい》王朝の始祖禹王《うおう》が羿に射落とされた九つの日輪を見つけだし、九脚の鼎をつくらせた」

九脚の鼎――九鼎は王権の象徴であった。革命により国号があらためられるたびに新天子へと受け継がれ、帝の威光を海内《かいだい》にあまねくゆきわたらせた。

およそ三千年にわたって継承されてきた神聖なる伝統は玄《げん》王朝末期に崩壊する。

玄室《げんしつ》の衰微《すいび》に呼応するように、各地で諸侯が王を僭称《せんしょう》しはじめた。その数は百を下らず、なかんずく有力な九人の僭王は玄王《げんおう》を庇護《ひご》する見返りとして九鼎を要求した。脆弱《ぜいじゃく》な少年王であった玄王はなすすべもなく僭王たちの言いなりになってしまう。

九鼎を失った玄朝は天命をも失い、天下は群雄割拠《ぐんゆうかっきょ》の世を迎えた。玄王から九鼎を下賜《かし》された九人の王たちが覇《は》を競う、九王《きゅうおう》時代の幕開けである。

九王は各自の鼎をさまざまな姿に変え、真新しいかたちにふさわしい名をつけた。

それぞれのかたちは、鏡、硯《すずり》、盾、仮面、爵《さかずき》、琴、納扇《うちわ》、剣、手鐲《うでわ》。

それぞれの名称は摧冥鏡《さいめいきょう》、莫謬硯《ばくびゅうけん》、弘衛盾《こうえいじゅん》、佯義面《ようぎめん》、兢林爵《きょうりんしゃく》、斉麻琴《せいれききん》、來嘉扇《らいかせん》、凌咒剣《りょうしゅけん》、瑩鳳鐲《えいほうたく》。

九つの宝器は各国で王権の象徴として受け継がれ、九つの国は各国の宝器をすべて手中におさめるべく、互いの血肉を喰らい合った。

やがて中原の覇者たる煋《せい》が八か国を滅ぼし、八つの宝器を手に入れて千年ぶりの天下統一を果たした。煋は九つの宝器を九鼎という古来の名称に戻し、天子の礼器とした。以降、九鼎を数えるときは、そのかたちにかかわらず、鼎を数えるように一脚二脚と数える。

「禹王時代の九鼎と、天下統一後の九鼎は別物だという話も聞きますねえ。九天逐鹿の生みの親である太宗聖祚帝《たいそうせいそてい》が九鼎そのものをつくりかえてしまったのだとか」

「いずれにせよ、九鼎は煋の掌中《しょうちゅう》に落ちた。そして九王時代《きゅうちょう》の戦場《いくさば》が再現されることになった。はてしなき中原ではなく、絢爛華麗《けんらんかれい》なる九重の天で」

晴れて帝国となった煋は独自の皇位継承制度を編みだした。

それが九天逐鹿――九脚の九鼎を手に入れた者が天下を得るというものだ。

九天逐鹿の開始は、広義に解釈すれば皇帝崩御《ほうぎょ》、狭義に解釈すれば釁礼《きんれい》である。

皇帝が崩御すると同時に、その在位中、燭龍廟《しょくりゅうびょう》正殿に安置されていた九鼎のうち、摧《さい》冥鏡《めいきょう》から來嘉扇《らいかせん》までの七脚が消える。残る二脚は淩兕剣《りょうしゆけん》と瑩鳳鐲《えいほうたく》。前者は八本にわかれ、後者は女帝の軀《からだ》に宿る。

釁礼を経て九天逐鹿がはじまると、皇子が失鹿《しつろく》するたびに九鼎が出現する。七人の皇子が失鹿した時点で九天逐鹿は終幕となり、女帝は最後まで生き残った皇子に禅譲《ぜんじょう》する。

八人目の皇子は七脚の九鼎と、みずからが所有する淩兕剣にくわえ、女帝が持つ瑩鳳鐲を合わせて、九脚の九鼎――九重鼎《きゅうちょうてい》を手にする。九重鼎は天子たる証。これによって彼は煋の守護神燭龍をその身に下し、玉座にのぼることができる。

「九重鼎がないと燭龍廟はひどく殺風景だな」

水娥は小さくため息をついた。いたるところに据えられた灯火ががらんどうの正殿をむなしく飾りたてている。この空疎な場所が煋の腸《はらわた》なのだと思うと、国とはなんと危ういものかと苦い感慨《かんがい》が胸にひろがった。

「じきにぎやかになりますよ」

蚤厓は左端の方卓を撫でまわしながら笑っている。

九鼎がそろうということは、七人の皇子が死んだということだ。

敗者には死を、勝者には玉座を。それが九天逐鹿の理《ことわり》である。

手ごたえを感じた瞬間、黒々とした鮮血が飛び散り、呂狗《りょこう》は思わず顔をしかめた。

「何度斬っても慣れないな、これには」

右手に持つ凌兕剣《りょうしゆけん》は鉄漿《かね》にひたしたように真っ黒になっていた。蠱鬼《こき》を斬ったからだ。

蠱鬼は人そっくりの姿かたちをしているが、翳《かげ》を煮つめたような漆黒《しっこく》の血を流す。

「殿下のお召しものを忌《い》まわしい血で汚すとは恨めしい連中です。どうせ人ではないのなら、血を流さずに死んでくれればいいのですが」

側仕えの宦官《かんがん》、杜善《とぜん》が狗の袍服《ほうふく》に飛び散った蠱鬼の血を拭ってくれる。

「衣が汚れるのはかまわぬが、化生《けしょう》の物とはいえ、人の姿をしたものを斬るのは不快だ」

狗は血糊《ちのり》を払って凌兕剣を鞘におさめた。

「殿下はおやさしすぎます。蠱鬼は所詮《しょせん》、蠱鬼。どれほど人に似ていようと、その実はおぞましい妖魅《ばけもの》にすぎません。お気になさらず、どんどんお斬りになってよいのですよ」

「理屈ではわかっているんだが……いくら蠱鬼でも、年老いた女官の姿で出てこられては、老婆を無惨に斬り捨てたようで気分が悪い」

老女官に化けた蠱鬼が立っていた場所には墨をぶちまけたような血だまりができている。亡骸《なきがら》はない。蠱鬼は亡骸を残さないのだ。

「せめて妖魅らしい見た目で出てきてくれれば、心置きなく叩き斬れるんだが」

「それは無理な相談ですよ。聖祚帝《せいそてい》は蠱鬼にあえて擬態《ぎたい》能力を与えたそうですから。妖魅の姿で出てくればすぐに斬られるので、人の姿に化けて出てくるのです」

「まるで奸臣《かんしん》のようだな。やつらも忠臣のふりをして君主に近づいてくる」

「奸臣を見抜く目を持て、ということでしょう。さもなければ、天子の器ではないと」

蠱鬼の起源は、大煌王朝をひらいた太祖の治世末期までさかのぼる。

当時は皇太子が立てられていたが、皇子たちは玉座への野心を燃やしていた。熾烈《しれつ》な権力争いの果て、中原の鹿を仕留めたのは、意外にも至尊から遠い場所にいた第十三子呂牽《けん》であった。呂牽は謀《はかりごと》をめぐらせ、皇太子はもとより、皇帝候補として有望視されていた六人の皇子を殺したうえ、病床の太祖に遺詔《いしょう》をしたためさせて天位《てんい》についた。

彼こそが太宗聖祚帝――九天逐鹿の創設者である。

聖祚帝に敗れた皇子たちは怨霊となって彼を呪い殺そうとした。しかし逆に妖力を奪われ、七脚の九鼎《きゅうてい》のなかに封じられてしまう。

聖祚帝は粛清と謀殺をくりかえした。怨霊は増える一方だったが、みな妖祥《わざわい》をなす前に封じられ、小さな玉《ぎょく》に姿を変えられた。

聖祚帝の崩御後、七脚の九鼎と無数の玉は本来の姿に戻った。これが蠱鬼である。

蠱鬼は人に擬態して宮中を彷徨《さまよ》い、聖祚帝の皇子たちに襲いかかった。彼らの狙いは皇子の心の臓。魂魄《こんぱく》を呪詛《じゅそ》で縛られている蠱鬼が黄泉《よみ》へ下って生まれ変わるには、九天逐鹿に参加している呂姓男子の心の臓を喰らう必要があるのだ。

今生から解放されて来世を迎えるため、蠱鬼は淩咒剣を持つ者に襲いかかる。蠱鬼に心の臓を食われた皇子は死んで九鼎のひとつとなる。反対に淩咒剣で斬られた蠱鬼は夭珠《ようじゅ》と呼ばれる玉になり、彼を斬った皇子の所有物となる。

九天逐鹿とは、皇子にとっては命を懸けた蠱鬼狩りであり、蠱鬼にとっては転生を懸けた皇子狩りなのである。

「どの夭珠でしたか？　ひどいにおいがしていましたから、蝪《とう》かと思いましたが」

「白玉《はくぎょく》だ。蝪だな」

狗は腰に下げた狻猊《さんげい》文様の荷包《きんちゃく》から碁石《ごいし》ほどの大きさの白玉を取りだしてみせた。この荷包は斂牙囊《れんがのう》という。蠱鬼を斬ると、斂牙囊のなかに夭珠がひとりでにあらわれる。

斂牙囊の文様は釁礼《きんれい》によって淩咒剣の剣身に出現する龍生八子《りゅうせいはっし》の文様と呼応しており、斂牙囊あるいは淩咒剣を見れば、それがだれのものなのかすぐにわかる。

狗の文様は火や煙を好むとされる獅子に似た神獣、狻猊だ。

この仕掛けゆえ、九天逐鹿に参加する八人の皇子を龍生八子と呼ぶ。

「さっきから蜴や蠕《ぜん》ばかり。連中は手間がかかるわりに値打ちが低いのでいけません」

「蟜《きょう》や蜿《えん》が出てくるのは当分、先だ。しばらくは雑魚《ざこ》を相手にするしかない」

蠱鬼には蜴、蠕、蟜、蜿の四つの種類がある。

それぞれ擬態能力に差があり、獲得できる天珠の価値が異なる。

もっとも擬態能力が低いのは蜴《とう》。一見して人のような姿をしているが、異様な悪臭を放ったり、言葉がおぼつかなかったり、身体のどこかが人のかたちを成していなかったりする。また火や水、鉄や桃の枝など、駆鬼《おにばらい》の神物《しんぶつ》を病的に恐れる。蜴を斬って得られる天珠は白玉。これはもっとも価値の低い天珠である。

蠕《ぜん》は蜴よりも擬態能力が高い。外見は人と変わらず、異臭はなく、言葉遣いにも変なところはないが、火や水、鉄や桃の枝などを忌避する点は蜴とおなじだ。蠕を斬って得られる天珠は紅玉《こうぎょく》。これは白玉十個分の価値がある。

蟜《きょう》には蜴や蠕の弱点はない。外見は人そのものであり、言葉遣いやしぐさまでそっくり真似ているため、親しい者でも見分けにくい。鏡や水面、剣身、よく磨いた金属などに映りこむと、妖気に満ちた赤い目をしている。蟜を斬って得られる天珠は黄玉《おうぎょく》。これは紅玉十個分、あるいは白玉百個分の価値がある。

いちばん厄介《やっかい》なのが蜿《えん》である。蜿には蟜の弱点はない。黄昏時《たそがれどき》に目が赤く光るので化生の物とわかるが、黄昏時を過ぎれば、外見上は人と区別がつかなくなる。いつでも出くわす恐れのある蜴、蠕、蟜とちがい、日が沈みはじめてから戌《いぬ》の刻《こく》の終わりまでしか出ない。蜿を斬って得られる天珠は翡翠《ひすい》。これは黄玉十個分、あるいは紅玉百個分、あるいは白玉千個分の価値がある。

蠱鬼が擬態する人にはかならず本体がいる。架空の人物には化けないが、死者に化けることは可能。蠱鬼は女帝に擬態せず、龍生八子に擬態することも、ある特殊な状況下をのぞいて起こらない。九天逐鹿がはじまって日が浅いうちは、蜴と蠕の独擅場《どくだんじょう》だ。大物の蟜や蜿があらわれはじめるのは、釁礼《きんれい》から三月後である。

「そろそろ引きあげよう」

狗は奇声をあげて襲いかかってきた宦官を斬った。片腕が獣の足なので蜴《とう》だ。

「もうじき日が暮れる。暗くなると厄介だ。まちがっておまえを斬りたくない」

蠱鬼狩りに精を出すあまり、迎熹門《げいきもん》の近くまで来てしまった。

迎熹門は皇宮十二門のひとつ。赫永宮《かくえいきゅう》の南に位置する。迎熹門から一歩外に出れば、皇宮寮周城《りょうしゅうじょう》の城外だ。

早春の空は暮色を帯びはじめていた。反りかえった城門の軒先《のきさき》が夕空をついばみ、屋脊《むね》の両端で五丈の銅鳳が傾きかけた日輪にまぶしくきらめいている。

九天逐鹿が終わるまで、皇子たちは飡周城の虜《とりこ》。十二門の外へ出ることは許されない。禁を破って門外に出た瞬間、違背《いはい》と見なされ、家畜と化して人の魂魄を失う。

「殿下に斬っていただけるのなら本望ですよ」

杜善は冗談らしからぬ口調で言った。

「奴才《わたし》の死が殿下を帝座へと導く踏み台となるのなら、喜んでこの身を捧げます」

「かんべんしてくれ。いま、おまえを斬っても、私にはなんの得もない」

杜善は狗が六つのときから仕えてくれている。数々の苦難をともに乗りこえてきた盟友であり、もはや単なる婢僕《めしつかい》ではない。

「もちろん、できれば生きて九天逐鹿の終幕を迎えたいですよ。殿下が帝位におつきになるお姿をこの目で拝見したいですから」

「おまえはたいそうな野心家だな」

「殿下こそ、野心を滾《たぎ》らせていただかなければ困ります。勝負事では弱気になったほうが負けです。強気で臨んでくださいよ」

「わかっているとも。私だって死にたくはない。生きのびるためには勝たなければ」

狗が凌咒剣の血を払い落としたときだ。

赫永宮《かくえいきゆう》のほうから、あわただしい跫《あしおと》が近づいてきた。蠱鬼かと警戒したが、影壁《えいへき》の陰から飛びだしてきたのは第七皇子呂定穏《ていおん》だった。

「六兄……！　助けてください！」

定穏は袍服《ほうふく》の裾《すそ》を蹴りあげるようにして駆けてきた。死にものぐるいで走ってきたのか、平生は青白い顔が真っ赤になっている。

「どうした？　蠱鬼か？　……いや、待て。おまえ、凌咒剣を持っていないな？」

蠱鬼は釁礼《きんれい》で凌咒剣を目覚めさせた者を襲うが、四六時中、襲いかかってくるわけではない。蠱鬼に襲われるのは、手が届く範囲内に凌咒剣があるときだけだ。

凌咒剣を帯びていなければ、蠱鬼に獲物と認識されない。眠る際など蠱鬼をよせつけたくないときは、凌咒剣を手が届かないところに保管する。

「持ってないから追われているんですよ！」

定穏は狗のうしろに隠れた。

「宦官が僕に凌咒剣を持たせようとするんです。いやだと言っているのに……」

「当たりまえだろう。龍生八子が凌咒剣を持たずにどうする」

「好き好んで龍生八子になったんじゃありませんよ！　逃げられるものなら、逃げたかった……。帝位になんて、これっぽっちも興味はないんです。僕はただ、母上や妹たちと平穏に暮らしたかっただけなのに……」

定穏は狗より一つ下の十五。蒲柳《ほりゅう》の質《しつ》ゆえか、極端に気が弱い。ごろつきに襲われたら、平蜘蛛《ひらぐも》になって命乞いをするようなやつだ。

「ほんとうは参内《さんだい》前に逃げたかったんですけど、龍生八子の逃亡は三族皆殺しでしょう？　だから、我慢したんです。僕だけが犠牲になれば、母上と妹たちは助かるんだって……」

「肚《はら》を決めたなら戦え。逃げまわっていれば、死ぬだけだぞ」

「いっそ死んだほうがましですよ。あんな妖魅《ばけもの》と戦うくらいなら……」

あきれたやつだな、と狗はため息をついた。

「天珠《ようじゅ》はどれくらい集まったんだ？　斂牙嚢《れんがのう》が空《から》というわけじゃないだろう？」

図星らしく、定穏は力なくうなだれた。

「釁礼から半月近く経っているんだぞ」

「釁礼以来、凌咒剣にはふれてないんです。凌咒剣を持っていると蠱鬼がよってくるから。僕、蠱鬼というものが怖くて怖くて……」

「逃げまわってばかりいるから、ますます怖くなるんだ。とにかく、一匹斬ってみろ」

「無理ですよ！　僕にはとても……」

影壁のむこうから跫が近づいてくる。定穏は短く悲鳴をあげて狗の袖《そで》を握りしめた。

「殿下！　殿下！」

あらわれたのは年若い宦官だった。凌咒剣を持っているので、定穏の側仕えだろう。

「こ、こっちへ来るなっ！」

「逃げずに蠱鬼狩りをなさってください」

「いやだっ！　僕は蠱鬼狩りなんかしない！」

「それでは困ります。お早く、凌咒剣を……」

定穏に駆けようとした宦官は見えない壁にぶつかったかのように立ちどまった。

「顔が青いな。具合が悪いのか」

狗は懐《ふところ》に手を入れながら宦官を睨《にら》んだ。

「それとも、これが恐ろしいのか？」

懐から鉄札を取りだしてほうり投げる。宦官はぎゃっと声をあげて飛びすさった。

狗はすかさず凌咒剣を抜きはらい、一刀両断する。勢いよく噴きだした血飛沫《ちしぶき》が一瞬にして視界を鉄漿《かね》の色に塗りつぶした。

「お見事です、殿下」

杜善が墨池のような血だまりから鉄札を拾いあげ、丁寧《ていねい》に手巾で拭く。

「今日斬った蠕《ぜん》はこれで六匹目だな。序盤で夭珠を蓄えておけば、あとが楽に……」

定穏の叫び声が耳をつんざいた。そちらを見ると、黒い返り血を頭からしたたらせる定穏が土気色の顔で震えている。

「おい、七弟！　どこへ行く⁉」

定穏は踵《きびす》をかえした。こけつまろびつしながら迎熹門のほうへ向かう。

「そちらへ行くな！　闕門《もん》を出てはだめだ！」

狗の制止も聞かず、定穏は一目散に駆けていく。朱塗りの大扉が大儀《たいぎ》そうな軋《きし》り音をあげてひらかれようとしていた。

龍生八子が逃亡を図ると、門扉《もんぴ》はひらかれる。門衛が龍生八子の逃亡を防ぐことはない。九天逐鹿はみずから逃げだす臆病者を引きとめてはくれないのだ。

追いかける狗の行く手を阻むようにして、あとからあとから蠱鬼が襲いかかってくる。それらは武官や宦官の姿をしていたが、狗は迷いなく斬り捨て濡羽色の血煙を浴びた。

「七弟！　戻れ！」

声を限りに叫んだとき、定穏のうしろ姿は燃え盛る炉のような夕焼けにのみこまれた。つぎの瞬間、闕門のむこうに小さな翳《かげ》が出現した。それは丸々と太った豚だった。

赫永宮《かくえいきゅう》は前殿《ぜんでん》の西に位置する玉耀殿《ぎょくようでん》。女帝主催の宴《うたげ》は夕刻よりはじまった。龍文でふちどられた筵席《ざせき》に跪坐《せいざ》しているのは、鵲尾冠《しゃくびかん》をいただく龍生八子たちである。

ただし、第二皇子呂恭明《きょうめい》と第六皇子呂狗のあいだにしつらえられた筵席は無人だ。

「肉を切りわけよ」

壇上から蚤厓《そうがい》が命じると、給仕係の宦官が炮豚《やきぶた》を均等に切りわけた。銀箸で毒味をすませたあと、皇子たちの玉案《つくえ》に運ばれる。

炮豚は八珍のひとつ。棗《なつめ》を腹につめて蒸し焼きにし、牛の脂《あぶら》で三日三晩煮込み、十種の肉醤《ししびしお》で味を調えた宮廷料理だ。

琥珀黄《こはくいろ》の艶《つや》を帯びた値千金の肉を、ある者は不愉快そうに、ある者は喜んで口に放りこみ、ある者は神妙な面持《おもも》ちで、ある者は淡々と咀嚼《そしゃく》し、ある者は顔をしかめて箸を置き、ある者は困惑したふうに周囲を見まわし、ある者は至福の表情で頰張った。

「主上《しゅじょう》、四皇子が参殿のご許可を賜《たまわ》りたいと申し出ております」

蚤厓は微笑《ほほえ》みながら水娥《すいが》に耳打ちした。水娥は凭几《ひじかけ》にもたれ、億劫《おっくう》そうにうなずく。

「四皇子呂遂《すい》に参殿を許す」

蚤厓の声が響くと、舞を披露していた歌妓《かぎ》たちが微風にさらわれる花びらのように退いていった。珠玉をちりばめた大扉がひらかれ、夕映えを背にした青年が御簾《みす》越しの視界にあらわれる。年は二十《はたち》歳。燃えるような赤髪《あかげ》を結いあげて鵲尾冠《しゃくびかん》をつけ、ほかの皇子たちとおなじように、領《えり》と袖口が殷紅《ふかきくれない》で飾られた黒衣を着ている。

青年は悠然《ゆうぜん》とした足どりで花氈《かせん》を踏みしめ、玉座の下まで進み出た。猛禽《もうきん》のようなまなこで御簾を見あげ、長い裾を払って稽首《けいしゅ》する。

「四皇子呂遂が主上《しゅじょう》に拝謁《はいえつ》いたします」

第七皇子呂定穏《ていおん》の違背を受け、水娥は新しい龍生八子を選出するよう太卜令《たいぼくれい》に命じた。そこで選ばれたのが献霊帝《けんれいてい》の第四子呂遂である。

呂遂は字《あざな》を威昌《いしょう》という。煋ではめずらしい赤髪は夷狄《いてき》出身の母譲りだ。

「棄権の意思はないか」

「ございません」

「では、釁礼《きんれい》を行え」

威昌は凌咒剣を受けとり、釁礼を行った。着座を命じられ、空の筵席に腰をおろす。

「ひさしいねえ、四弟。会うのは五年ぶりかな？　まさか九天逐鹿《きゅうてんちくろく》で再会するとはね」

甘ったるい微笑を浮かべた第二皇子呂恭明《きょうめい》は、齢《よわい》二十五の貴公子然とした美丈夫《びじょうふ》である。白檀《おう》扇《ぎ》のむこうでやわらげた目もとには、女のような匂いたつ華がただよっていた。

鵲尾冠をつけながらも黒髪は結いあげてしまわず、わざと余らせて背に流している。

「七弟が龍生八子に指名されたと聞いたときから、ここでお目にかかることになるのではないかと思っていましたよ。あいつは度し難い臆病者でしたからね」

威昌は残りの炮豚を丸ごと持ってくるよう給仕に命じた。

短刀で肉を切りわけ、荒っぽく食らいつく。爵《さかずき》をあおるなり、凌咒剣《りょうしゅけん》を抜いた。かたわらに立つ女官に一太刀を浴びせる。ほとばしった血潮は夜陰とおなじ色。女官は黒い血だまりのなかにくずおれるより早く、霧のように消え失せた。

「四弟、行儀が悪いよ。宴席では凌咒剣から離れていてくれないかい。こちらまで返り血が飛んできて迷惑だよ」

「ご安心ください、二兄。蠱鬼《こき》の血に毒はありませんよ」

威昌が太い笑みをかえすと、恭明はうっとうしそうに手巾で袖口を拭いた。

「料理が台なしになる程度ならまだしも、衣が汚されるのはかなわないね。主上からもおっしゃってください。せめて宴の席では汚らわしい血を流さぬようにと」

「凌咒剣の帯剣を禁じるのは、解魄《かいはく》と問鼎軽重《もんていけいちょう》だけだ。それ以外は任意である」

「どうやら主上は俺の味方のようだな」

「やれやれ、四弟の隣席になったのが運の尽きだな。君も迷惑だろう、六弟」

「私はかまいません。蠱鬼の返り血を浴びるのには慣れましたから」

第六皇子呂狗《こう》は義務的に羹《あつもの》をすすっている。炮豚に手をつけないのは、豚と化した定穏《ていおん》を思い起こすせいか。青年というには幼すぎ、少年というにはいささか大人びた眉目は退屈そうな表情を隠せていなかった。

「私はすこしも慣れないよ。蠱鬼というのは、なぜもっときれいに消えないんだろう。骸《むくろ》を残さないなら、血も流さなければいいのに」

恭明が白檀扇の陰で眉をひそめると、第三皇子呂剛飛《ごうひ》は闊達《かったつ》に笑った。

「文句を言ってもはじまらないぞ、二兄。蠱鬼とはそういうものだ」

膂力《りょりょく》のみなぎる猛牛めいた巨軀とは裏腹に、そのすがすがしい顔つきは親しみやすさを感じさせる。年は恭明より一つ下の二十四。文事より武事を好み、十五のときから戦場に赴《おもむ》くたびに軍功をあげてきた剛の者である。

「黒い血というのは少々奇妙だが、人血のような臭気がないだけましじゃないか」

「においがあろうとなかろうと、いやなものはいやだね。衣に汚れがつくのが我慢ならないんだ。ほら見てごらんよ、四弟のせいで、袖口にしみができてしまった」

「それくらい、模様だと思えばいいだろう」

「三弟の目はどうかしているね。これのどこが模様に見えるんだい？　錦というのはね、しみがひとつあるだけで襤褸《ぼろ》切れ同然になるんだよ」

「二兄ほどではないですが、僕も衣が汚れるのはいやですね。毎日、洗ってもらうのが申し訳なくて」

しみじみとうなずく第八皇子呂令哲《れいてつ》は、定穏とおなじ十五。あどけなさを残した容貌《ようぼう》のとおり、純朴《じゅんぼく》で慎ましい少年で、だれに対しても礼儀正しく、奴婢《ぬひ》にさえ気を遣う。宴席を穢《けが》すことを恐れたのか、凌咒剣は持ってきていない。

「下婢《げじょ》の手をわずらわせたくないから、半分は自分で洗っているんですけど、なかなか難儀しています。半分でもたいへんな量ですから」

「皇子ともあろう者が手ずから洗濯だと？　まったく、嘆かわしい」

聞こえよがしに長息したのは、第一皇子呂世建《せいけん》。齢二十六の、先帝の皇長子《こうちょうし》である。

母は先帝の即位直後から後宮に君臨してきた権門出身の衛《えい》皇后だ。母方が外戚《がいせき》として朝廷を牛耳《ぎゅうじ》ってきたせいか、世建はほかのどの皇子よりも気位が高い。神経質にととのったおもてには人を蔑《さげす》む色がある。

「恥を知れ、八弟。曲がりなりにも皇族に生まれた男が下々の、しかも女の仕事を進んで行うなど、尊き父皇《ちちうえ》の御名を穢す愚行だぞ」

「も、申し訳ございません、大兄《たいけい》。父皇の御名を穢すつもりは毛頭なかったんです。ただ、自分で汚したものは自分で片づけるよう、母に教わったので……」

「そういえば、おまえの母はもと官婢《かんぴ》だったな。母から受け継いだ卑賤《ひせん》の血が卑賤な行いをさせるのだろう。哀れなことだ」

面とむかって母を侮辱されても、善良な令哲は長兄に抗弁できない。悔《くや》しそうに視線をふせ、唇を嚙《か》むのが精いっぱいだ。

「血筋が高貴でも、徳がそなわっていなければ、ほんとうの意味で尊貴とはいえません」

第五皇子呂革義《かくぎ》が音をたてずに爵を置いた。物静かな端然としたたたずまいは、十九の青年にしては老成しすぎている。武芸よりも読書を、繁華《はんか》よりも静閑《せいかん》を愛する寡黙《かもく》な皇子だ。めったなことでは口を挟まないが、傲岸《ごうがん》な長兄に棘《とげ》をさすような言葉を吐いた。

「まるで私には徳がそなわっていないと言いたげな口ぶりだな、五弟？」

世建が不快感もあらわに言いかえす。革義は恬淡《てんたん》な目で燭台《しょくだい》の火を見ていた。

「聖人の金言を思い起こしていたんです。君子は泰《やすらか》にして驕《おご》らず、小人は驕りて泰ならず。真実、尊いひとはその血筋以上に人徳をそなえているものだと」

「大兄の味方をするわけじゃないがな、五弟。人徳とやらはここでは無用の長物だぞ」

肉の塊《かたまり》を豪快に頰張りながら、威昌はむきだしの凌咒剣をふるった。一閃した剣身は給仕役の宦官《かんがん》の首を刎ね飛ばす。常闇色の血飛沫《ちしぶき》がほとばしり、そのうちの一滴が威昌の頰に黒い蜘蛛の巣のような血痕を残した。

「互いに騙し騙され、奪い奪われ、醜い骨肉の争いをくりひろげるのが九天逐鹿だ。最後まで生き残るのはいちばん卑劣で、悪辣《あくらつ》で、冷酷で、勝つためには手段をえらばないやつさ。徳だの仁だの、ありがたい経書の教えに縛られていると、真っ先に失鹿《しつろく》するぞ」

「失鹿を恐れてはいません。そもそも勝ち残るつもりはありませんから」

革義は冬玉筍《ふゆたけのこ》の蒸しものに箸をつける。威昌は肉を頬張りながら笑った。

「おいおい、いまからその調子でいいのか、五弟。おまえ、王妃を娶《めと》ったばかりだろう？

失鹿したら愛妃にも会えなくなるんだぞ」

「王妃とは永別の爵を交わしてきました」

「ずいぶん弱気だな。おまえも七弟のように豚になりさがるつもりか」

爵をかたむけ、世建は鼻で笑う。

「棄権はしません。最後まで戦います。逃亡は大罪、棄権は恥ですが、失鹿は栄誉です。

龍生八子《りゅうせいはっし》に選ばれたことは本意ではありませんが、泣き言をこぼしても仕方ないので、正々堂々と戦って失鹿する道を目指します。私亡きあとも、王妃が幸福に暮らせるように」

失鹿した皇子の遺族には新帝から恩賞が下賜《かし》され、さまざまな場面で厚遇される。

「さすが五兄。ご立派なお覚悟ですね」

愛嬌《あいきょう》のある幼顔に敬慕の念をにじませたのは、第九皇子呂至純《しじゅん》である。

「僕なんか、覚悟らしい覚悟もしないまま参内《さんだい》してしまいましたよ。蠱鬼《こき》狩りって面白そうだなあ、なんてかるい気持ちで」

　はあ、と愛くるしい嘆息をもらす。

「自分の浅はかさがいやになります。蠱鬼は怖いし、凌咒剣は重いし、返り血は気持ち悪いし。だいたい、僕みたいな童子《こども》が兄上たちに勝てるわけはないんですよ。大兄は御年二十六、僕はたったの十三ですよ？　いちおう、冠礼《かんれい》はすませましたけど、実質、壮丁《おとな》と童子の勝負じゃないですか。不公平ですよ」

　冠礼は通常、十五で行うが、龍生八子は年齢にかかわらず参内前に冠礼をすませることになっている。九天逐鹿には壮丁しか参加できないという縄墨《きそく》があるからだ。

「壮丁も童子も条件は変わらぬぞ。蠱鬼狩りに技術は必要ないんだから」

　剛飛が骨付き肉にかぶりついた。

「釁礼《きんれい》後、凌咒剣の重さは持ち主の腕力に見合ったものに変化するし、すこしでも血を流せば蠱鬼は死ぬ。単に凌咒剣をふるって蠱鬼を叩き斬ればいい」

「その叩き斬るっていうのが難しいんですよ。三兄は武人だから慣れていらっしゃるんでしょうけど、僕はいたいけな童子なんです。箸より重たいものは持ったことがなかったのに、急に凌咒剣なんて武骨なものを持たされたせいで、身体のあちこちが痛くて痛くて」

「この機会に身体を鍛えたらどうだ？　俺でよければ、稽古《けいこ》をつけてやろう」

「遠慮しておきます。筋肉の塊みたいな三兄の剣撃を受けたら死んじゃいますよ」

至純が怯えたふうに首をすくめると、剛飛はからからと屈託のない笑声を放った。

「おまえは俺の王子よりも意気地がないな。王子はまだほんの四つだが、木剣で俺に勝負を挑んでくるぞ。身体は小さいのになかなか力がある。王子がおまえとおなじくらいの年になったら、俺が打ち負かされるかもしれぬ」

「またはじまったよ。三弟の息子自慢が」

優雅に爵をかたむけつつ、恭明が気だるげに苦笑した。

「三弟はほんとうに親馬鹿だね」

「親の欲目かも知れぬが、王子は武事だけでなく、文事にも天賦《てんぷ》の才を持っていると思う。経籍だって読んでいるし、文字もたくさん書ける。将来は傑物《けつぶつ》になるだろう。王子の成長をこの目で見たいものだが……」

「見られるさ。私たちを残らず殺しつくせば」

恭明は白檀扇《おうぎ》を閉じて艶然《えんぜん》と微笑《ほほえ》んだ。

「うらやましいな。みんな、離れがたい大事なひとがいるんだね」

「二兄にも子女がいるじゃないか。家族のためにも負けるわけにはいかないだろう」

「だれにだって家族はいるさ。妻妾《さいしょう》を持てばいやでも増えていくしね」

「その点、妻帯していない六弟、八弟、九弟は気楽だな。とくに六弟、おまえほど身軽なやつはいないぞ」

世建は横柄な態度で狗を見やった。

「おまえには地位も名誉も親族も、名すらもない。失うものはなにもないのだからな」

狗は無言で羹《あつもの》をすすり、なにも答えない。

「身軽なやつだからこそ油断は禁物ですよ、大兄《たいけい》。失うものがない人間はどんな危険も恐れず、どんな非道な行いも躊躇《ちゅうちょ》しない」

「四弟の言うとおりだ。みなも六弟には警戒せよ。なにせ、やつの母親は九鼎《きゅうてい》を盗んだ大罪人だ。あの毒婦に盗みの手口を教えこまれているにちがいない。斂牙嚢《れんがのう》や凌咒剣を盗まれぬよう、くれぐれも目を光らせておけ」

「そんな言いかたはひどすぎます、大兄。たしかに廃妃季氏《はいひきし》は赦《ゆる》されない大罪を犯しましたが、六兄にとってはたったひとりの母君なのですから、毒婦だなんて……」

おずおずと意見した令哲は世建に睨《にら》まれ、喉《のど》をつまらせたように黙った。

「六兄は不運なかたですね。悪辣《あくらつ》な母親のせいで幼くして罪人になり、父皇《ちちうえ》に名を奪われ、狗《いぬ》という汚らわしい蔑称《べっしょう》を下され、荒れ果てた離宮に十年も幽閉された挙句、龍生八子に選ばれて……。六兄の身辺には奇禍《きか》が多すぎます。おかわいそうに」

至純が気の毒そうに視線を投げた。狗は風馬牛《ふうばぎゅう》とばかりに黙々と食事をつづけている。

「六弟も不憫《ふびん》だけど、ここにいる顔ぶれでだれよりもいたわしいのは主上《しゅじょう》だよ」

恭明は甘ったるく長息して御簾《みす》をあおぐ。

「芳紀《ほうき》まさに十八の娘盛りに、恋の味も知らぬまま散っていくさだめとはね。国のためといえばそれまでだけれど、美しい女人が犠牲になるのは心苦しいよ」

煋《せい》ではあまたの女帝が即位してきたが、彼女たちの治世には十三か月という縛りがあった。九天逐鹿のあいだ、玉座を空《から》にしておくわけにはいかないので、つなぎの天子として閏《じゅん》一族の娘を女帝に立てるのだ。

女帝は九天逐鹿の審判役を担《にな》い、その証として瑩鳳鐲《えいほうたく》という白翡翠《しろひすい》の手鐲《うでわ》を身に宿す。これは閏姓の女帝が呂姓の皇帝に代わって祭祀《さいし》を行うために必要不可欠な神器であり、九天逐鹿が勝者を生まぬまま終わるときに女帝の命を奪う呪具でもある。

女帝の治世は春秋《いちねん》と一月でなければならない。そして彼女の生命も、その御代とともに終わらねばならない。すべては政《まつりごと》の混乱を避けるためだ。

おなじ理由から、女帝は夫や子を持つことを禁じられている。したがって次代女帝に選出された閏一族の娘は、未婚のまま皇位につき、未婚のまま生涯を終える。なお、女帝の御代に限り、十三か月で一年と見なされるため、元号には元年しかない。

「しかし、九天逐鹿の期間中は主上ほど気楽なかたはいない」

狗の声音《こわね》には幾ばくかの棘がひそんでいた。

「主上には蠱鬼《こき》がよりつかず、瑩鳳鐲のおかげでなにがあっても死ぬことがない。われわれが争っているあいだ、主上は安全な場所で高みの見物をしていられるのです。すくなくともこの春秋は、安逸なご身分といえましょう」

「春秋なんてあっという間さ。主上がおいたわしいことに変わりはないよ」

「のんきなことよ。予《よ》を哀れんでいる暇など、そなたたちにはあるまいに」

水娥が冷たい吐息をもらした刹那《せつな》、剣を抜き払う音が宴席に鳴り響いた。肉を断つ鈍い音とともに禍々《まがまが》しい絶叫が藻井《てんじょう》を叩き、深黒の血潮が礫《つぶて》のようにぱらぱらと降る。

「なんだ、蝪《とう》か。雑魚《ざこ》だな」

剛飛は黒に染まった凌咒剣を筵席《ざせき》に突きたてた。斬られたのは側仕えの宦官に擬態《ぎたい》していた蠱鬼である。片腕を斬り落とされた蠱鬼はその場にくずおれ、霧のように消えた。

「こいつらも蝪だ。せめて蠕《ぜん》が出てこないものか。屑ばかりで気が滅入る」

世建が凌咒剣をふるい、二人の歌妓《かぎ》を立てつづけに斬り捨てる。飛び散った血糊《ちのり》は花氈《かせん》にあらわれた威風堂々たる龍の雄姿に黒瑪瑙《くろめのう》の粒をばらまいたようなしみを作った。

「いやだねえ、野蛮な人たちは」

恭明は眉をひそめて白檀扇《おうぎ》で顔を隠した。

「その点、五弟たちはお行儀がいい——と言っているそばから六弟、君もかい？」

「手持ち無沙汰《ぶさた》なので」

狗は牙をむいて襲いかかってきた宦官を斬った。頰に散った返り血を袖口《そでぐち》で拭う。

龍生八子の宴はつづく。暗い鮮血にまみれながら。


巨大な円形の鼎《かなえ》で赤い炎が燃えている。炎は躍りくるい、荒々しく夜陰を喰いちぎって、劇毒にも似た色彩で四方を明々と焦がす。

この炎は禳焱《じょうえん》と呼ばれている。禳焱は神威《しんい》の焰《ほむら》だ。天災を退け、他国の侵略を防ぐ力を持つ。禳焱を操ることができるのは天子ただひとり。当代では女帝閏水娥《じゅんすいが》だけだ。

「天は黎元《たみ》を生じ、物あれば則《のり》あり」

水娥は左手首に右の手のひらをあてがった。するとそこに、白翡翠の手鐲《うでわ》——瑩鳳鐲《えいほうたく》があらわれる。暗がりを舐《な》める禳焱に左手をかざせば、上衣《じょうい》の大袖からのぞく手首に、紅蓮《ぐれん》の焰がまとわりつく。熱は感じない。

水のなかに手を入れたようにやわらかく皮膚を包まれたかと思うと、手首を飾る瑩鳳鐲が結び目をほどかれたようにするりと肌から離れた。ほのかに光る白翡翠の帯は禳焱と交わり、ゆるゆると匕首《ひしゅ》のかたちをつくる。

刀身には黄金《きん》の鳳凰《ほうおう》、柄には双頭の蛇が刻まれたそれを、水娥は右手でつかんだ。

「民は彝《みち》に遵《したが》い、この懿徳《いとく》を好む」

鋭利な刃で左の手のひらの肉をえぐる。

「天は有煋《ゆうせい》に鑑《かんが》み、下に昭假《しょうか》す」

湯のようにあふれてきた真っ赤な血を禳焱にくべる。とたん、禳焱は咆哮《ほうこう》した。烈々たる炎がわっと燃えあがり、夜空を貫くまばゆい柱となる。

「この天子を保《たす》けんと、爾《なんじ》を生めり」

水娥が匕首を鼎に放ると、そびえたつ火柱が砕け散った。火の粉は花吹雪《はなふぶき》のようにひらひらと舞い散り、地上を焔の花びらで覆いつくす。水娥は両のたなうらを天に向け、舞い降りる紅蓮のかけらを受けた。

「爾の名は禳焱。朕《われ》に服する者なり」

水娥が炎の花びらを握りつぶすや否や、満目《みわたすかぎり》を朱に染めていた火の粉が一瞬にして消え失せる。あとには蠱鬼の血がしたたるような夜天《てん》と、器腹《きふく》に金烏文《きんうもん》が浮彫りにされた鼎と、水娥の背丈よりも高く燃える禳焱と、左手首を冷たく拘束する瑩鳳鐲が残った。

毎月一度、新月の夜に、女帝は自分の血を贄《にえ》として禳焱にくべる。さもなければ、禳焱は力を失って消えてしまうからだ。この儀式を廷告《ていこく》と呼んでいる。

「怨めしい野郎ですよ、禳焱というやつは」

水娥がふりかえると、太祝令《たいしゆくれい》の陸豹《りくひょう》が眠たげな目で禳焱を睨んでいた。

太祝令は祭祀をつかさどる高官。陸豹は中常侍《ちゅうじょうじ》の蚤厓《そうがい》とおなじく四十過ぎだが、蚤厓よりはひとまわり年上に見える。ひょうきん者の蚤厓が若く見えるせいなのか、陰気な陸豹が老けこんで見えるせいなのか、あるいはその両方なのかもしれない。

「自分を生かすためにどれだけの犠牲が払われたのか知りもせず、当然のような顔でのほほんと燃えていやがるんですからね」

「禳焱に顔はないぞ」

「ありますよ、ほら。あそこに目鼻口が。見れば見るほどくそったれな面《つら》がまえだ」

言葉遣いには品がないが、陸家は代々、宗廟《そうびょう》や礼儀をつかさどる太常《たいじょう》を輩出してきた鼎《てい》族《ぞく》だ。陸豹は陸家の嫡男《ちゃくなん》であり、次期当主である。

「いつも思うんですよ。こいつさえいなけりゃ、あいつは死なずにすんだんだぞって。巷《こう》間《かん》では赤帝子《せきていし》なんて呼ばれて崇《あが》められてますけどね、こいつのせいで人生をくるわされた者たちのことを考えると、お気楽に拝んでいる連中の気が知れませんよ」

「そうだな……」

水娥はふたたび禳焱を見やった。禳焱を燃やすための鼎を丹斐鼎《たんひてい》という。丹斐鼎は国中のいたるところにある。多くは廟に祀《まつ》られ、蒼生《ひとびと》の信仰を集めている。天より下された護国の神火。それはたしかに国の宝にちがいないのだが、禳焱が存在することによって犠牲になった者もすくなくない。

水娥の異父姉、琳衣《りんい》もそのひとりだ。

閏一族は京師寮周《みやこりようしゆう》から見て北東に位置する漓国《り》の主である。呂姓の皇族男子が王として統治するほかの封土とちがい、漓国は女王をいただいている。女王すなわち漓王は複数の夫を持ち、多くの子を産む。たくさん産むことを期待されているのは息子ではなく娘。女帝になれるのは、閏氏の女の胎《はら》から生まれた女子に限られているためだ。

水娥の母たる現漓王も毎年のように子を産んだ。

娘たちの半数は女帝候補、残りは漓王候補だ。前者は卜筮《うらない》で選ばれ、皇太女《こうたいじよ》になる。皇太女は九王《きゆうおう》時代における太子に匹敵する位で、端的に言えば次期女帝である。

琳衣は八つのとき皇太女に選ばれた。皇太女は青宮《せいぐう》と呼ばれる離宮に隔離され、異性との接触をかたく禁じられる。女皇《みかど》の位につく女人は夫や子を持ってはいけない。皇太女となった瞬間から、そばに置かれるのは女官と宦官《かんがん》のみで、実父とすら面会できない。

琳衣と水娥は年が十離れていたが、仲睦《なかむつ》まじい姉妹だった。

三日にあげず会いに行った。一緒に書物を読んだ。一緒に武芸の稽古《けいこ》をした。一緒に戯劇《しばい》や曲芸を観た。食事も湯浴みも眠るときも、いつも一緒だった。

七つのころ、水娥はひそかに琳衣を青宮から連れだした。窮屈《きゅうくつ》な生活をしいられている琳衣に外の世界を見せたかったのだ。男装して城肆《まち》に飛びだし、訳知り顔で案内して琳衣と無邪気に笑い合った。この冒険が琳衣の死の誘因となろうとは、夢にも思わずに。

元宵《げんしょう》にわきたつ人ごみのなかで、水娥は琳衣とはぐれてしまった。

方々を探しまわってやっと見つけたとき、琳衣は見知らぬ青年と一緒にいた。青年は道に迷った琳衣を助けてくれたらしかった。

たった一度の冒険であるはずが、この夜を機に琳衣はたびたび外に出たがるようになった。青年と会うためだということはわかっていた。それがどれほど危険な行為であるかということも。だが、手助けしてくれと頼まれれば、むげに断れなかった。

皇帝が崩御《ほうぎょ》すれば琳衣は女皇《みかど》となり、十三か月の治世ののちに死んでしまうのだ。たとえ実を結ばぬ恋でも、甘い夢を見ることくらい、許されてもいいのではないか。ほんのひとときでも琳衣が幸せになれるのなら――。

ひそやかな逢瀬《おうせ》がくりかえされ、琳衣は身籠《みごも》った。母王に知られれば確実に堕胎《だたい》させられてしまう。琳衣は子を産むことを望んだ。水娥は琳衣の希望を叶えてやりたかった。姉妹は秘密の出産を計画した。完璧な計画だと思っていた。

一昼夜におよぶ難産の果て、生まれたばかりの赤子を抱こうとした琳衣の前に、母王があらわれるまでは。

母王は赤子を殺《あや》めよと側近の武官に命じた。泣き叫ぶ嬰児《えいじ》の口が封じられる瞬間、琳衣は臥牀《しんだい》から飛びだそうとしたが、宦官たちにおさえつけられた。武官に飛びかかった水娥も、すぐさま宦官に腕をつかまれて引き離された。

「蕙《けい》よ」

母王は冷厳なる声音で水娥の名を呼んだ。

「そなたは笄礼《けいれい》もすませぬ童女ゆえ、こたびの件ではそなたの父に責任を取らせる。抵抗すれば父の罪が重くなるだけだ」

身動きができなくなった。鬼女のように無慈悲《むじひ》で、わが子にさえ一片の情もかけない母王がどういうかたちで父に償いをさせるのかと思うと、恐怖で全身が凍りついた。

火がついたように泣いていた赤子はいつしか静かになった。琳衣は宦官たちの腕をふりはらって武官からわが子を奪い取った。まだ名もない吾子《あこ》に幾度も呼びかけ、元気な泣き声を聞かせてくれるよう哀願したが、小さな命の炎はとうに掻き消されていた。

「愚かなことよ」

母王は冷血な双眸《そうぼう》で琳衣を見おろした。

「皇太女のつとめはしかるべきときに帝位につき、九天逐鹿を見守って死ぬことだ」

女帝の末路はふたつある。ひとつは九天逐鹿の決着が期限内につかなかった場合。十三か月の治世が終わるとき、女帝は瑩鳳鐲の毒によって死ぬ。もうひとつは九天逐鹿が無事に新帝を生んだ場合。女帝は新帝に禅譲《ぜんじょう》したのち、勅命《ちょくめい》によって処刑される。

「妻になることも母になることも、求められておらぬ。そなたは死ぬために生かされているのだ。己が命の意味を、寸刻たりとも忘れるな」

赤子の父親である青年は皇太女と私通した罪で棄市《さらしくび》にされた。皇太女の貞操を穢《けが》した者には極刑を下すと、漓国の法がさだめている。

事件以来、琳衣の心は壊れてしまった。彼女は悲しみに溺《おぼ》れ、獣の死骸《しがい》を胸に抱いて子守唄を歌った。水娥は苦しむ姉を慰めようとさまざまに手を尽くしたが、琳衣は日に日に水娥から遠ざかるようであった。彼女ははじめ、水娥を女官とまちがえた。つぎに会ったときには乳母とまちがえ、そのつぎは宦官とまちがえた。母王と勘違いしたときには、水娥につかみかかって金切り声で叫んだ。あの子をかえしてと。

心を病み、瘦《や》せ衰えていく姉を助けたいと思うのに水娥にはなにもできなかった。忘れられ、悪罵《あくば》され、彼女の世界から締めだされて、いたずらに時間ばかりが過ぎた。

事件から一月後、琳衣は死んだ。毒を盛られたのだ。だれのしわざなのか、考えるまでもなかった。激情に駆られ、水娥はなぜこんなことをしたのかと母王を面罵した。

「己が責務を果たせぬ者に生きる資格はない」

母王はまた懐妊していた。水娥は大きくふくらんだ母王の腹を指さし、母上も子を奪われれば姉上の気持ちがわかるだろうと言いかえした。母王は眉ひとつ動かさなかった。

「こなたのつとめは子を産むことだ。奪われたのなら、ふたたび孕《はら》むまで。琳衣《あれ》は産んではならぬ立場にありながら産んだ。それゆえ罰を受けた。罪を悔《く》い改めず、つまらぬ感傷に溺れ、己の使命を放擲《ほうてき》したために報いを受けた。すべては琳衣自身が招いた結果だ」

琳衣の死から一月も経たないうちに、水娥は皇太女に選出された。琳衣が皇太女になった年とおなじ八つのときのことだ。

今度は水娥が青宮の虜囚《りょしゅう》となった。外界との接触を断たれ、慕わしい父とも会えなくなり、高い牆《かきね》で区切られた天穹《そら》を見あげるだけの毎日がつづいた。

外に出られたのは十年後。皇宮では大勢の女官と宦官が水娥を待ち受けていた。有無を言わさず京師《みやこ》へ向かう衣車《くるま》に乗せられた。久方ぶりの景色を楽しむ暇もなく、

水娥はあれよあれよという間に火焔紅《ほのおいろ》の龍衣を着せられ、鏤金燦々《るきんさんさん》たる朝堂《ちょうどう》へ連れていかれ、百官の推戴《すいたい》を受けて玉座に据えられた。

万歳をとなえる声が朝堂に響きわたったとき、水娥は笑いだしそうになった。

なにが万歳だ。なにが慶賀だ。

十三か月後には死ぬとわかっている女のなにを祝福するというのだ。

すべては禳焱《じょうえん》のため。禳焱を継承するために皇子たちは骨肉相食《こつにくあいは》む争いを演じなければならず、九天逐鹿を見届けるため、女帝はかりそめの玉座にのぼらなければならない。

禳焱さえなければ、九天逐鹿は必要ない。九天逐鹿が行われないなら、女帝も皇太女もいらない。禳焱がなければ、琳衣は死なずにすんだ。赤子を奪われずにすんだ。恋しい男と平穏に暮らすこともできたはずなのに。

あまたの犠牲を燃やしつづける神威《しんい》の焔。その色彩は怨めしさをかきたてるけれど、この国が禳焱に守られていることもまた、ゆるぎない事実だ。

禳焱があるからこそ、煋は他国の侵略に怯えずにすむ。天災が起きても被害を最小限におさえることができる。禳焱の恩恵を受ける万民にとっては、琳衣の悲運も、春秋後《いちねん》に訪れる水娥の死も、些末な犠牲にすぎないのだろう。


「革義《かくぎ》さま！」

花のような美姫が長裙《ちょうくん》の裾《すそ》をつまんで駆けてきた。髻《もとどり》に挿した金歩揺《きんほよう》が軽やかに歌い、開け放たれた大扉からさしこむ陽光が曲裾深衣《きょくきょしんい》に縫《ぬ》いとられた胡蝶文様をきらきらと輝かせている。弾けるような笑顔があまりにまぶしくて、革義は思わず目を細めた。

榎《ゆう》王妃趙麗薇《ちょうれいび》。榎国に封じられている呂革義の、ただひとりの妃である。

「やっとお会いできましたわね！」

麗薇はぶつかるような勢いで革義に抱きついた。ふうわりと舞いあがった花の香りがおよそ二月ぶりの再会を甘やかに彩る。

「もう、どうしてもっと早く呼んでくださらなかったんです？　わたくし、革義さまに招いていただける日をいまかいまかと待っていましたのよ。こんなに待たせるなんてひどいですわ。あっ、もしかして宮中の美人に目移りなさっていたのではないでしょうね？」

麗薇が愛らしい目で睨《にら》んでくるので、革義は微笑《ほほえ》みをこぼした。

「君のことばかり考えていたから、宮中に美人がいることにも気づかなかった」

「ほんとうかしら？　わたくしのことなんて忘れて、ほかのかたと犠尚《ぎしょう》でお会いになっていたのではなくて？」

犠尚とは、黄《きいろ》の夭珠《ようじゅ》三つと引きかえに、蠱鬼《こき》が出没しない安全な場所で人と会うことだ。制限時間は一刻（十五分）。ここで使った夭珠は戻ってこないので、犠尚を行えば行うほど、夭珠が減っていくことになる。

「私が犠尚してまで会いたいと思う女人は、君以外にいない」

革義は麗薇の頰にふれた。このやさしいぬくもりにあと何度ふれられるのだろうか。常に胸を占める悲愁《ひしゅう》が鋭い痛みを伴って響く。

麗薇とはじめて出会ったのは一年前。市井《しせい》でのことだ。

めずらしい書物があると聞いて知己《ちき》のもとを訪ねた革義は、往来の真ん中で柄の悪い男たちに連れ去られそうになっている十四、五の少女を見かけた。騒ぎの原因は少女が簪《かんざし》の代金を支払わなかったことで、男たちは店側が雇った用心棒だった。少女に話を聞くと、代金とはなんなのかと小首をかしげる始末。店主が簪をくれると言うからもらっただけで盗んだわけではないという。箱入り娘の彼女は銀子を使ったことがなかったのだ。

代わりに簪を買ってその場をおさめた革義は、少女に懐かれてしまった。

彼女は麗薇と名乗り、好きでもない相手と婚約させられそうになっている、どうにかして婚約を阻止できないかと相談してきた。実は今日もそのことで父親と口論して、衝動的に家を飛びだしてきたのだということだった。

相談に乗るうち、革義は麗薇に惹《ひ》かれていった。天真爛漫《てんしんらんまん》な彼女は革義の骨身に染みついた陰鬱《いんうつ》をやわらげてくれた。麗薇の嫁ぎ先が樓王府《おうふ》、つまりは革義自身であることを知り、天恵を得たような心地がした。麗薇もおなじ気持ちだとわかったときは有頂天になった。予定されていたとおりに婚約して吉日に婚儀を挙げた。

幸せだった。彼女と過ごす毎日が死ぬまでつづくと思っていた。われながら浅慮《せんりょ》であった。古《いにしえ》の賢人が語っているではないか。幸福には災禍《さいか》がよりそっていると。

婚儀から二月後、父帝が崩御《ほうぎょ》した。朝廷の使者が革義を迎えにきた。

なんの因果か、龍生八子《りゅうせいはっし》に選ばれてしまったのだ。眼前が真っ暗になった。龍生八子のうち、七人はかならず死ぬ。最後まで勝ちぬかなければ、麗薇と添いとげることはできない。革義は絶望した。野心とは無縁の自分が奸智《かんち》に長《た》けた兄弟たちを出しぬいて最後のひとりになることができるとは、到底思えなかった。

魂を失ったひとのように立ちつくす革義の前で、麗薇は無邪気に浮かれはしゃいだ。

「革義さまは主上《しゅじょう》におなりになるのですね！」

純真な彼女は夫の勝利を信じて疑わなかった。

あどけない夢を壊したくはなかったが、万一のときには自分に操《みさお》をたてなくてよいから、良縁を得て幸福に暮らしてほしいと言った。別れの爵《さかずき》を交わしてもなお、麗薇はふたりの未来が潰《つい》えたことに気づいていないようだった。

九天逐鹿がはじまってからというもの、麗薇を想わなかった日は一日たりともない。しかし、犠尚にはなかなか踏みきれなかった。一度でも会ってしまえば、ますます離れがたくなりそうで。二度と会わないと決意して別れたはずなのに、こうして彼女を呼びよせてしまう。己が心の弱さを思い知らされる。

「今日はよいご報告がございますの」

力いっぱい背伸びをして、麗薇は革義の耳もとに朱唇《しゆしん》をよせた。

「わたくし、御子を授かりました」

革義は目を見ひらいた。誇らしげに微笑む麗薇の両頰を手のひらで包む。

「ほんとうか……？」

「ええ。ほんとうですわ」

「どうして文で知らせてくれなかったんだ」

「直接お会いしてお伝えしたかったのです。文で報告するなんて味気ないでしょう？」

「吉報は一刻も早く知りたいものだ。とくにこんな……こんな、うれしいことは」

革義は衝動的に麗薇を抱きしめた。

「ありがとう、ありがとう、麗薇……。君のおかげで私は天下一の幸せ者になれた」

とくだん子が欲しいと願ったことはない。妻が欲しいと思ったことさえなかった。幼いころから革義は望むことを避けてきた。望んでも無駄だと知っていたからだ。

革義の母はほんのひととき父帝に愛されたが、衣を着替えるように打ち捨てられた。寵愛を失った母は泣き暮らした。わが子である革義を抱く余力もなく、来る日も来る日も父帝のために念入りに装い、薄情な待ちびとに恋い焦がれて紅涙《こうるい》を絞った。

　空閨《くうけい》をかこつ母を見て、革義は望むことの愚かしさを痛感した。

　期待すれば裏切られる。求めれば拒まれる。夢など見てはいけない。どうせ、なにも得られはしないのだから。母から学んだ教訓が革義を無欲にした。

　欲しがりさえしなければ、失意の淵に突き落とされることもない。そう思って生きてきたのに、いまや革義は多くのものを求めている。麗薇と穏やかに暮らす未来や、麗薇が産んだわが子を胸に抱くそのときを。

「革義さまったらずるいですわよ。ご自分だけ幸せ者になるなんて」

　麗薇が革義の背に手をまわしてくる。

「九天逐鹿に勝ち残って、わたくしも天下一の幸せ者にしてくださいませ」

「ああ、約束する。君を寡婦《かふ》にはしない」

　けっして抱かなかった願いが胸を滾《たぎ》らせた。

「玉座を手に入れる。君のために」

「わたくしたちのため、でしょう？」

　麗薇はそっと身体を離し、ひらたい腹部を撫でた。革義は彼女の手の上からおなじ動作をした。手のひらに伝わるやわらかな体温が冷めた心に蓄積した澱《おり》を溶かしていく。

「君たちのためにかならず勝ちぬくよ」

決意が満身に漲《みなぎ》るのを、ひしと感じた。


燭龍廟《しょくりゅうびょう》は燎周城《りょうしゅうじょう》の中央に位置する。八十一間《けん》からなる建築群は霊山にわだかまる燭龍のかたちを模して配置され、すべてに黒羽色の甍《いらか》が葺《ふ》かれている。さながら飛翔する羅刹鳥《らせつちょう》のごとき屋根の下で、龍生八子《りゅうせいはっし》たる八人の皇子たちが稽首《けいしゅ》していた。玉座に腰をおろしているのは、火焔紅《ほのおいろ》の龍衣をまとう水娥《すいが》だ。

「これより第一回の解魄《かいはく》を行う」

水娥が宣言すると同時に、皇子たちは腰帯からさげている斂牙嚢《れんがのう》を手にとった。

毎月末の解魄で、女帝は龍生八子が所持する夭珠の数を調べる。決められた数に達していない者は失鹿《しつろく》する。第一回の定数は紅玉一。白玉に換算すれば十。この数が基準となり、翌月の解魄では今回の倍、翌々月の解魄ではさらにその倍となる。

「一皇子、黄玉四、紅玉二、白玉七」

中常侍蚤厓《ちゅうじょうじそうがい》は世建《せいけん》の斂牙嚢の中身を青銅盤にひろげ、丁寧《ていねい》に数えあげた。

斂牙嚢に同種の夭珠が一定数たまると、より価値の高い夭珠にひとりでに変換される。

下級蠱鬼《こき》の蝪《とう》を斬って得られる白玉が十たまれば、中級蠱鬼の蠕《ぜん》を斬って得られる紅玉一つになり、紅玉が十たまれば、上級蠱鬼の蟜《きょう》を斬って得られる黄玉一つになり、黄玉が十たまれば、最上級蠱鬼の蜿《えん》を斬って得られる翡翠《ひすい》一つになるという具合に。

蚤厓は数えあげた夭珠を斂牙嚢に戻した。

丹斐鼎《たんぴてい》で赤々と燃える穰焱《じょうえん》に斂牙嚢をかざしたあと、中身を青銅盤に出す。黄、紅、白と色あざやかだった十三個の宝玉は、墨を固めたような色に変わっていた。

解魄の最中に限り、夭珠は穰焱で炙《あぶ》ると黒色に変化する。

十三個の宝玉が黒になったので、全部本物の夭珠であることが証明された。なお、夭珠の色は一刻ほどでもとに戻る。

「一皇子、誰手《すいしゅ》」

青銅盤を見た水娥が抑揚《よくよう》のない声で言いわたした。

誰手とは鹿死《ろくし》誰手の略である。鹿、誰《たれ》の手に死するや――いまだ勝敗がさだまらないことをいう。解魄においては失鹿の対語で、解魄に及第したことを表す。

「二皇子、黄玉三、紅玉九、白玉九」

「二皇子、誰手」

「三皇子、黄玉六、紅玉八、白玉四」

「三皇子、誰手」

同様の手順で至純までつづいた。失鹿する者はひとりもいない。

「これにて第一回の解魄を終了する」

燭龍廟の大門を出たとき、孟春《もうしゅん》の空は刃物で引き裂かれたような痛ましい朱に染まっていた。燃え盛る夕空を見あげ、威昌《いしょう》は顔をしかめる。どこかで見たような色だと思えば、母が吐いた血の色に似ているのだ。悪疾《あくしつ》に侵された母の口から飛沫《しぶき》のようにあふれてきた血の色は、まさにいま、天壌を焼きつくさんとする夕陽と瓜《うり》ふたつだ。

そう認識したとたん郷愁めいた感情が胸にひろがり、威昌はだれにともなく冷笑した。ひょっとして母を懐かしんでいるのだろうか。善良すぎるほど善良であったがゆえに、後宮の片隅でみじめに散った愚かな女のことを。

無益な感傷をふりはらい、威昌は先を急いだ。

死人にかまっている暇はない。残り十一回の解魄《かいはく》が行われるまでに七人の兄弟をだしぬかなければ。勝つためなら、どんな卑劣な手段も辞さないつもりだ。龍生八子が生き残る道は、勝利する以外にない。

「おい、知ってるか？　今回の九天逐鹿には替え玉がいるらしいぞ」

長い階《きざはし》をおりたところで、宦官《かんがん》の声が聞こえてきた。見れば、天禄《てんろく》と辟邪《へきじゃ》をかたどった石像の陰で宦官たちがこそこそ話している。

「替え玉って、龍生八子のなかに？」

「そうだよ。董卜師《とうぼくし》の卜筮《うらない》によれば、龍生八子のだれかが偽者だそうだ」

「皇子になりすましてるやつがいるのか」

「替え玉がばれたら大失点だぞ。そんな悪手をわざわざ使うか？」

「成功例はあるだろ。正景帝《せいけいてい》も元徳帝《げんとくてい》も、替え玉を使って皇位についたんだぜ」

そういえばそうだな、と宦官たちは納得したふうにうなずき合った。

「だけど、替え玉って卑怯だよな。蠱鬼狩りをほかのやつにやらせて、皇子本人は安全な場所で高みの見物をしてるってことだろ」

「九天逐鹿は騙し合いだぞ。どんな手を使ってもいいんだ。最終的に勝ちさえすれば」

「だれが替え玉なんだろう？」

「偽者はだれか、賭けようぜ。俺は第四皇子が怪しいと思う。だってさ、あのひと——」

威昌に気づいた宦官があわてて口をつぐんだ。いっせいにひざまずいておもてを伏せる。

威昌は彼らを一瞥《いちべつ》し、朽《く》ちかけた落日の陰影を踏みながら無言で通りすぎた。

第二幕　兄弟鬩牆《けいていかき》に鬩《せめ》ぐ

天珠《ようじゅ》が本物か否かを調べる方法は禳焱《じょうえん》にかざす以外にもある。天珠を凌咒剣《りょうしゅけん》で磨く方法だ。これはいつでも可能で、黒色になった天珠がもとに戻るのに一刻もかからない。

「死んでいただと？」

黄の天珠を凌咒剣の剣身で磨こうとしていた威昌《いしょう》は、われ知らず眉をはねあげた。

「検屍《けんし》した医官によると毒殺のようです」

近侍の羅良《らりょう》が端整な顔をこちらに向ける。

「下手人《げしゅにん》は？」

「手がかりがなく、捜査は難航しています」

龍生八子《りゅうせいはっし》に替え玉がいるという噂を耳にした威昌は、くわしい話を聞くため、噂の出どころである董卜師《とうぼくし》に羅良を遣わした。ところが、董卜師はすでに骸《むくろ》となっていた。

「消されたな」

龍生八子に偽者がいると言及した卜師が殺された。この事実がなにを意味するか、あらためて考えるまでもない。

「替え玉に言及されては困る人物が董卜師の口を封じたと？」

「そいつが本物の龍生八子だ。おそらくは蠱鬼《こき》の血で手が汚れぬ場所にいる」

「しかし、朱雀盤《すざくばん》にはすべての天眼《てんがん》がそろっていたはずですが」

「朱雀盤は龍生八子が城内にいることしか示さない。たとえどんな衣を着てどんな顔をしていようと、皇宮内にいればいいわけだ」

燭龍廟には朱雀盤と呼ばれる碁盤が置かれている。九天逐鹿がはじまるのは、朱雀盤の盤上に八つの赤い碁石《ごいし》――天眼がそろったときだ。

天眼にはそれぞれ皇子の名が銘じられている。これはあとから銘じられたものではなく、天眼が朱雀盤に出現したときから刻まれているものだ。

皇子が生まれると、太祝令《たいしゅくれい》が皇子の指に傷をつけて朱雀盤に数滴の血を垂らす。朱雀盤は皇子の血を記憶する。これが天眼のもとになる。皇帝崩御《ほうぎょ》を受けて龍生八子の名簿ができると、太祝令は朱雀盤に皇子の姓名を書く。朱雀盤は該当する皇子を認識し、その皇子が参内《さんだい》すれば、名を銘じた天眼が盤上にあらわれる。ただし、朱雀盤が語るのは龍生八子が城内にいることだけ。彼が皇宮のどこにいるのかはわからない。

「本物は偽者の近くにいる。替え玉を使うほどの野心家だ、絶対に失敗したくはないだろう。身代わりの失策を防ぐため、やつの動向を逐一《ちくいち》探れる場所からつねに見ているはずだ」

威昌は龍生八子の顔ぶれを思い起こした。兄弟といっても所詮《しょせん》は皇族。巷間《こうかん》の兄弟のように親密なつきあいはない。巧妙に仕組まれた偽者なら騙されてしまうだろう。

夕曇りの空を剣戟《けんげき》の音が引っかいた。刃と刃がかみ合い、剣花が幾たびも薄明かりを裂く。斬撃の応酬の果て、ついには一方の剣が押しかえされ、大きく弾き飛ばされた。

「腕が落ちたな、四弟」

異母弟の首筋に突きつけていた剣先を外し、第三皇子呂剛飛《ごうひ》は屈託なく笑った。

「封土《ほうど》では武芸の鍛錬を怠《なま》けていたと見える」

「鍛錬など、やる気が起きませんよ。なにせ、人より羊が多い鄙《ひな》びた土地ですから」

威昌は立ちあがって胡服《こふく》の裾《すそ》を払った。激しい打ち合いのせいか、結いあげた髪は砂塵《さじん》にまみれ、くすんだ緋色《ひいろ》になっている。

「俺の封地も似たようなものだ。羊ではなく猛獣が多い。おかげで狩りは楽しめるが」

威昌は西域に近い封国《くに》を、剛飛は北狄《ほくてき》と国境を接する封国を賜《たまわ》っている。どちらも広大な土地を有しているが、人やものがあふれた封土とは言いがたい。

もっとも、ふたりが封じられた経緯は正反対だ。威昌は死んだ母の弔慰品《ちょういひん》代わりに、辺境に追いやられた。剛飛はみずから願い出て最果ての地を賜った。豊かな封土を賜って有力な王になれば、剛飛にその気がなくても朝廷の勢力争いに組みこまれてしまう。面倒な政争にまきこまれるのを避けるため、あえて京師《みやこ》から遠い場所を望んだのだ。

「狩りに慣れていらっしゃるせいだな。蠱鬼狩りの腕前も頭ひとつ抜けていらっしゃる」

「おだてても天珠は分けてやらぬぞ」

「当然でしょう。三兄には負けられぬ戦いだ」

入日を告げる鐘鼓《しょうこ》の音が響きわたった。九天逐鹿も四か月目になると、蜿《えん》が出るようになる。蜿の瞳が赤く光るのは黄昏時《たそがれどき》のみなので、鼓楼《ころう》から警告が発せられるのだ。

「おまえもそうじゃないのか」

「さあ、どうでしょうね。三兄とちがって俺には守るべき者がありませんから」

「たしかに子がいないと張り合いがないだろうな。王妃を迎えたのは四年前だというのに、子ができなかったのは残念だ」

威昌は父帝が後宮から下げわたした宮女を正妃にしている。威昌の希望ではなく、父帝の勅命《ちょくめい》だ。父帝は辺境でくすぶっている威昌が叛意《はんい》を抱いているのではないかと警戒していた。宮女を娶《めと》らせたのは監視のためだ。

「たとえ子がいたとしても、三兄みたいな親馬鹿にはなっていなかったと思いますよ」

「みなが俺を親馬鹿とからかうが、言うほど親馬鹿か？　これくらい普通だろう？」

「自覚がないとは重症だな」

威昌が肩を揺らして笑ったときだ。遠雷が曇り空をほの暗く焦がした。

「いまごろ、王子は泣いているだろうな」

青ざめて震えるいとけない吾子《あこ》を思い浮かべ、剛飛は眉宇を曇らせる。

「王子は雷が大の苦手でな。ちょっとでも雷鳴が聞こえると俺のところに飛んでくる。音がおさまるまで抱いていてやるんだ」

剛飛がそばにいないから、乳母にしがみついているだろう。王子の母妃は出産を終えてすぐに落命してしまったので、王子が甘えられる相手は剛飛と乳母しかいないのだ。

「それほど王子のことを思っていらっしゃるのに一度も犠尚《ぎしょう》なさらないのはなぜです」

「大事に思っているからこそ、犠尚はしない。皇宮には近づくなと厳命している」

「王子を蠱鬼とまちがえる恐れがあると？」

「ないとは言えぬ。蠱鬼は凌咒剣《りょうしゅけん》の持ち主の心を読むからな。俺が会いたいと願っている人物は遠ざけておかねば」

龍生八子の親族は九天逐鹿が終わるまで京師に滞在する。いつでも犠尚に応じられるようにするためと、失鹿《しつろく》した場合に遺品などを受けとるためだ。

「再会は勝ち残るまでお預けですか」

「運がよければな。いよいよ失鹿しそうだというときは、死ぬ前に会うつもりだが」

「非情なり九天逐鹿。父と子の仲を引き裂くとは、つくづく血も涙もない制度だ」

「愚痴《ぐち》を言っても無駄だぞ。どんなに不条理でも制度は制度。従うしかない」

「制度としては欠陥品ですよ。己の身代わりを立てて戦わせることもできるのですから。今回も替え玉がいるらしいですし」

「替え玉だと？　どこからそんな話が？」

剛飛がいぶかしむと、威昌は董卜師《とうぼくし》が不審死したことを話した。

「朱雀盤《すざくばん》は龍生八子が皇宮内にいることしか認識できないし、釁礼《きんれい》は最大で二度まで許されている。替え玉で蠱鬼狩りを勝ちぬき、最後の最後で二度目の釁礼を行って女帝を斬ることもできるわけだ。九天逐鹿という制度自体が替え玉を容認しているんです」

最後まで勝ち残った皇子は淩咒剣で女帝を斬る。女帝は淩咒剣に斬られても死なない代わりに、その身に宿っていた瑩鳳鐲《えいほうたく》が消え、不老不死の術がとける。

このとき、淩咒剣の持ち主は呂姓の男子でなければならない。異姓の者が淩咒剣で女帝を斬ると、替え玉とその雇い主は蠱鬼に喰い殺される。

「二度目の釁礼は燭龍廟《しょくりゅうびょう》の祭壇前で行わなければならないという縄墨《きそく》があったな」

「そんなものは縄墨のうちにも入らない。替え玉を防ぐどころか、助長している」

「替え玉が暴かれれば、凌兕剣の切れ味が鈍るという罰則もあるぞ。実際、替え玉で自滅した龍生八子はすくなくない」

「成功例がある以上、賭けを挑む者はあとを絶たないでしょう。だれだって替え玉を使う可能性はある。三兄も例外とはいえない」

「俺が偽者だというのか？」

「目立つ特徴がある人物は変装しやすいんですよ。三兄は筋骨隆々たる武人で、豪放磊落《ごうほうらいらく》な人柄で、朝から晩まで王子の話ばかりする親馬鹿だ。この特徴をしっかりおさえておけば、顔立ちが似ている別人が三兄になりすますことも不可能とはいえません」

「馬鹿馬鹿しい」

　剛飛は一笑にふした。

「いちばんうさんくさいのはおまえだよ。七弟が違背《いはい》したあと、待ってましたとばかりに登場したな。なにか細工をしたのか？」

「祈っただけですよ。どうか龍生八子に選ばれますようにとね。辺境からはるばる京師《みやこ》まで来たのに待ちぼうけでは味気ないですから」

九天逐鹿がはじまる前、主だった皇族男子は京師に集められる。棄権や違背により欠員が出た場合、すみやかに補塡《ほてん》するためだ。

「よく見てみると、人相が変わったようだな。昔はもっと繊細な顔をしていただろう。目もとが険しくなったし、口もとも引き締まりすぎている。顎《あご》のかたちもちがうような」

「それはよかった。童子のころは女みたいな顔つきだと宮女にからかわれていたんですよ。草原の風にさらされて粗野になったんだとしたら、辺境暮らしも悪くはないですね」

「殿下」

堅苦しい声がふたりの背中を叩いた。威昌の近侍《きんじ》をつとめる羅良《らりょう》が揖礼《ゆうれい》する。

「これから問鼎軽重《もんていけいちょう》を行うそうです。両殿下は急ぎ燭龍廟《しょくりゅうびょう》までお運びください」

皇子が失鹿したり、なんらかの理由で夭珠《ようじゅ》を失ったりすると、彼が所持していた夭珠のすべて、あるいは半分が宙に浮く。

問鼎軽重とは、宙に浮いた夭珠のあつかいを残った皇子たちで話し合うことである。

「やっと問鼎軽重か。待ちくたびれたぞ」

第三回の解魄《かいはく》は最近終わったばかりだが、問鼎軽重はこれが初回だ。

「で、だれがしくじったんだ？」

威昌が問うと、羅良は短く答えた。

「第五皇子です」


「みなさま、おそろいですね」

陸豹《りくひょう》はのっそりと筵席《ざせき》に腰をおろした。

燭花《ともしび》揺らめく燭龍廟東配殿《ひがしはいでんおもてざしき》の正庁には、龍生八子がそろっている。席順は先着順で、右手側が第一皇子世建《せいけん》、第三皇子剛飛《ごうひ》、第四皇子威昌《いしょう》、第八皇子令哲《れいてつ》、左手側が第二皇子恭明《きょうめい》、第六皇子狗《こう》、第九皇子至純《しじゅん》。左右から向かい合う恰好で筵席に跪坐《せいざ》している。

「主上《しゅじょう》の御姿が見えないけど？」

「残念ながら主上はいらっしゃらないんですよ、第二皇子。問鼎軽重は太祝令《たいしゅくれい》、つまりは臣《しん》めが取り仕切る決まりになっております。むさ苦しい親父の面《つら》などお目汚しでしょうが、まあ我慢してください」

煙管《きせる》をくわえたまま、簡冊《ぶんしょ》をひろげる。

「それでは問鼎軽重をはじめます。手順はご存じだと思いますが、初回では簡単なご説明をすることになっていましてね、面倒ですがおつきあいください。まず、臣の手もとにある夭珠《ようじゅ》――先刻まで第五皇子の斂牙嚢《れんがのう》に入っていたものですが――を甘露《かんろ》と申します。これは持ち主がいない夭珠のことです。臣はみなさまに甘露の数を提示します。その後、既《き》生覇《せいは》もしくは既死覇《きしは》を選択していただきます。既生覇はここにいらっしゃる全員で甘露を等分すること、既死覇はひとりのかたが甘露を独占することです。既死覇ではある特殊な状況下で蠱鬼《こき》を狩る勝負を行います。一定数の天珠をいちばん早く集めたかたの勝ち。甘露は勝者がひとり占めし、その他大勢はひとつも受けとれません」

陸豹は紫煙まじりのため息をついた。

「問鼎軽重は平和的な交渉の場です。暴力や脅迫はおひかえください。目に余る行為があれば、容赦《ようしゃ》なく叩きだします。退座を命じられた時点で甘露を受けとる資格を喪失しますのであしからず。全員が既生覇を選択しなければ既生覇に、ひとりでも反対なされば既死覇になります。ご質問があれば挙手をどうぞ。はい、第九皇子」

「既生覇に決定したとき、甘露が人数で割りきれなかったら、どうなりますか？」

「きれいに等分できる数になるまで甘露を減らします。余った甘露は次回の問鼎軽重まで持ち越しです。ほかにはなにか、第一皇子」

「太祝令がわれわれの前で煙管をくわえているのも問鼎軽重の縄墨《きそく》なのか」

「ああ、これ？　こいつは縄墨とは関係ありません。煙草でも吸わないとやる気が出ないんですよ。だるい仕事なんで」

世建が忌々《いまいま》しそうに睨《にら》んできたが、陸豹は平然と紫煙を吐いた。たかだか皇子ごときに怯んでいては、宮仕えは務まらない。

「ほかにご質問はございませんね？　では、さっさと先に進めましょう。えー、第五皇子は夭珠の半分を失いましたので、甘露は黄玉六、紅玉六、白玉五。もっとも価値の低い白玉に換算しますと、六六五です」

陸豹は太祝丞《じょう》に持たせた青銅盤を煙管の雁首《がんくび》でぞんざいに指し示した。

「さっそくですが、採決をとります。既死覇をお選びになるかたは名乗り出てください」

寒々しい遠雷が沈黙を鈍く引っかいた。

「みなさま既生覇ということで？」

「まあ、それでいいだろう」

「あえて既死覇を選ぶほどの数ではないかと」

「兄弟で公平に分けましょう」

剛飛、狗、令哲の意見にみなが同意した。

「全会一致で既生覇に決定します。甘露はひとり当たり九五です。白玉に換算してお配りしますが、斂牙嚢に入れていただければ、まとまった数ごとに上位の夭珠に変換されますのでご心配なく。じゃ、これにて散会」

「ちょっと待ってくれたまえ。甘露が五弟の夭珠の半分ということは、五弟は人を斬ったんだよね？　いったいだれを斬ったんだい」

凌咒剣《りょうしゅけん》で誤って人を斬ると、夭珠の半分を失う。龍生八子《りゅうせいはっし》を斬ると、すべての夭珠を失う。蠱鬼以外のものを斬った時点で斂牙嚢から該当する数の夭珠が消え、失われた夭珠は太祝令が管理している青銅盤にあらわれる。

「だれだったかなぁ。鳥頭なんですぐ忘れるんですよ。おい丞、だれだっけ？」

「櫌王妃《ゆうおうひ》殿下です、太祝令」

「ああ、そうだった。愛妻の櫌王妃を斬っちまったらしいですよ。もちろん、好き好んで斬ったわけじゃなく、蠱鬼とまちがえたとか。いやあ、まったく涙なしには語れぬ悲劇ですなあ。ほかにご質問は？　なければ終わりますよ。はい、今度こそ散会」

陸豹はいそいそと立ちあがって、連枝灯《れんしとう》で燃える燭花《ともしび》を消しはじめた。

「五弟が不憫《ふびん》だ。愛する妃を手にかけてしまうとは……さぞかし胸を痛めているだろう」

剛飛が嘆息すると、世建は鼻で笑った。

「かえってよかったんじゃないか。王妃をさっさと斬っておけば、今後は王妃に化けた蠱鬼が出てきてもためらわず斬ることができる。五弟もそう思って斬ったのかもしれぬぞ」

「そんなことありえませんよ。五兄は櫌王妃をとても大事になさっていましたし、櫌王妃は身籠《みごも》っていたんですよ。きっと不幸な事故だったんでしょう。お気の毒です」

令哲は純朴《じゅんぼく》な眉を苦しげに曇らせた。

「えっ、櫌王妃は身重だったんですか⁉　それは……おかわいそうに……」

「愚か者に同情するな、九弟。皇帝になろうという者が女などに気をとられてはならぬ。これを機に五弟が戦意を失うなら、所詮《しょせん》あいつは帝王の器ではないということだ」

「大兄は血も涙もないかたですね。こんなことを言いたくないですが、軽蔑《けいべつ》しますよ」

至純《しじゅん》は几案《つくえ》を叩いて立ちあがった。

「五兄のご様子を見てきます」

「人の不幸を見物に行くのか？　悪趣味だな」

「慰めに行くんですよ。八兄、一緒に行きませんか。五兄は悲しみのあまり早まった真似をなさるかもしれません。とても心配です」

「ええ、僕も行きましょう」

「やさしい弟たちがいて五弟は幸せ者だ」

世建の皮肉を無視して、至純と令哲は足早に正庁《おもてざしき》を出て行った。

「みなさまも天珠を受けとったらとっとと出て行ってください。おしゃべりは外でどうぞ」

煙管をくわえたまま、陸豹はひらひらと手をふって皇子たちを追いだした。

「それで？　五兄はまだ櫻王妃の死体にすがって泣いてるの？」

第九皇子呂至純は茶湯をくみ、茶杯《ゆのみ》にそそいだ。湯気がのぼる茶杯を宦官《かんがん》にわたす。

「そのようです。事件以来、蠱《こ》鬼《き》狩りもせず、食事さえろくにとっていないとか」

宦官は茶杯を受けとり、口をつけた。毒味のためである。

「壮丁《おとな》のくせにもろいねえ。たかが妃をひとり殺したくらいで、この世の終わりみたいに嘆いちゃってさ。みっともない」

「五皇子は櫻王妃《ゆうおうひ》の懐妊を知ってから意欲的に蠱鬼狩りを行い、夭珠を増やしていました。櫻王妃が闘志の源だったのでしょう」

「その闘志の源を自分の手で斬っちゃったわけだ。どんな気分だろうねえ？」

羽ばたくような笑みが唇からこぼれる。

「しかも櫻王妃は懐妊中だったわけでしょ。五兄は愛妻だけでなく吾子《あこ》まで殺したんだ」

「そのことですが……どうやら櫻王妃は懐妊していなかったようです。婢女《はしため》によれば、身籠ったというのは嘘だったとか」

野心のない革義《かくぎ》を奮《ふる》いたたせるため、櫻王妃は懐妊を偽装したという。

「なあんだ、嘘だったの。つまんない。妻と子を一度に殺したほうが面白かったのに」

革義が櫻王妃を斬るよう仕向けたのは至純である。

仕掛けは単純だ。櫌王妃を偽の文で呼びだしたのだ。愛妻の懐妊を知ってから、革義は犧尚《ぎしょう》を避けており、彼女とは文のやりとりしかしていなかった。至純はそこに目をつけた。革義が櫌王妃を溺愛《できあい》していることは周知の事実。犧尚をひかえているのは彼女の身を案じてのことだ。革義は蠱鬼と見誤って櫌王妃を害してしまうのではないかと恐れていた。

至純は革義の不安を実現した。つまり、夕刻に櫌王妃をおびきだし、革義と対面させた。釁礼《きんれい》から三月過ぎれば、上級蠱鬼の蟜《きょう》や最上級蠱鬼の蜿《えん》が姿をあらわすようになる。蜿は日が沈みはじめてから戌《いぬ》の刻《こく》の終わりまでに出没し、黄昏時の短いあいだだけ瞳が赤く光るのが特徴だ。しかし黄昏時を過ぎれば、外見では人と区別がつかなくなる。日の入りからだいぶ過ぎたころ、革義の眼前に櫌王妃がやってきた。そこにいるはずのない愛妃の姿を見て、なにを思っただろうか。

本物の櫌王妃かもしれないと動揺したか。蠱鬼にちがいないと一目で判断したか。ともあれ、革義は櫌王妃を斬った。真っ赤な返り血を浴びたとき、彼は思い知らされたはずだ。愛する女を手ずから殺《あや》めてしまったのだということを。

「五兄は再起すると思う？」

「憔悴《しょうすい》している様子ですので、難しいかと」

「でも、これが仕組まれた事件だったことに気づけば闘志を取りもどすんじゃない？　下《げ》手人《しゅにん》への――僕への復讐のために」

「気づくはずがありません。証拠となるものはすべて消しましたから」

「すべて？　ほんとうに？」

「ええ、文も使者も始末しましたし……」

「嘘つき。君が残ってるじゃない」

宦官が血を吐いて茶杯を落とした。胸をおさえ、うめき声をあげて、その場に倒れこむ。

「殿下……奴才《わたくし》はまだ、お役に立て……」

宦官は苦悶《くもん》の表情で袖《そで》をつかんでくる。至純はその手を払いのけた。べつの茶杯に茶湯をそそぎ、たっぷりと香りを楽しんで味わう。

「腐人《かんがん》の代わりならいくらでもいるよ」

さりながら、皇帝は唯一無二の存在だ。赫々《かっかく》と輝く尊位は幾万の血を流すに値する。

「殿下、燕陽公主《えんようこうしゅ》さまから文が届きました」

屛風《びょうぶ》の陰から童宦《どうかん》の声がした。至純は言下に呼んで文を受けとる。童宦は血を吐いて事切れている同輩を見てぎょっとした。

「毒味で当たったんだよ。始末しておいて」

童宦が同輩の骸《むくろ》を運び去るのを待たず、至純は文を読んだ。

燕陽公主は至純の異母姉だが、互いの母親が姉妹なので単なる異母姉弟以上の親しみがある。帛書《てがみ》につづられた儚げな手跡は恋しい姉のなよやかな横顔を思わせ、慕わしさで胸がいっぱいになった。

「絶景だなあ」

奏書《そうしょ》の美辞麗句《びじれいく》を目で追っていた水娥《すいが》の耳を甘ったるい男の声が打つ。

「姮娥《こうが》と見紛う美姫が凭几《ひじかけ》にもたれて書を読んでいる。詩心を刺激される光景だねえ」

「またそなたか、二皇子」

水娥はげんなりして長息した。

「匡《がい》はなにをしている。執務中に二皇子を通すなと命じておいたのに」

「中常侍《ちゆうじようじ》はものわかりのいいひとだからね」

「買収されたか。宦官の浅ましさよ」

「まあ、そう怒らないで」

恭明《きようめい》は深衣の袖を払い、水娥が座っている坐牀《ざしよう》に腰をおろした。

黒い清水のような髪が肩を流れ、清涼な蓮花《れんげ》のにおいがふうわりと舞う。この男はいつも風雅《ふうが》な香をまとっている。蘭麝《らんじや》、蠟梅《ろうばい》、白檀《びやくだん》、水仙《すいせん》、伽羅《きやら》。日替わりで漂う芳香はさながら天衣のようにほのかだが、趣味のよさを感じさせるには十分だ。

「怒った顔も素敵だけど、たまには笑ってほしいな。君の笑顔を見てみたいんだ」

蕩《とろ》けるような甘い微笑。なみの女なら、たちまち胸をときめかせてしまうだろう。

「無礼者という言葉を知っているか」

「さあ、聞いたことがないな。可愛いという言葉なら知っているよ。君のことだ」

「うっとうしい。政務《しごと》の邪魔だ。出て行け」

「つれないなあ」

恭明は哀れっぽくまなじりを下げた。

「だけど、これを見ればすこしは機嫌がなおるんじゃないかな？」

「また袖の下か。いくら賂《まいない》を積んでもそなたには協力せぬと言ったはずだ」

「賂とは人聞きが悪いね。心づくしの贈りものだよ。君を崇拝する、愚かな男からの」

「愚かという点だけは正しいな。花だの菓子だの宝飾品だのに予は寸毫《すんごう》も興味がない。そんなものを山と積まれたところで……」

水娥は恭明がさしだした竹簡《ほん》を見て目を細めた。書名欄には『羇鳥録《きちょうろく》』とある。

「君が地理書や旅行記を好んで読むと聞いてね、苦労して手に入れたんだよ」

「そなたにしては気のきいた品だな」

平静を装って竹簡を受けとる。青絹の紐をほどいて文面に視線を這わせた。

『羈鳥録』は旅に生涯を費《つい》やした高名な道士の著作である。南方各地の山河や風俗や伝承、特産物や名所旧跡などが細やかな筆致で生き生きと描かれている。

現地の土のにおい、風の息吹《いぶき》、人びとの話し声さえ伝わってくるような描写に心惹《ひ》かれ、水娥もいくつか持っているが、全七十篇のうち六十篇以降は蘭台《らんだい》（宮中の蔵書庫）にもなく、入手が困難だった。やけに状態がいいので偽書かと思ったが、内容に疑わしい点は見られず、よくできた写本と思われた。

「贈りものを気に入ってくれたなら、すこしくらいは私の話を聞いてくれないかい」

「何度聞いても答えはおなじだ。そなたと共謀するつもりはない」

このところ、恭明は足しげく水娥を訪ねてくる。高価な手土産《てみやげ》を持ってきて水娥の機嫌を取ろうとするが、魂胆《こんたん》はわかっている。九天逐鹿に勝つために水娥と共謀したいのだ。

「君が私をあと押ししてくれたら、尊位《そんい》についたあとでかならず君を娶《めと》るよ。女帝の夫や子が政《まつりごと》を混乱させる恐れがあるから、女帝は九天逐鹿後に処刑されるわけだけれど、新帝の皇后になれば処刑する理由はなくなる。君は私の皇后になって、私の子を産めばいい。運よく私たちの子が九天逐鹿を勝ちぬけば、君は皇太后にさえなれるんだよ。私は宝祚《ほうそ》を得られるし、君は処刑をまぬかれる。お互いにとって最良の道だろう？」

恭明はなれなれしく水娥の手を握った。

「なにもとくべつなことをしようというわけじゃない。旧来の制に戻すだけさ。九天逐鹿がはじまって間もないころは、女帝は禅譲《ぜんじょう》したのち、新帝の皇后に立てられていた。これこそが正しいかたちなんだよ。閏氏は九王時代からつづく王家で、煋《せい》の天下平定にも一役買っている建国の功労者だ。閏家の王女ほど皇后にふさわしい女人はいない。つまりは君以上に、新帝の皇后になるべき女人はいないということだ」

「予《よ》が皇后にふさわしいだと？　笑わせるな。嬌霓《きょうげい》の禍《か》を知らぬわけではあるまいに」

九王時代、閏家は古来の嬌姓を名乗っていた。

嬌家が治めていたのは九王時代に煋と中原の鹿を争った八か国のひとつ、漓《り》。天下平定に協力した功績により、嬌家は煋の版図《はんと》に組みこまれた漓国の王に封じられ、九王時代にそうしていたように女系で王位を継承していくことを許された。

また太宗聖祚帝《たいそうせいそてい》は嬌家と手を組んで玉座にのぼったため、九天逐鹿後、新帝はもと女帝を皇后に迎えることが慣習化した。漓王の七女霓が至尊《しそん》の位《くらい》をおりて皇后となったのは、聖祚帝の崩御《ほうぎょ》からおよそ百年後のことだ。

わが子が十三になったとき、霓は夫である皇帝を殺した。

女帝の位にのぼることができるのは皇太女のみ。その禁を破ってふたたび万乗《ばんじょう》の位についた霓は、九天逐鹿に干渉してわが子を勝利させ、新帝に尊ばれて皇太后となる。

数年後、皇帝は母太后が父帝を弑《しい》したことを知る。激昂した皇帝は霓を幽閉しようとしたが、先手を打った霓に殺されてしまう。わが子さえ手にかけた霓は三度目の玉座にのぼり、なに食わぬ顔で龍生八子《りゅうせいはっし》を皇宮に集めた。以降、九天逐鹿は機能しなくなる。霓が勝ち残った皇子に禅譲せず、彼を幽閉して女帝として君臨しつづけたからだ。

当時、九天逐鹿には期限がなく、新帝が即位するまでつづくことになっていた。幽閉された皇子が死ねばまた九天逐鹿がはじまったが、勝者は決まって霓が捕らえてしまうので、幾たび九天逐鹿がくりかえされようとも、帝位の持ち主は変わらなかった。

己が玉座を守るため、霓は呂姓の皇族を朝廷から締めだした。一方で嬌氏一門をつぎつぎに王に冊封《さくほう》し、あまたの特権を与えた。後宮には国内外の美男を集めて淫楽に耽《ふけ》り、巨費を投じて陵墓《りょうぼ》や宮殿を造らせ、諫《いさ》める官吏《かんり》は親族にいたるまでむごたらしく処刑した。

蒼生《たみ》は暴虐の限りを尽くす霓に憤《いきどお》っていた。各地では反乱が相つぎ、朝廷から排除された呂氏一門も反乱軍に参加して戦火が戦火を呼んだ。

しかし、いかなる反逆も霓にとっては児戯《じぎ》にひとしかった。反乱軍が狼煙《のろし》をあげるたび、霓は禳焱《じょうえん》を自在に操って賊徒をことごとく焼き払うことができた。

万民の怨嗟《えんさ》の声は天に届かず、帝位を簒奪《さんだつ》して十五年目に霓はとうとう国号を漓《り》と改め、みずからを泰皇《たいこう》と僭称《せんしょう》する。ここに煋は滅び、霓の天下は永遠につづくかに思われた。

亢竜悔《こうりゅうく》いあり。満月がかならず欠けるように、隆盛をきわめれば衰えるものである。

煋が滅ぼされてから十年後、幾度目かの九天逐鹿で勝ち残った呂姓の皇子が幽閉先から逃亡し、霓を討ちとった。皇子は玉座にのぼり、瑩鳳鐲《えいほうたく》に女帝の命を縛る術をほどこして、九天逐鹿に期限をもうけ、女帝は禅譲後に処刑すべしと言いわたした。

さらには嬌家から嬌姓を奪い、閠という姓を与えた。閠は正統ではない天子の位を意味する。爾来《じらい》、閠姓の皇后を立てることはおろか、閠一族から妃嬪《ひひん》を迎えることも禁じられたうえ、漓王の正式な夫は皇帝が指名し、漓国の政の実権は王配が握ることになった。

霓の悪逆は嬌霓の禍《か》として語り継がれ、歴代女帝の天命を決定づける指標とされている。

「君は霓とはちがう。権力のために夫や子を手にかけることができる女人じゃない」

「なぜそう言いきれる？」

「君は家族を求めているひとだから」

そっと目尻をゆるめ、恭明は低く囁く。

「はじめて見たときに気づいたんだ。君はとてもさびしそうな目をしていると。大切なものを奪われて、強く憤っているのに、なにもかもをあきらめている。さだめを受け入れるしかないと、自分を納得させようとしている。だけど、それは間違いだよ。君が従うべきはさだめではない。己の心なんだ。私が力になるよ、水娥。ともにさだめに立ち向かおう。ふたりで天命を勝ちとろう。私たちが協力すれば」

「予を侮《あなど》るな、二皇子」

水娥は恭明の手を力任せにふりはらった。

「予が知らぬと思うているのか。そなたのように甘言を弄して女帝をたぶらかし、容赦《ようしゃ》なく使い捨てた皇帝が過去に大勢いたことを」

ある女帝は龍生八子のひとりと恋仲になり、彼が有利になるよう尽力した。即位した暁《あかつき》には彼女を娶ると皇子が約束したからだ。女帝は寝物語の口約束を信じ、そして裏切られた。女帝の助力によって宝祚を得た皇子は、約定を反故《ほご》にして彼女を処刑した。

「私が信じられない？」

恭明は水娥の黒髪をひと房、手にとった。

「無理もないね。私たちは知りあって間もないから。よく知りもしない相手を信用するのは怖いよね。でも、それはお互いさまだ。これからすこしずつ理解を深めていこう。お互いのことを知れば、信頼も深まっていくよ」

「けっこうだ。そなたのことなど知りたくもない」

「君を守りたい。死なせたくないんだ。わかるだろう？　私の心は君に――」

「失礼いたします、主上《しゅじょう》」

屏風《びょうぶ》のうしろから狗があらわれた。蠱鬼《こき》狩りをしてきたのか、龍鳳虎文《りゅうほうこもん》が躍る月草色の袍服《ほうふく》には黒いしみができている。狗は水娥に揖礼《ゆうれい》し、軽蔑するように恭明を睨《にら》んだ。

「先ほどからお話を聞いていましたが、主上はいやがっていらっしゃるようですよ、二兄」

「立ち聞きとは高尚な趣味だね、六弟」

「いやがる女人に無理やり迫る二兄ほどでは。私は二兄のように色事にはくわしくありませんが、きっぱり拒絶されているのにしつこく食いさがるのは見苦しいと思いますよ」

「そういう君はなんのためにここへ来たんだい」

「主上にお願いがございまして」

「へえ、九天逐鹿に勝たせてほしいと？」

恭明の挑発的な視線を受け流し、狗はその場にひざまずいた。

「母の供養《くよう》に御許可を賜《たまわ》りたく存じます」

「季氏《きし》の？　ああ、そういえばこの時期だったね、季氏の事件が起きたのは」

「母が罪人であることは重々承知しておりますが、せめてひそやかな供養だけはお許しください。こたびの忌日《きにち》を逃せば、もう二度と供養することはかなわぬかもしれません。罪深い母ではありますが、息子として……」

「供養など勝手にせよ。かようなことで予をわずらわせるな。用件がすんだなら出て行け。二皇子、そなたもだ。――厓！　二皇子と六皇子を退室させよ。政務がはかどらぬ」

水娥は恭明と狗をまとめて追い払った。室内が静かになると、われ知らず吐息がもれる。

「予はだれも信じはしない。己以外はだれも」


「これにて第四回の解魄《かいはく》を終了する」

氷の鈴を鳴らすような綸言《りんげん》が降り、革義《かくぎ》は立ちあがった。夭珠《ようじゅ》の定数は紅玉八。白玉なら八十だ。失鹿者はひとりもいない。

水娥が退室すると、皇子たちもてんでばらばらに出て行く。剛飛と令哲は物言いたげに革義を見たが、かける言葉もないのか、痛ましげな表情を残して立ち去っていった。

革義が燭龍廟《しょくりゅうびょう》の大門を出たとき、頭上には夕曇りの昊天《そら》がひろがっていた。あの日とおなじ空だ。革義の両手が麗薇《れいび》の返り血で真っ赤に染まった、あの悪夢の日と。

いまにして思えば、どうして麗薇を蠱鬼とまちがえてしまったのか、わからない。

彼女は革義からの文を見て駆けつけたと言っていたのに、革義は信じなかった。信じられなかった。文は出していなかった。彼女を呼ぶはずがなかった。蠱鬼と見誤って傷つけてはいけないから、麗薇を皇宮から遠ざけておきたかった。

時刻は入日から幾分経っていた。最上級蠱鬼蜿《えん》の特徴である黄昏時《たそがれどき》に光る目が見えなくなる魔の刻。革義は淩咒剣《りょうしゅけん》を帯びており、すでに麗薇らしき女と目を合わせていた。淩咒剣を帯びた状態で蠱鬼と目を合わせてしまうと、その後に淩咒剣を手の届かぬところへ投げ捨てても蠱鬼の鉤爪《かぎづめ》からは逃れられない。

彼女が蠱鬼なら、淩咒剣を捨てるのは命取りだ。もし本物の麗薇だったらと思わなかったわけではない。だが、迷っている暇はなかった。彼女がこちらへ駆けてきたからだ。

革義は抜剣した。手ごたえを感じた瞬間、火のような鮮血が噴きだした。猛火のように燃える視界に困惑した。なにかの間違いだと思った。蠱鬼の血は黒いはずなのに、なぜ血の色が赤いのかと、これではまるで人ではないかと、他人事《ひとごと》のようにいぶかしんだ。

気づいたときには血まみれの麗薇を抱きかかえて呆然としていた。はたとわれにかえって太医《たいい》を呼んだが、だれも来なかった。淩咒剣で斬られればけっして助からない。どんな神医も手のほどこしようがない。見れば、あたりに血だまりができていた。まるで麗薇とふたり、深い火焔《ほのお》の淵に沈んでいくかのようだった。

「……ごめんなさい……」

それが麗薇の末期の言葉だ。その真意はあとでわかった。

麗薇は身籠《みごも》っていなかった。革義を奮起させるために嘘をついたのだ。彼女は夫の勝利を無邪気に信じていたわけではなかった。革義とおなじ未来を迎えるために彼女なりに知恵をしぼって、偽りの懐妊で夫の闘志を焚《た》きつけようとしたのだ。

麗薇はまちがっていなかった。身籠ったと聞いてから、革義は意欲的に蠱鬼狩りに取り組んだ。麗薇と赤子のことを考えれば戦う力がわいてきた。勝つためならどんな非情な手段も辞さないと肚《はら》を決めた。麗薇と、まだ見ぬ吾子《あこ》のために、中原の鹿を手に入れると。

されどもはや、革義はすべてを失った。

麗薇は死んだ。吾子はいない。彼女と迎える未来は永遠に壊れてしまった。否、革義が壊したのだ。この手で麗薇を殺《あや》めたのだ。一瞬の判断を誤って。

革義は懐《ふところ》から帛《きぬ》包みをとりだした。包みをひらくと、ひと房の黒髪が姿を見せる。麗薇の遺髪《いはつ》だ。凌兕剣で斬られた人間の身体は絶命してからだんだん薄らいでいき、三日経つと完全に消えてなくなる。亡骸《なきがら》はおろかひとかけらの骨さえ残らない。手もとに遺《のこ》せるのは髪だけである。いまやこれだけが麗薇を偲《しの》ぶ縁《よすが》だ。

抜け殻《がら》のように立ちつくしながらも、腸《はらわた》には激情が逆巻いている。いったいだれが革義の名を騙《かた》って文を出したのか。突きとめなければならない。奸計《かんけい》を弄したことを後悔《こうかい》させてやるのだ。業火のごとく滾《たぎ》る怨憎《えんぞう》が彼奴の血肉を喰いちぎるその刹那《せつな》に。

「殿下、王子さまが皇宮に参内《さんだい》なさったと王府《おうふ》から報告がございました」

「なんだと？　王子が？」

凌咒剣の血を払い、剛飛《ごうひ》は眉を吊りあげた。

「ここへは来るなと言いつけておいたはずだぞ」

「王子さまがどうしても殿下にお会いになりたいとおっしゃったそうで……。乳母はおとめしたのですが、目を離した隙にお姿が見えなくなってしまったということです。どうやら皇宮へ向かう軒車《くるま》に乗りこまれたようで」

軒車は迎熹門《げいきもん》を通り、王子は婢女《はしため》を連れて東宮《とうぐう》へ向かっていると報告があったという。

東宮は赫永宮《かくえいきゆう》の東に位置する宮殿だ。太祖《たいそ》の御代には皇太子の居所だったが、当世では龍生八子《りゆうせいはつし》の住まいとして使われている。

「一刻も早く見つけだして王府に送りかえせ」

「お会いにならないのですか」

近侍《きんじ》は意外そうに目を見ひらいた。

「せっかく王子さまがお見えになったのですから、犠尚《ぎしよう》なさってはいかがでしょう」

「犠尚はせぬ。一度会えば二度三度と会いたくなって、狩りに集中できなくなる」

「なれど……王子さまがおかわいそうです」

「父に蠱鬼と見誤られて斬られるほうがよほどかわいそうだ」

「殿下に限ってそんなことはありえません」

「九天逐鹿《きゅうてんちくろく》にありえないことなどない。五弟の事件を忘れたか。わが命のようにいとおしんでいた樱王妃《ゆうおうひ》をみずから殺めたんだぞ。凌咒剣を帯びている者はだれであろうと疑心暗鬼に囚われている。俺だってさんざん王子に化けた蠱鬼を斬ってきた。いま、ここに王子が出てきたとしても、本物だと見極める自信はない」

近侍が立ち去ったあとも、剛飛は精力的に蠱鬼狩りを行った。

女帝が政務をとる宣室殿《せんしつでん》をはじめとして、左右丞相府《じょうしょうふ》や御史大夫府《ぎょしたいふふ》、蘭台《らんだい》や禁苑《きんえん》、はては後宮にいたるまで、蠱鬼は皇宮の随所に出没する。

凌咒剣を帯びてさえいれば、自室に籠っていても蠱鬼がよってくるわけだが、大物の蟜《きょう》や蜿はこちらから狩りに行かなければなかなか手に入らない。蠱鬼を斬って黒い血を浴びるたびに斂牙嚢《れんがのう》が重くなる。斂牙嚢は蠱鬼の流血に反応して夭珠を出現させるのだ。恭明《きょうめい》のように衣服が汚れることを厭《いと》っていては、夭珠を稼ぐことはできない。

袍服《ほうふく》が上から下まで鉄漿《かね》の色に染まったころ、剛飛は東宮に帰った。

「殿下、王子さまが見つかりません」

東宮の表門をくぐるなり、青い顔をした近侍が揖礼《ゆうれい》もそこそこに耳打ちしてきた。

「王府から随従した婢女に話を聞いたところ、王子さまは殿下を捜しに行くと言って姿が見えなくなったそうです。東宮からは出ていらっしゃらないようですので、東宮内を手分けして捜しているのですが……」

耳障りな音をたてて血の気が引いた。

「ほかの龍生八子は東宮にいるか」

「いいえ、出払っていらっしゃいます」

「大兄《たいけい》たちが帰ってくる前に王子を捜しだせ。さもないと事故が起きかねない」

皇子たちは日中、蠱鬼狩りのために東宮を留守にしているが、夕刻には戻ってくる。逢魔《おうま》が時には蜿《えん》が姿を見せはじめる。薄暮《たそがれ》に赤く光る瞳以外に、蜿と人を区別する外見上の特徴はない。人懐っこい王子が駆けよってきたら、皇子たちはとっさに抜剣してしまうかもしれない。剛飛は側仕えを集め、指示を出して王子の捜索をはじめた。捜索にくわわるからには蠱鬼狩りはできない。王子の安全のため、凌兕剣は近侍にあずけておく。

夏の夕映えが榴花紅《ざくろいろ》の瀑布《ばくふ》のようにほとばしっていた。夕涼みにはほど遠い。風は死に絶え、むっとするような熱気が行く先々でとぐろをまいている。身体は酒に酔ったように火照《ほて》っているのに、全身を駆けめぐる血は真冬の水よりも冷えきっていた。

童子の足では遠くまで行けない。呼びかければ出てきてもいいはずなのに、いっこうに姿が見えないのは王子の身に予期せぬことが起きたからではないか。池に落ちたのではないか。怪我をして動けないのではないか。龍生八子のだれかに囚われているのだろうか。おぞましい想像が間断なく飛びかかって思考をかき乱し、焦燥《しょうそう》が焦燥を呼ぶ。

「見つけたか？」

「いいえ、申し訳ございません」

園林《ていえん》を貫く回廊のそばで近侍と合流したが、互いに収穫はなかった。

「早く見つけないと。王子は暗がりを怖がるんだ。夜になったら、どんなに心細いか」

夜《よ》色《る》の先触れが夕空を侵しはじめている。暗くなったら、ますます捜索は困難になる。真夏だからひと晩くらい外にいても凍え死ぬわけではないが、わずか四つの王子がどれほど頼りない気持ちでいるかと思うと、居ても立ってもいられない。

慣れない場所で不安だろうし、腹をすかせているだろう。怪我をしているのなら、痛くてつらいだろう。こんなことなら犠尚すればよかったと後悔が頭をもたげた。

ときどき犠尚して会っていれば、王子が無謀な行動に出ることもなかったはず。母もいない幼子に、父と会うことを禁じたのが間違いだった。いまさら悔《く》やんでも遅いとわかっているが、自責の念がこみあげてくる。

「やむを得ない。大兄たちに事情を話そう。王子が東宮にいるから注意して――」

「父王《ちちうえ》！」

鼓《つづみ》を叩くような元気な声がこだまする。剛飛ははっとした。声のするほうを見る。

築山《つきやま》のむこうから王子がほたほたと駆けてきた。満月のようなまるい顔も、桃色の頬も、好奇心が凝《こご》ったような明朗な瞳も、別れたときと変わらない。

「どこへ行っていたんだ、王子」

剛飛は駆けよって地面に片膝をついた。王子を抱きとめ、小さなおもてをのぞきこむ。

「父王をさがしていたら迷ってしまったんです」

「怪我はしていないか？」

手足を見てみるが、怪我をしている気配はない。王子当人も首を横にふった。

「姿が見えないと聞いて心配したんだぞ」

安堵《あんど》が湯のように胸にひろがる。王子が無事だった。それだけで宝を得たような心地だ。

「ひさしぶりだな。元気だったか？」

王子はぶんぶんと首を横にふる。

「父王に会えなくてさびしかったです」

くりくりとした瞳は涙で潤んでいる。剛飛は泣きだしそうな顔を両手で包んだ。

「父王もおなじだ。おまえのことばかり考えていた。夜は眠れているか、病気になっていないか、怪我をしていないかと、心配で心配でしょうがなかった。だが、今日はこうして会えた。聞いたぞ。乳母には内緒で、婢女を連れて王府を出てきたそうじゃないか」

「ごめんなさい。どうしても父王にお会いしたくて……。怒ってますか？」

「父王の言いつけを破るのは悪いことだが、男には冒険も必要だ。叱るのはよそう」

剛飛が頭を撫でてやると、王子は誇らしそうに胸をそらした。

「今後は父王の言いつけを守って王府でおとなしくしているんだぞ。またこんなことが起きたら、今度こそ怒るからな」

「はい、もうしません」

「よし。じゃあ、今夜は東宮で一緒に過ごそう。明日の朝、王府に帰れ。いいな」

王子がこくりとうなずいたとき、入日を告げる鐘鼓の音が夕闇をやさしく震わせた。

「父王、おなかがすきました」

「じきに夕餉《ゆうげ》だ。おまえの好物が出るかな」

剛飛は王子を抱きあげた。愛しい吾子《あこ》を見ようと上向けたおもてが瞬時に凍りつく。

「父王、おなかがすきました」

先ほどとはまるきりちがう、蜂の唸《うな》りに似た鬼嘯《こえ》。まなじりまで裂けた口がにやりと笑う。落ちくぼんだ両眼は血糊《ちのり》が煮凝ったような赤。

投げ捨てようとした。できなかった。すでに蠱鬼《こき》の鉤爪が胸部を貫いていた。骨を砕かれる。生温かいものが喉《のど》を逆流する。なにかがもぎ取られる。引きずりだされた肉の塊《かたまり》。耳をえぐる咀嚼音《そしやくおん》。飛び散る生血。

剛飛の眼界《せかい》は一面の闇になった。


「皮肉なものですねえ！」

蚤厓《そうがい》が喜色満面《きしよくまんめん》で払子《ほつす》をふりまわした。

熱っぽい視線の先では禳焱《じようえん》が怒りくるったように燃えている。蚤厓が見ているのは、そのなかに映しだされた剛飛失鹿《ごうひしつろく》の一部始終だ。失鹿すると、天眼《てんがん》は白く変色する。白い天眼を禳焱で炙《あぶ》れば、明々と輝く焔《ほむら》のなかに失鹿の経緯が映しだされる。

これを「宿命を視《み》る」と書いて視命《しめい》という。

「愛し子そっくりの蠱鬼に喰われてしまうなんてねえ。親心が命取りとなってしまったわけです。三皇子の御霊は九鼎《きゆうてい》に囚われたまま新帝の御代を迎え、新帝亡きあとは蠱鬼となって皇宮を彷徨《さまよ》うさだめ。あらたな龍生八子の心の臓を喰らわねば、来世で王子と相まみえることすら叶わない。なんという非業、なんという悲劇でしょう」

「おい小躍りするな。不謹慎だぞ」

陸豹《りくひょう》が煙管《きせる》をくわえたまま蚤厓を睨《にら》んだ。九天逐鹿《きゅうてんちくろく》は神事なので、視命を行い、記録をとるのは太祝令《たいしゅくれい》である。

「おや、足が勝手に。心が躍ると足まで踊ってしまうんだよ」

「他人の不幸を面白がるな、下種《げす》野郎が。すこしは惻隠《そくいん》の情ってものを持て」

「君が感傷的すぎるんだよ。傍観者になればいいのに。そのほうが楽しめるよ」

「端から楽しむつもりはねえよ。九天逐鹿なんざくそったれだ。とっとと終わっちまえ」

「まだはじまったばかりじゃないか。終幕までのんびり見物しようよ」

ふたりの口論を聞くともなしに聞きながら、水娥《すいが》は卓上に横たえられた青銅の盾に指を這わせた。九鼎のひとつ、弘衛盾《こうえいじゅん》である。

黄金色に輝くすべらかな表面には、龍の鱗《うろこ》を思わせる複雑な文様が刻まれている。これは燭龍《しょくりゅう》の身体の一部だ。弘衛盾だけでなく、すべての九鼎には燭龍の頭部や胴体、足や尾などの文様が銘されている。九脚の九鼎がそろったとき、それらはひとつになり、禳焱の化身たる燭龍の雄姿が降臨する。

「厓、三皇子の遺品を家族に届けてやれ」

失鹿すれば遺体は残らない。故人を偲ぶ縁となるのは、身のまわりの品くらいだ。

「王子にはこう伝えよ。そなたの父は勇敢に戦った、大いに誇るがよいと」

もし叶うなら来世では、庶人《しょじん》の父と子としてめぐり会ってほしい。この国を守る神威《しんい》の焔が彼らの絆を焼ききってしまわぬように。

「三弟の失鹿は予想どおりだな」

配られた夭珠《ようじゅ》を斂牙嚢《れんがのう》におさめ、世建《せいけん》は嘲《あざけ》りを唇ににじませた。第二回の問鼎軽重《もんていけいちょう》は全会一致で既生覇《きせいは》に決まった。第三皇子剛飛の失鹿時の夭珠は翡翠《ひすい》二、黄玉八以上。ひとり当たり黄玉四以上、白玉に換算して四〇〇以上の夭珠が残った七人に分配された。

「あいつは誰彼かまわず王子の話をしていた。王子が己の泣きどころだとみずから吹聴《ふいちょう》していたわけだ。陥《おとし》れられるのも無理はない」

「え、三兄は陥れられたんですか？」

令哲《れいてつ》がまるい瞳をぱちくりさせた。

「王子は皇宮に参内《さんだい》していなかった。王府《おうふ》でおとなしくしていたんだ。三弟の言いつけを破ってこっそり参内したという話自体が真っ赤な嘘。おおかた、近侍が銀子を積まれて主を売ったのだろう。よくある話だ」

「でも、三兄の近侍は事件後に殉死《じゅんし》していますよ。間近にいながら三兄を救えなかったことで、良心の呵責に耐えかねたのでは？」

「つくづくおめでたいな、八弟。近侍の殉死とやらが黒幕の仕掛けだと、なぜ見抜けないんだ。そもそも王子がいなくなったと近侍が騒いだから、三弟は愚かにも東宮中を駆けずりまわったんだぞ。近侍がほんとうに主思いなら、王子の参内が事実なのかどうか確かめるはず。それなのに近侍は王府に確認を取ることさえしていない。いたずらに騒ぎを大きくし、三弟を動揺させただけだ。まるでそうする手はずだったとでもいうように」

「そう言われれば、妙ですね……。三兄が蠱鬼に襲われたと聞いたとき、ふしぎに思ったんですが、三兄は淩咒剣を帯びずに王子を捜していらっしゃったはずでしょう？　なぜ蠱鬼に襲われたんでしょうか？」

「そばに近侍がいたからだ。三弟は近侍に淩咒剣をあずけていた。王子に擬態《ぎたい》した蠱鬼が出ぬようにな。しかし、その配慮も近侍がそばに来れば水の泡だ。手の届く範囲内に淩咒剣があれば、蠱鬼は襲ってくる。たとえ淩咒剣を佩《は》いているのが自分ではなくても」

「蠱鬼に三兄を襲わせるため、近侍は故意に淩咒剣を帯びたまま三兄に近づいたと？」

「三弟はいくつもの過ちを犯した。近侍を信用しすぎて、やつの言葉を鵜呑みにし、淩咒剣を佩いたままの近侍にうっかり近づいた。不用心すぎたのだ。失鹿は当然の結果だな」

「三弟の落ち度は否定しないけど、主な敗因は情が深すぎたことじゃないかな」

恭明《きょうめい》は斂牙嚢を奴僕《ぬぼく》に手渡した。奴僕の名は楽允《がくいん》という。年のころは恭明とおなじだが、顔半分が惨《むご》たらしく焼け爛《ただ》れている。醜《みにく》い傷痕を恥じるようにうつむき、楽允は主の夭珠を手早く斂牙嚢におさめていく。

「子を想う親心が仇《あだ》になったわけだね。なんとも理不尽な話だけれど、これが九天逐鹿と言われればそれまでだ。九天逐鹿において情は桎梏《しっこく》だからね。大兄や私のような冷血漢でなければ生き残れない戦《いくさ》なんだよ」

「二弟の言うとおりだ。情に惑わされて判断力を奪われる者から失鹿していく。つぎはおまえかもしれぬな、八弟。何少使《かしょうし》恋しさに目がくらんで三弟のような末路を迎えそうだ」

「母に関しては兄弟みんな、おなじでしょう。大兄は衛《えい》皇后に孝養を尽くしていらっしゃるし、二兄は折にふれて逢昭儀《ほうしょうぎ》に贈りものをしていらっしゃる。六兄は季氏《きし》の供養を主上《じょう》に願いでたと聞きました。どんなに情の薄いひとも母は大事にします。母を敬い慕う気持ちが弱点だというなら、弱みのないひとはいませんよ」

　昭儀は皇后に次ぐ妃嬪《ひひん》、少使は第十一位の妃嬪だ。

　九天逐鹿の期間中、先帝の后妃《こうひ》は先帝の御代と変わらず後宮で暮らす。新帝が即位してはじめて新帝の母が皇太后の位につき、そのほかの后妃は太妃《たいひ》となって皇宮を去る。たとえ皇后であろうと、わが子が登極《とうきょく》しない限り、皇太后の鳳冠《ほうかん》はかぶれない。

「季氏といえば、六弟は季氏を斬ったか？」

世建は驕慢《きょうまん》な鼻筋を狗《こう》にさしむけた。

「季氏も蠱鬼になっているんだろう？　どこかで斬ったんじゃないか」

「蠱鬼の個体は識別できませんよ。蠱鬼は全部蠱鬼だ。実の母であろうと最愛の妻であろうと区別はつきません」

答えたのは威昌《いしょう》だった。斂牙嚢に夭珠《ようじゅ》をおさめながら、煙管をくわえている。

「蠱鬼になった母と再会したことにも気づけないのは、不幸と言えばいいのか幸いと言えばいいのか。いずれにせよ、同情の余地はないな。無辜《むこ》の婦人でありながら蠱鬼になり果てた櫌王妃《ゆうおうひ》は不憫《ふびん》だが、己の罪業ゆえ蠱鬼に身を落とした季氏は憐憫《れんびん》に値せぬ」

狗は無言で斂牙嚢に夭珠をおさめて席を立った。太祝令陸豹《たいしゅくれいりくひょう》と兄弟たちに揖礼《ゆうれい》して正庁《おもてざしき》を出る。杜善《とぜん》を連れて燭龍廟《しょくりゅうびょう》の大門をくぐり、闇にうっすらと浮かびあがる玉石の階《きざはし》をおりた。杜善には凌兕剣を持たせているので、距離をあけて歩く。

「三皇子を陥れたのはだれでしょうか」

やや離れた場所から、杜善の声が波紋のように響いた。

「すくなくとも大兄ではないだろう」

戌《いぬ》の刻《こく》である。手ずから持った提灯《ちょうちん》がぽたりぽたりと明かりのしずくを夜闇に落とす。

「もし大兄が黒幕だったなら、手柄話として声高に披露しているはずだ。自分の才腕を誇らずにはいられないひとだから」

「では、だれが？」

「だれだろうと結果は変わらない。三兄は血をわけた兄弟に陥れられた。それだけのこと」

東宮へとつづく方塼《れんが》敷きの通路。高さ三丈（およそ七メートル）の紅墻《こうしよう》でかこまれたその路《みち》は、等間隔に置かれた丹斐鼎《たんひてい》によって爍々《しやくしやく》と照らされている。蟠螭文《ばんちもん》がからみつく四本の足に支えられた大ぶりの胴体では、生きもののように禳焱《じようえん》が燃えていた。靡爛《びらん》せんばかりに輝く炎を見ていると、知らず知らずのうちに母を思い出す。

狗の母季氏《きし》は家人子《かじんし》、宦官《かんがん》の養女として入宮《にゆうきゆう》した。

名もなき家人子、すなわち最下位の宮女《きゆうじよ》だった季氏は類《たぐい》まれな美貌《びぼう》で父帝に見初《みそ》められる。父帝は瘧《おこり》に罹《かか》ったかのように季氏を寵愛した。季氏はまたたく間に後宮の位階を駆けあがり、第五位の妃嬪美人に封じられ、季一族はみな栄耀栄華《えいようえいが》をきわめた。

後年記された簡冊《ぶんしよ》は季氏を稀代の毒婦とそろって道破しているが、父帝を惑わせた季氏の容色についてはてんでばらばらの評価を下している。

ある者は色香したたる妖艶《ようえん》な美女と言い、ある者は桃花のごとき可憐《かれん》な乙女《おとめ》と言い、ある者はつつましやかな才媛《さいえん》と言い、ある者は颯爽《さつそう》と馬を駆る男装の麗人と言った。

どれもが正しく、どれもがまちがっている。季氏は貞女にも淫女にもなれる女だった。

相手が求める女人を自由自在に演じ分けることができた。それは妖術に似ていた。顔かたちは変わらないはずなのに、表情や言動は百人の伶人《やくしゃ》がかわるがわる舞台に立つようにころころと変わった。実の子である狗にすら季氏のほんとうの顔はわからなかったのだから、季氏が魅せる百とおりの艶姿《あですがた》に父帝がのぼせあがったのも無理からぬことだ。

季氏は父帝の寵愛と信頼を独占し、燭龍廟《しょくりゅうびょう》に出入りすることさえ許された。九天逐鹿中をのぞき、燭龍廟に入ることができる后妃《こうひ》は皇后のみである。季氏は秩石《ちっせき》二千石の妃嬪でありながら、皇后の特権を付与されたのだ。当然、後宮中の嫉妬《しっと》を一身に浴びたが、季氏は女たちの世界でも幻術さながらの完璧な戯劇《しばい》で敵をけむにまいた。

しかし、季氏の目的は皇帝を籠絡《ろうらく》することでもなければ、後宮を掌握《しょうあく》することでもなかった。皇帝も後宮も季氏にとっては宿願を果たすための道具にすぎなかった。彼女の胸中で滾《たぎ》る真意が白日の下にさらされたのは、季氏が禳焱に焼かれたあとのことだ。

事件は狗の眼前で起きた。

狗は六つになったばかり。母に急かされて衾褥《ふとん》に入ったところだった。他人のまえでそうであるように、季氏は狗のまえでも百とおりの母親を演じ分けた。慈愛に満ちたやさしい母、少女のような茶目っけがある母、聡明でもの静かな母、折り目正しく手厳しい母。その晩はわが子を猫かわいがりする糖蜜菓子のように甘ったるい母だった。

母は横たわる狗にそっと衾褥をかぶせ、砂糖をまぶしたような声音《こわね》で子守唄を口ずさんだ。母のそばにいると狗はいつも怖気立《おぞけだ》った。母の瞳の奥には怨みの焔《ほむら》が燃えさかっていた。なぜかそれは狗にしか見えなかった。狗は母に憎まれていると直感した。ほんとうの母は子守唄ではなく怨嗟《えんさ》の歌を吐き、やんわりと頰を撫でるその手で狗の首をへし折りたいのだと。だが、理由はわからなかった。真っ向から尋ねる勇気はなかった。母にきらわれるようなことをしただろうかと子どもらしい不安に駆られていた。

子守唄を聞きながら狗が平生どおり寝たふりをすると、母は息子を溺愛する母親そのもののしぐさで淡い衣擦れの音を連れて臥牀《しんだい》から離れた。

その直後である。喉笛《のどぶえ》を搔《か》き切られたように暗がりが血飛沫《ちしぶき》をあげた。まぶたをあけると、母が火だるまになっていた。獣じみた絶叫が狗のひたいを射貫《いぬ》いた。

ひと目で禳焱だとわかった。禳焱は羅帳《とばり》や花氈《かせん》に燃え移らない。禳焱が焼くのは天に仇《あだ》なす咎人《とがにん》のみ。見るも無残に全身を焼かれながら、母は死ななかった。禳焱は咎人を焼くが、殺しはしない。情けをかけるためではなく、咎人に罪を告白させるためだ。

母の罪状は九重鼎《きゆうちようてい》の簒奪《さんだつ》であった。九重鼎は天位の象徴。九重鼎を無断で持ちだす行為は単なる偸盗《ぬすみ》ではなく簒奪と呼ばれる。謀反《むほん》と同等の大罪なのだ。

母は燭龍廟から瑩鳳鐲《えいほうたく》をひそかに盗みだし、共犯者に手渡していた。父帝は九重鼎が皇宮の外に持ちだされたことを知り、禳焱を放って下手人《げしゅにん》を罰した。ふた目と見られぬ姿になり果てた母は厳しい鞫訊《とりしらべ》に対し、かたくなに沈黙を貫いた。

事件から三日と経たぬうちに母は死んだ。自死であった。

動機は母本人ではなく、共犯者の口から語られた。

季氏は煋《せい》に滅ぼされた小国儷《れい》の王女であった。煋が儷に攻めこんだのは季氏の婚礼当日。季氏は一日のうちに夫となるはずの花婿と祖国を失った。からくも生きのびた季氏は復讐を誓い、双子の弟とともに出自を偽って煋に潜入し、宦官の養女になって入宮した。

目的ははじめから九重鼎の簒奪。九鼎《きゅうてい》は九脚そろっていなければならない。たった一脚でも国外に持ちだされれば、すべての九鼎が粉微塵に壊れてしまう。

九重鼎が壊れたとたん、皇帝は不老不死になる。皇帝が死ななければ、九天逐鹿は行われない。九天逐鹿が行われなければ、あらたな九重鼎を得られない。禳焱は徐々に弱っていく。不老不死になった皇帝の血は、禳焱を燃やすことができない。

最後の禳焱がかき消えた瞬間、夷狄《いてき》の軍兵がいっせいに攻め入っても、もはや煋は禳焱の恩寵を受けられない。それこそが季氏の狙いだった。千年近く侵略の恐怖から遠ざかっていた煋を、略奪と虐殺《ぎゃくさつ》の奈落に突き落とすことが。季氏の悲願は果たされず、季一族は誅滅《ちゅうめつ》された。狗は本来の名を剝奪《はくだつ》され、狗という蔑称《べっしょう》を賜《たまわ》って離宮に幽閉された。

寵妃の愛児から一転して罪人の遺児となった狗は、奇妙に落ちついていた。

母の瞳の奥に巣くっていた怨憎《えんぞう》の正体をようやく理解した。狗は母に憎まれていた。母はあえて唾棄《だき》すべき猩室《せいしつ》の血を引く子を産んだ。帝寵と後宮が道具にすぎなかったように、狗もまた復讐の小道具にすぎなかった。燃え盛る修羅《しゅら》を秘め、凡百《ぼんぴゃく》の妃のようにふるまうには、皇子という名の俑《にんぎょう》が必要だった。

なにもかも偽りだった。子守唄も、やさしい囁きも、甘い微笑《ほほえ》みも、母がくれたものは全部、七色の花蜜で味つけされた欺瞞《ぎまん》だった。皇宮には嘘があふれている。実の母が子を謀《たばか》るのだ。腹違いの兄弟が互いを陥れることなど、驚くに値しない。

炎に焦がされる視界にひらりひらりと燭花紅《ともしびいろ》の花びらがちらつきはじめた。

否、瓊雨《けいう》だ。瓊雨は禳焱のかけらである。

廷告《ていこく》の最中には、国土の隅々まで瓊雨が降る。花びらのような妖しき火の粉が暗夜をあざやかに染めあげるとき、だれしもが錯覚してしまう。

ここは華胥《かしょ》の国なのだと。

第三幕

杯中《はいちゅう》に蛇影《だえい》を見る

「今回も失鹿者《しつろくしゃ》は出ませんでしたねえ」

蚤匡《そうがい》は至極《しごく》残念そうにつぶやいた。

「三皇子が失鹿したじゃないか」

「はあ、それはだいぶ前のことですし、解魄《かいはく》で失鹿したわけじゃありませんからねえ。なんといっても解魄での失鹿がいちばんの見ものですよ。夭珠《ようじゅ》の数が足りず、瀼焱《じょうえん》に全身を包まれ、燃えていく皇子。その顔に浮かぶは絶望か憤怒《ふんぬ》か諦観《ていかん》か。はたまた血肉の争いから解き放たれた安堵《あんど》か。この目で見られる日が待ち遠しいなあ」

第五回の解魄を終えて、龍生八子《りゅうせいはっし》が燭龍廟から去ったあとである。夭珠の定数は黄玉一と紅玉六。白玉に換算すれば一六〇。全員が誰手《すいしゅ》で、失鹿者はいなかった。

「おまえは人生を楽しんでいるようだな」

水娥《すいが》があきれ顔で言うと、蚤匡は払子《ほっす》をふりまわしてへらへらと笑った。

「人生を楽しんでいるというより、人生に楽しませてもらっているんですよ。退屈している暇はありませんね。今度はどんな悲喜劇が見られるかと思うとぞくぞくしませんか？」

「しない」

「またまたぁ、ほんとはするくせに」

相手をするのが面倒なので無視していると、蚤厓は竹扇《おうぎ》をひろげて奇っ怪な舞を踊りはじめた。最近知ったのだが、彼は気持ちが昂《たかぶ》ると奇天烈《きてれつ》な踊りを披露する性癖《せいへき》がある。

「つぎはだれかなあ、あのひとかなあ、それともあのひとかなあ」

調子はずれの歌声を聞き流して、水娥はあえかな涼月の霞《かすみ》に身をひたした。痩《や》せ細った月のおもては蒼白く澄んでいる。


第八皇子呂令哲《りょれいてつ》はふらつく足を引きずりながら自室へ向かっていた。

今日は朝から具合が悪い。感冒《かぜ》でもひいたのだろうか。頭がぼうっとして熱っぽい。これくらいなら大丈夫だろうと蠱鬼《こき》狩りに出かけたが、時間が経つにつれて気分が悪くなるので思いきって一日やすむことにした。

室《へや》に入り、寝間へ行こうとすると、年若い婢女《はしため》が声をかけてきた。

「何少使《かしょうし》さまから単衫《ひとえ》が届きました」

つねならば母からの届け物を確認するのだが、今日ばかりはその気力もない。婢女に生返事をして寝間へ入ろうとしたとき、書棚の上の銅鏡を見やった。

蠱鬼に警戒するため、寝間には銅鏡を置いている。よく磨かれた鏡面に婢女の白い横顔が映りこんでいた。その瞳が鈍い赤色を帯びていることに気づくや否や、令哲は淩咒剣《りょうしゅけん》を抜き払った。婢女を斬り捨て、返り血を浴びる。単衫は汗と血でぐっしょりと濡れ、はなはだ着心地が悪いが、着替えようという気も起きないほど身体が悲鳴をあげていた。

令哲は淩咒剣を投げ捨て、血まみれのまま臥牀《しんだい》に倒れこんだ。

開け放たれた窓からけたたましい蟬時雨《せみしぐれ》がなだれこんでくる。室内は湯釜にかさねられた蒸籠《せいろ》さながらの蒸し暑さで、湯気を噴くように火照《ほて》る全身をいっそう苛《さいな》んだ。

かすかに朝の涼が残る衾褥《ふとん》に身をゆだね、令哲は微睡《まどろ》んだ。靄のような夢に母があらわれる。母は愛しげに微笑んで令哲を紈扇《おうぎ》であおいでくれる。ほっそりとした手の甲にはひきつれた焼印の痕が残っている。それは母が官婢《かんぴ》であったことを示す印だった。

母は父帝の目にとまり、下位の妃嬪となった。君寵は流星のように過ぎ去ったが、令哲を産んで後宮の一角に住まいを与えられた。

けっして天運に恵まれた母子ではない。うしろ盾はなく、婢僕《めしつかい》はごくわずか。宴席に招かれたことはなく、父帝に謁見《えっけん》したのはほんの数回。鐘鳴鼎食《しょうめいていしょく》とはほど遠い質素な生活だったけれど、母子で平穏に暮らすことができれば満足だった。

　ささやかな幸せは令哲が龍生八子に選ばれたことで終わった。母は身も世もなく嘆いた。身寄りのない母にとって、令哲だけが心の支えだった。令哲を失うのは死ぬよりつらいと母はすすり泣いた。龍生八子のうち、春秋後《いちねん》に生きているのは、たったひとりだけ。二度と会えないかもしれないと思いつつも、令哲は涙ながらに誓いを立てた。

「僕はかならず勝ちます。皇帝になって、母上に皇太后の鳳冠をさしあげます」

　誓言を真実にしなければならない。是が非でも中原の鹿を手に入れなければならない。母のためだ。令哲を慈《いつく》しんでくれる母に大恩をかえすため、皇位につかなければ……。

　じりじりと肌を焼かれる感覚に責めたてられ、令哲は夢から醒《さ》めた。

　窓からさしこむ真夏の陽光がはだけた胸もとを焦がしている。頭が割れるように痛い。やはり病だろうか。重篤《じゅうとく》化する前に太医《たいい》の診察を受けたほうがよさそうだ。

　令哲は寝ころんだまま婢女を呼んだ。太医を呼ぶように命じるが、返事がない。婢女はいつも寝間の外にひかえている。令哲が命じればすぐに返事をするのだが、今日に限って不気味なほど静まりかえっている。

「だれか、早く太医を呼んでください。具合が悪いんです。熱があって……」

　なにげなく右手が視界に入った。なぜか血まみれだ。まるで怪我をしているみたいに。

知らぬ間に切ったのだろうかと触ってみるが、傷口はない。寝ぼけまなこでぼんやり眺める。べっとりとからみつく赤。その鮮明な色に両目を射貫《いぬ》かれ、令哲は飛び起きた。

「……嘘だろう……」

臥牀のそばに婢女が倒れている。彼女のまわりには真っ赤な血だまりができていた。

「みなさんおそろいで。それじゃあ、問鼎軽重《もんていけいちょう》をはじめますよ。まずは甘露《かんろ》の数を発表します。えーっといくつだっけ……読むの面倒くせえや。ここに書いてあるんで見てください。見ましたね。採決とりますよ。既死覇《きしは》のかたは挙手してください。はい、いませんね。じゃあ……あ、いました、第四皇子」

陸豹《りくひょう》が雁首《がんくび》で威昌を指し示すと、六人の皇子たちは一様にげんなりした。

「四弟、正気かい？　外は日輪がしたたり落ちそうな暑さなのに、既死覇だって？」

恭明《きょうめい》はかさねた単衫《ひとえ》の領《えり》をくつろげて凭几《ひじかけ》によりかかった。

龍生八子一の洒落者《しゃれもの》は暑気に弱いらしい。ふだんはもったいぶって背に垂らしている黒髪をきっちり結いあげ、奴僕《ぬぼく》の楽允《がくいん》に大ぶりの紈扇《うちわ》であおがせている。

「既死覇なら、替え玉を斬れますからね」

「替え玉？　なんのことだい」

「ある卜師《ぼくし》が占ったんですよ。われわれのなかに偽者が紛れこんでいると」

威昌は猛禽《もうきん》のような目で兄弟を見やる。

「考えてみればありえない話じゃない。おなじ父を仰《あお》ぐ兄弟でありながら、俺たちは庶人《しょじん》のように親しくつきあってこなかった。幼いころこそ後宮で顔を合わせることもあったが、封地《ほうち》を賜《たまわ》ってからは疎遠になって、会うのは数年に一度。偽者を瞬時に看破できるほど、互いのことをよく知らない。つまりは替え玉がもぐりこみやすい環境というわけだ」

興味深いね、と恭明は気だるげに微笑む。

「私たちのだれが偽者だと？」

「全員にありうることですよ。大兄には顔かたちのよく似た乳兄弟《ちきょうだい》がいる。常日頃から派手な身なりの二兄は変装しやすい。逆に五弟は物静かで目立たないから偽者でも気づかれにくい。六弟は幽閉期間が長く、兄弟たちのだれも顔を知らない。八弟もだ。公《おおやけ》の場に出てくることがすくなかったから、途中で入れかわっていてもわからない。九弟は背格好がよく似た奴僕をそばに置いている。もしかしたら、そちらが本物かもしれない」

「肝心な人を忘れてますよ、四兄」

至純《しじゅん》は暑さに倦《う》んだ様子で頬杖をついた。

「四兄こそ、怪しいじゃないですか。十三で北方に封じられ、それからずっと辺境暮らし。

帰京なさったのは今回をのぞけば五年前が最後。僕だって四兄にお会いしたのは数えるほどしかない。いま、僕の目の前にいるのが偽者の四兄だとしても見抜けませんよ」

「お互いさまだ。ひょっとしたら、俺たち全員が偽者かもしれない」

茹《う》だるようなしじまが正庁《おもてざしき》に満ちた。

「このなかに替え玉がいることは確実だ。だから既死覇をやりたいんですよ。替え玉を斬れば、一気に夭珠《ようじゅ》を増やせますからね」

原則として蠱鬼《こき》は皇子に擬態《ぎたい》しない。だが、既死覇に限り、蠱鬼は皇子に擬態する。皇子本人を斬れば手持ちの夭珠を全部失うのは既死覇でも変わらない。既死覇が通常の蠱鬼狩りとちがうのは、皇子の替え玉を斬れば手持ちの夭珠が二倍になるという点だ。

「逆に言えば、既死覇以外で替え玉を斬っても、なんの利益もない。夭珠を増やしたければ、既死覇で偽者を斬るのが上策だ」

「なんにせよ、こう暑くてはかなわぬ」

世建《せいけん》は苛立《いらだ》たしそうに蟀谷《こめかみ》をおさえた。

「四弟は考えなおせ。なにもこんな炎天下に既死覇をやらなくてもいいだろう」

「大兄に賛成だね。既死覇は丸一日かかる。今日みたいな暑苦しい日に蠱鬼狩りなんかしたら、偽者も本物も身体を壊すよ」

「ええ、まったく。せめて大暑が過ぎてからにしてほしいです。酷暑のなかで蠱鬼狩りなんて、死ねと言われているようなものです」

「五弟はどうだ？　既死覇をやらないか？」

「極暑のなかでの既死覇はぞっとしないですね」

「六弟は？」

「あまり気乗りはしません」

革義《かくぎ》と狗《こう》は涼しい顔で答えた。

「第四皇子がどうしても既死覇がいいとおっしゃるなら、既死覇に決定しますが？」

「無理をとおすと怨まれそうだな。ここは譲ろう。俺も既生覇だ、太祝令《たいしゅくれい》」

意外なことに、威昌はあっさりと転向した。

「それじゃ、みなさん既生覇ということで」

六等分した甘露《かんろ》を六人の皇子にそれぞれ配り、陸豹《りくひょう》は散会を言いわたした。

刃物じみた日ざしにうなじを貫かれ、令哲《れいてつ》は燭龍廟《しょくりゅうびょう》へ向かっていた。

身にまとっているのは母手製の単衫《ひとえ》。鮮血が飛び散った衣では外に出られないので着替えてきた。血だらけの両手は洗ったし、頰についた血糊《ちのり》も拭きとったのに、まだどこかに惨劇の残滓《ざんし》がまとわりついている気がする。

婢女《はしため》が不憫《ふびん》で仕方ない。遺髪《いはつ》を切りとっておいたから、弔慰金《ちょういきん》とともに郷里の遺族に届けてやろうと思う。娘を喪《うしな》ったかなしみが銀子で癒されるはずはないが、もはや令哲にできるのはそれくらいだ。

どうしてこうなったのか、自分でも混乱している。銅鏡を見たとき、たしかに婢女の目が赤く光っていた。蠱鬼と判断して斬った。体調が悪かったせいで勘違いしてしまったのだろうか。もっとよく見ればよかった。決断を下すのが早すぎた。人を殺《あや》めてしまったという事実が満身にこびりついて息苦しいほどだが、前に進むしかない。負ければ母をかなしませてしまう。母に誓った言葉を実現するためにも、乗りこえなければ。

釘を打ちこまれるように痛む頭を抱え、令哲は燭龍廟へ向かう方塼《れんが》敷きの路を歩いた。

人血を吸うと、凌咒剣《りょうしゅけん》は蠱鬼を斬る力を失う。蠱鬼が近寄ってこなくなり、蠱鬼狩りができなくなる。蠱鬼を斬る力を取りもどすには、燭龍廟東配殿《ひがしはいでん》の丹斐鼎《たんひてい》で凌咒剣を禳焱《じょうえん》にひたさなければならない。手巾でひたいの汗を拭いて顔をあげると、朱塗りの大扉がひらくのが見えた。だれかが出てくるらしい。

問鼎軽重《もんていけいちょう》はとっくに終わっているはずなのにといぶかしみつつ、令哲は急いで石像の陰に身を隠した。出てきたのは威昌《いしょう》だった。近侍の羅良《らりょう》が付き従っている。威昌はぎらぎらと燃える日輪に顔をしかめながら歩いてくる。令哲は必死で息をひそめた。今回の大失態をあげつらわれるかもしれないと思うと、兄にあいさつする勇気が出ない。

「大兄には恐れ入ったよ」

威昌は顔をしかめ、蒲扇《おうぎ》で烈日を遮《さえぎ》った。

「まさか令哲に薬を盛って前後不覚に陥《おちい》らせ、婢女を斬らせるとはな」

「ですが、一皇子はご不満のようでした」

「計画では何少使《かしょうし》を斬らせる予定だったそうだからな。何少使が単衫を届けにやってくる時間帯に薬の効き目が出るよう調節したが、何少使は心変わりして東宮に来なかった。孝行息子の母殺しは回避されたってわけさ」

「もし、何少使を斬っていたら、八皇子は立ちなおれなかったでしょう」

「立ちなおれないどころか、母のあとを追っただろうよ。まあ、何少使が後宮から出てこなかったのは幸いだな。五弟の例もあるし、ご婦人は東宮に近づかないのが得策だ」

ふたつの翳《かげ》が足早に遠ざかっていく。矢のような日ざしにうなじを射貫《いぬ》かれ、令哲は立ちすくんだ。今朝の事件は偶然の産物ではなかった。世建《せいけん》が仕組んだ悲劇だったのだ。

「もし、母上がお見えになっていたら……」

思わず身震いした。肌という肌が火を噴くような酷暑なのに、氷の衣を着ているかのように寒気がする。それでいて五臓六腑《ごぞうろっぷ》は憤怒《ふんぬ》で爛《ただ》れていた。

令哲が世建になにをしたというのか。怨まれるようなことをした覚えなどない。長兄として敬ってきたのに、なぜこんな目に遭わなければならないのか。

「……大兄、あなたは豺狼《けだもの》だ」

吐き捨てた言葉は焼けた路面に反射して令哲の耳をつんざいた。


犠尚《ぎしょう》の場は燭龍廟《しょくりゅうびょう》の西配殿《にしはいでん》である。西配殿には瀲華玄女《れんかげんにょ》が祀《まつ》られている。瀲華玄女は水をつかさどる蛟龍《こうりゅう》の化身。炎をつかさどる燭龍すなわち鍾山帝君《しょうざんていくん》の后とされている。

瀲華玄女の神像が君臨する祭壇のまえで、至純《しじゅん》は燕陽公主《えんようこうしゅ》を待っていた。

燕陽は湯沐邑《とうもくゆう》の名称で、字《あざな》は楚霞《そか》という。至純よりひとまわり年上の御年二十三。母は第十四位の保林《ほりん》。第九位の良人《りょうじん》であった至純の母の姉である。

至純の母が楚霞の母より高位なのは産んだのが皇子だったからだが、もともと寵愛されていたのは楚霞の母だ。彼女が上位の妃嬪に妬《ねた》まれ顔に火傷《やけど》をさせられて失寵《しっちょう》しなければ、至純には楚霞同様に心を許せる兄がいたかもしれない。

不運にも楚霞の母は位を落とされ、至純の母は産後の肥立《ひだ》ちが悪く落命した。楚霞の母が病死してからは、姉弟で身を寄せ合い、助け合った。楚霞は至純の母代わりであり、宮中で唯一信頼できる相手だった。

「翹《ぎょう》」

かすかな衣擦れの音に混じって姉の声が響き、至純はくるりとふりかえった。

「姉上！」

飛びはねながら駆けよると、楚霞は夜霧が凝《こご》ったような頬におぼろな微笑を浮かべた。

「体調はいいの？　毎日ちゃんと食べている？　寝不足になっていない？」

「僕は元気だよ」

「ほんとうかしら。わたくしのまえだから無理しているのではなくて？」

楚霞は翠羽《すいう》のような眉をひそめ、ひんやりとした手で至純の頬を包んだ。

「姉上こそ、元気だった？」

「わたくしのことより、あなたのことよ。蠱鬼に襲われて怪我をしていない？」

「大丈夫だよ。怪我なんてしてない」

「怪我をしたら太医《たいい》を呼びなさい。ほんのかすり傷でも我慢しちゃだめよ」

「わかってるよ。姉上は心配性だなあ」

至純ははにかんだ。姉に心配されると、胸の奥がくすぐったいような感じがする。

「あなたのことが大切だからよ、翹」

ふっくらとした声で至純の名をつむぐ。いまや至純を名で呼ぶのは楚霞だけだ。

「あなたはわたくしの宝物。だれよりもなによりも大事な弟なの。あなたにもしものことがあったら、わたくしは生きていけないわ」

いつも至純を案じてくれる、やさしい姉。月に濡れた梔子《くちなし》のように美しく、淑《しと》やかさと天稟《てんぴん》の気品をそなえ、経籍《けいせき》にも通じた聡明な佳人。本来ならとうに駙馬《ふば》を迎えて、子をもうけているはずなのに、楚霞はいまだに未婚だ。母親の身分が低ければその分、父帝の関心は薄くなる。とりわけ有力なうしろ盾を持たない公主は婚期を逃しがちだった。

「悪いことは考えないで、姉上」

至純は両頰を包んでくれるたおやかな手を、そっと握りかえした。

「いいことだけ考えようよ。僕が最後まで勝ち残って皇帝になって、姉上を送りだす日のことを思い描いてみて。姉上は名工が仕立てた漆黒の花嫁衣装をまとっているんだ。きっと姮娥《こうが》よりもきれいだよ。百人の婢女と百人の宦官《かんがん》、立派な儀衛と大勢の楽隊が花嫁に随《ずい》行《こう》する。行列を先導する花婿は天下一の美丈夫《びじょうふ》だ。姉上が乗る輦《くるま》は星をちりばめたように輝いて月明かりのなかを悠々《ゆうゆう》と進んでいく」

「いけないわ。輦は天子の乗りものよ」

「僕のとはべつに造らせて姉上に贈るよ。天下で輦に乗れるのは姉上と僕だけなんだ」

「分不相応だと老臣に叱られないかしら」

「かまうものか。僕は姉上をとくべつあつかいするって決めてるんだ」

暴君になるつもりね、と楚霞は笑う。

「だけど、わたくしのような年増女《としまおんな》を娶《めと》りたいという殿方《とのがた》がいるかしら……?」

「たくさんいるよ。姉上は天女みたいに美人でやさしいんだもの。僕が弟じゃなかったら、姉上に結婚を申しこむよ」

「まあ。あなたのような美男子に求婚されたら、どんなに素敵でしょう」

ふわふわと微笑《ほほえ》むとき、楚霞はだれよりも美しくなる。天下一の姉だ。この世でいちばん大事な人だ。楚霞のためなら、どんな非道も、どんな悪逆も、心躍る遊戯になる。


「まだ見つからないのか!!」

第一皇子呂世建《りよせいけん》は感情をぶちまけた。それは怒りであり、焦りである。突然、何者かの無遠慮な手に頬を張られたときの激情である。

否、世建は人に殴られた経験などない。そんなことがあろうはずもない。世建は皇長子《こうちょうし》だ。衛《えい》皇后のひとり息子なのだ。九王時代なら儲けの君と呼ばれていた嫡男《ちゃくなん》なのだ。

世建はめったに声をあげない。あげる必要もない。求めるものはなんでも容易《たやす》く手に入るし、たいていの場合は欲しがる前にだれかが持ってくる。

世建は待っていればよかった。せいぜい目交ぜするだけでよかった。怒鳴ったり奴僕《ぬぼく》を蹴りつけたりして無駄な労力を使わずにすんだ。九天逐鹿がはじまるまでは。

「申し訳ございません。蒲牢殿《ほろうでん》をくまなく捜しましたが、斂牙囊《れんがのう》はどこにも……」

「役立たずめ！　なぜ易々と盗まれた⁉　貴様はなにをしていたんだ⁉」

お赦しを、と宦官は平蜘蛛《ひらぐも》になって謝罪する。

「わ、奴才《わたくし》は殿下のご指示どおり隣室にて斂牙囊を保管しておりましたが、見張りの者が薬で眠らされてしまい……」

「鍵はどうした？　かけ忘れていたのか？」

「いえ、鍵はかけておきました」

「ではなぜ扉が開けられたのだ！」

「奴才の室《へや》から鍵が盗まれたようで……」

世建は宦官の頭を踏みつけた。干からびた芋虫《いもむし》の死骸《しがい》を踏みつぶすように。

「見張りに薬を盛ったのは貴様か？」

「いえっ、滅相《めっそう》もない……！」

「内通していたのではないのか？」

「とんでもない！　奴才は殿下に心からお仕えしており、内通など考えたことも……」

世建は宦官の頭を何度も何度も踏みにじる。

「貴様でなければだれがやった？　言え！」

「そ、それは……し、調べてみないことには」

「調べている暇などない！　六度目の解魄《かいはく》は目前に迫っているのだぞ‼」

事件が出来《しゅったい》したのは今朝方。蠱鬼《こき》狩りに出かけるため斂牙嚢を持ってくるよう命じたところ、斂牙嚢が保管場所から消えていた。

昨晩のうちに盗まれたのだ。世建が住まうこの蒲牢殿《ほろうでん》に何者かが侵入したらしい。業腹なことに見張りは薬で眠らされ、宦官の室から盗まれた鍵で扉が開錠されていた。

「蒲牢殿になければ、東宮のどこかにあります。持ち主以外が斂牙嚢を東宮の外に持ちだすことは、不可能ですから……」

「そんなことはわかっている！」

持ち主以外の者が斂牙嚢を東宮から持ちだそうとすると、斂牙嚢はひとりでに東宮の門の内側に戻ってしまう。ただし、中身の夭珠《ようじゅ》はべつだ。他人の斂牙嚢から夭珠を盗んで自分の斂牙嚢に入れることは可能である。

今月の夭珠の定数は黄玉三、紅玉二。紅玉に換算すれば三二、白玉に換算すれば三二〇。

解魄まであと十日を切っているのに、斂牙嚢が空《から》になってしまうのはかなりの痛手だ。

「一刻も早く捜しだせ！　天珠がひとつでも欠けていたら、貴様の命はないぞ！」

天珠はきっと奪われている。その確信がありながら世建は命じた。この宦官は内通者かもしれない。都合よく鍵を盗まれ、見張りが薬を盛られるというのはできすぎている。

「さっさと行け!!　貴様たちもだ！　斂牙嚢を見つけた者だけ生かしてやる。見つけられなかった者は全員、杖刑《じょうけい》三百に処す!!」

世建は室中の宦官たちを追いだした。朽木糞土《やくたたず》はひとり残らず嬲《なぶ》り殺しにしてやる。


「八皇子、なぜ呼ばれたかわかっているな」

「はい……」

肩を強張らせてうなだれる令哲《れいてつ》を、水娥《すいが》は玉座から見おろしていた。

「そなたは一皇子の斂牙嚢を盗み、天珠をわがものとした。その事実に偽りはないか」

「ありません。たしかに僕が盗みました」

「素直なことだ。もっとも、否認したところで己が罪過から逃れられはせぬが。朱雀盤《すざくばん》がそなたの罪を訴えているゆえ」

朱雀盤の盤上にならんでいる天眼《てんがん》は、通常時、皇子の姓名が刻まれた面が上になっているが、他者の夭珠をわがものとすると、盗んだ者の天眼がひっくりかえる。

「他者の夭珠に返却の義務はない。そのまま所持してよろしい。斂牙嚢の管理は龍生八子《りゅうせいはっし》のつとめ。横取りされぬよう厳重に保管しなければならぬ。一皇子は脇が甘かったようだ」

斂牙嚢や凌咒剣の管理は皇子たちに一任されている。盗難に遭っても補償はない。

「さりとて、罪は罪だ。償いはしてもらうぞ。――厓《がい》」

「はい、主上《しゅじょう》。泥犂屛《ないりへい》をこれへ」

蚤《そう》厓が命じると、宦官たちが黒漆《くろうるし》塗りの屛風《びょうぶ》を運んできた。七扇の屛風である。生々しい筆致で描かれているのは、咎人《とがにん》が死後に落ちるといわれる七つの地獄の風景だ。

「他者の夭珠を盗んだ者は泥犂屛に七日間囚われる。泥犂屛のなかでは七つの地獄をめぐり、幾度も死に幾度も生きかえりながら八千の惨苦《さんく》を味わう。地獄めぐりの最中であっても解魄時だけは帰還が許される。泥犂屛に入れば蠱鬼狩りはできぬ。そなたがいないあいだ、斂牙嚢と凌咒剣は予《よ》の管理下に置かれる。盗まれる心配はないが、夭珠は増えぬ」

理解できたかと尋ねれば、令哲はうなずく。

「それでは泥犂屛に入れ」

「あ、あの、入るって……どうすれば？」

「簡単ですよ、八皇子。近づけばいいんです。あとはあちらからお迎えが来ますから」

「お、お迎え？　どういう……」

泥犂屏に描かれた地獄絵がかき混ぜられたように崩れた。幾百の黒と赤がそこかしこで毒蛇のごとくとぐろをまき、さながら無数の蟲《むし》がうねうねと蠢《うごめ》いているかのようである。

「さあ、行ってらっしゃい。よい旅を」

蚤厓が令哲の背をぽんと押す。令哲は前のめりによろめいた。

不気味に蠢く黒と赤が屛風から飛びだしてくる。それらはみな人の手だ。闇が凝固したような漆黒の手と、炎が結晶したような紅蓮《ぐれん》の手が生臭い風をまき散らして宙を舞い、令哲の首を、腕を、腰を、足をつかむ。悲鳴をあげる暇さえなく、令哲は泥犂屏の胎内へ引きずりこまれた。

地獄絵は何事もなかったかのように静まりかえったが、第一扇の模様にはささやかな変化があった。恐ろしげな獄卒《ごくそつ》が巨大な刀剣で少年亡者の四肢《しし》を寸断している。少年亡者の口からは血反吐《ちへど》混じりの断末魔の声がほとばしっているようだが、音にはならない。

「八皇子は殃圀《おうぎょ》の刑《けい》に耐えられますかねえ」

殃圀の刑。令哲が味わっている、地獄めぐりの刑罰だ。

「地獄の責め苦がつらすぎて七日後には戦意を喪失していらっしゃるかなあ。いやいや、反対に闘志を燃やして出ていらっしゃるかも」

蚤厓のひとり言には返事をせず、水娥は泥犂屏を見やった。獄卒たちは灼熱した鉄杖《てつじょう》で少年亡者を滅多打ちにしている。


「よかったね、大兄。失鹿《しつろく》せずにすんで」

第六回の解魄終了後、第二皇子呂恭明《きょうめい》は世建《せいけん》の肩を叩いた。

「おまえはさぞ口惜しいだろうな。私が失鹿《しつろく》していれば、敵がひとり減ったのに」

「ひとり減ったところで大差ないさ。しかし、よく間に合わせたね。夭珠を八弟に全部奪われてしまったんだろう?」

「おかげで方々を駆けずりまわる羽目になった。泥犂屏《ないりへい》から戻ったら償わせてやらねば」

「まだ十五の童子《こども》じゃないか。可愛い弟をあんまりいじめないでくれたまえよ」

「先に噛《か》みついてきたのはやつだぞ。報復されて当然だろう」

「報復ってなにするつもりだい？　斂牙嚢《れんがのう》を盗みかえそうというのなら、いちおう止めておくよ。今度は大兄が泥犂屏の囚人になるだけだ」

世建は口をねじ曲げて黙りこんだ。外は雨である。早くも秋の気配が漂いはじめた正殿前の広場を絹糸のような雨が覆っている。

「一矢報いたければ、協力をあおぐことさ。大兄には心強い味方がいることだしね」

世建は思案げに恭明を見たが、神経質な口もとからは一言も発せられなかった。奴僕《ぬぼく》に傘蓋《かさ》を持たせて階《きざはし》をおりていく。

「なぜ八皇子は一皇子を狙ったのでしょう。さのみ肝《きも》の太い人物とは思われませんが」

「さあね。人は変わるものだから。だれかが焚《た》きつけたのかもしれないけれど」

恭明は楽允《がくいん》を連れて正殿に入った。祭壇前の九台の方卓を見やり、唇に薄く笑みを刷《は》く。


「泥犂屏《ないりへい》の旅は楽しめたか、八弟」

令哲《れいてつ》は世建の声にびくりとした。蒲牢殿《ほろうでん》の奥まった一室である。時刻は夕方。世建は上座に腰を落ちつけ、ゆるりと茶杯《ゆのみ》をかたむけている。

「泥犂屏はだれでも入れる場所ではない。貴重な体験をしたな。うらやましいことだ」

令哲は茶杯を見おろし、両手を膝の上で握りしめた。殃圄《おうぎょ》の刑が終わって泥犂屏から出てくるなり、令哲は蒲牢殿に呼びだされた。

いやな予感がした。行きたくなかったが、これ以上、世建の反感を買えば恐ろしい報復があるかもしれないと思い、やむを得ず世建を訪ねた。

罵倒されるのか、打擲《ちょうちゃく》されるのかと身がまえたが、意外にも世建は気分よく令哲を迎えた。その機嫌のよさがかえって不気味だ。常日頃から見下していた令哲に天珠を奪われ、世建は激昂しているはず。薬を盛ったように、今度は毒を盛るつもりではないかと、茶菓には手を出せないでいる。

「そう警戒するな。毒など入っていないぞ」

「……ご用件はなんですか」

「弟と茶を飲むのにいちいち用件が必要か」

「……なにもないのでしたら、失礼します」

「私にはなくとも、おまえにはあるだろう。兄に詫びねばならぬことが」

「罪に対する罰は受けました」

「殃圉の刑ごときで報いになるとでも？」

「そういう決まりになっています」

　一刻も早くこの場から立ち去りたいばかりに、つい反抗的な物言いをしてしまった。冷たい汗が背を伝い、炎天下にさらされたように舌が乾く。

「なるほど。おまえはこう言いたいわけだな？　盗まれるほうが悪いのだと」

「……た、大兄もまったくの無辜《むこ》というわけではないでしょう。お互いさまです」

「それもそうだ。われわれは龍生八子《りゅうせいはっし》。互いの血肉を喰らい合うさだめだ」

「お話がすんだのなら――」

「おまえに見せたいものがあるんだ。退座するのはそれを見てからでもいいだろう」

世建は席を立とうとする令哲を引きとめ、奴僕《ぬぼく》を呼んだ。奴僕は漆塗りの匣《はこ》を捧げ持ち、令哲の筵席《ざせき》のそばでひざまずく。

「あけてみろ」

世建は薄ら笑いを浮かべている。いやがらせのたぐいにちがいない。苦い気持ちを噛みしめながら、令哲はふたをあけた。おそるおそる中身を見るや否や、短く悲鳴をあげる。

「なっ、なんですか、これは……!?」

「見てのとおり、女の手だ」

「ほ、本物ではありませんよね……」

「俑《にんぎょう》の手に見えるか?」

匣のなかには女の右手が入っていた。手首からざっくりと切り落とされ、底に敷かれた帛《きぬ》にあざやかな血の痕が残っている。

「気に入ったか?」

「き、気に入るわけがないでしょう! こ、こんな、ひ、人の手を……」

「これはとくべつな手だ。おまえが子どものころから慣れ親しんできた、慕わしい女の」

ざあっと身体中が粟立《あわだ》った。象牙《ぞうげ》のようにしっとりとした憂《うれ》わしげな繊手《せんしゅ》。白い甲に残った、ひきつれた痛々しい傷痕。最後に見たのは半年前だ。別れ際、令哲の頬を撫でてくれた。やさしく、愛おしげに——。

「……まさか、母上の……」

令哲は奴僕から漆塗りの匣をもぎとった。滑稽《こっけい》なほど震える指で、懐かしい繊手にふれる。ぬくもりは消えている。寒風にさらされた石像のように冷えきって、命の気配がない。

「母上になにをしたんですか⁉」

「安心しろ。右手を切り落としただけだ」

「どうしてそんな残酷なことを……‼」

「九王《きゅうおう》時代の律令《りつりょう》では、盗人《ぬすっと》は手を切られる。本来ならおまえの手を切り落とすべきだが、わが子に肉刑を受けさせるのは忍びないと、何少使はみずから進んでおまえの身代わりになると申し出た。息子のためにわが身を犠牲にする。まさしく慈母の行いだな」

世建は凭几《ひじかけ》にもたれ、優雅に羽扇を動かす。

「もっとも、人のものを盗むような豚犬《おろかもの》を育てたのだから、何少使に罪がないとは言えぬ。罰せられて当然だ」

「卑怯だ！　母上に手出しをするなんて！」

「先に仕掛けてきたのはおまえだ、八弟」

鼻先で笑い、侮蔑もあらわに視線をかえす。

「兄を陥《おとしい》れて得意になっていたのだろう。うまくやったとほくそ笑んだだろうな。たしかにおまえには偸盗《ぬすみ》の才覚があるようだ。しかし、ゆめゆめ忘れるな。何少使は後宮にいる。後宮の女主はわが母、衛《えい》皇后だ。何少使を生かすも殺すも、わが母の胸三寸」

恐怖なのか激憤《げきふん》なのかわからない情動で、令哲の身体はきしむように震えた。

「おまえとちがって、私は盗みなどせぬ。鼠窃《こそど》狗盗《ろ》に身を落とすつもりはないのだ。盗む代わりに、取引をしようではないか。おまえが手持ちの夭珠《ようじゅ》をひとつ残らず私にさしだすなら、私はわが母にこう伝えよう。何少使には手厚い看護を受けさせるようにと」

喉《のど》が焼け爛《ただ》れて、一言も出てこない。

「母親の命か、夭珠か。どちらでもかまわぬぞ、八弟。好きなほうを選べ」

事切れた織手に涙がしたたり落ちる。口惜しさと怨めしさが頬を焼いた。

鎌のような月が夜天《よぞら》に森閑《しんかん》とたたずんでいる。その寂しげな光を断ち切るように、狗《こう》は剣をふるった。青銅が小気味よく月影を弾き、夜風がひたいを突く。

「そろそろおやすみになってはいかがですか」

気づかわしげな声に背を叩かれ、狗はふりかえった。杜善《とぜん》が外衣《うわぎ》を持ってやってくる。

「もうすこしつづける。秋の夜は長いからな」

狻猊殿《さんげいでん》の外院《まえにわ》である。狗は杜善に剣を持たせて外衣に袖《そで》を通した。これは凌兕剣《りょうしゆけん》ではない。身の安全を優先するため、夜間は蠱鬼《こき》狩りをひかえている。

「冷えてきましたから、お身体に毒ですよ」

「おまえこそ、夜風で喉《のど》が冷えるぞ。あたたかくして早くやすめ」

「奴才《わたし》は平気です。よい薬をいただいていますから。最近はずいぶん調子がいいですよ」

杜善は生まれつき喉が弱く、寒暖差が刺激となってときどき咳が止まらなくなる。皇宮入り後は太医が処方した薬をひそかに服用させているので、具合がよくなったようだ。

「この世のだれもが蠱鬼にならずに安らかな死を迎えられたら……と思うことはないか」

「なんですか、藪から棒に」

「ふと考えてみたのさ。九天逐鹿《きゆうてんちくろく》にかかわらぬ蒼民《たみ》にとっては、死とは終わりであり、生からの解放だ。彼らが味わう塗炭の苦しみもいったんそこで打ちどめとなり、九原《あのよ》へ行って、うまくすれば来世がはじまる。彼らの死はほのかな希望を秘めた終末だ。ところが、われらはちがう。龍生八子《りゆうせいはっし》は蠱鬼になることをまぬかれぬ。勝ち残った最後のひとりさえ、女帝さえ、死してのちは蠱鬼になって皇宮を彷徨《さまよ》う」

失鹿者や淩咒剣で斬られた者が蠱鬼となるだけでなく、九天逐鹿を勝ちぬいて登極した皇帝も、九天逐鹿後に万乗《ばんじょう》の位を退いた女帝も、蠱鬼となるさだめからは逃れられない。

「われらにとって、死とは終わりでもなければ救いでもない。醜《みにく》い妖物に身を落とし、あらたな龍生八子に喰らいつく、地獄のはじまりだ」

今日まで狗が斬ってきた蠱鬼たちも、かつては人だった。しかしいまや、浅ましい妖魅《ばけもの》だ。死してなお救われぬ彼らの返り血を浴びるたび、冷水を浴びせられたかのように身体の芯が凍える。自分に襲いかかってくる蠱鬼の呪わしい姿は、わが身の行く末なのだ。

「なればこそ勝ち残ってください、殿下」

杜善は狗の外衣の領《えり》を結んだ。彼は幼い弟の面倒でも見るように狗の世話を焼く。

「帝位にのぼって、よき治世をもたらしてください。あまたの民が豊かに暮らし、泰平を謳歌《おうか》し、九天逐鹿の残酷さを忘れてしまうほどに。それが殿下のみならず、蠱鬼に身を落とした者たちへの供養となりましょう」

「私には荷が重いな……」

やにわに、大門のほうから騒がしい声が聞こえてきた。門衛たちがもめているようだ。

「お、おやめください、八皇子！　私たちは蠱鬼ではございません！」

「われわれは狻猊殿の門衛です！」

狗は杜善と顔を見合わせて即座に駆けだした。大門を開けさせて外に出る。丹斐鼎《たんぴてい》のそばで黒い翳《かげ》が門衛に斬りかかろうとしていた。それは令哲だった。袍服《ほうふく》は深黒に染まり、顔じゅうが蠱鬼の血で汚れている。両眼ばかりが炯々《けいけい》と血走り、見るからに異様だ。

「やめろ、八弟！」

狗は急いで止めに入った。

「六兄！　こいつは僕の獲物です！」

「安心しろ、私は凌咒剣を持っていない。とにかく、落ちつけ。闇雲に斬ってはおまえが損をするだけだ。まずはこいつらが蠱鬼かどうか確かめろ」

いまにも斬りかかってこようとする令哲をなだめ、狗は門衛たちに鉄札を持たせた。怯える様子はない。つぎに剣を抜いて、剣身におもてを映す。彼らのまなこは黒いままだ。

「ほら見ろ、蠱鬼ではない。人だ」

令哲は怪訝そうに目を凝らしていたが、納得したらしく、肩の力を抜いた。

「八弟！」

倒れこんだ令哲をあわてて抱き起こす。気を失っているようなので、室に運んで太医を呼んだ。太医の見立てによれば過労だという。

着がえさせてしばらくやすませると、令哲は目を覚ました。あたたかい茶を勧めれば貪《むさぼ》るように飲む。空腹だというので夜食を用意させた。やはり貪るように食べる。

「食事もせずに蠱鬼狩りをしていたのか」

はい、と令哲は悄然《しょうぜん》とうなだれた。

「大兄に天珠を全部取りあげられたので、手持ちがなくなってしまって……」

「取りあげられた？　盗まれたのではなく？」

「天珠を寄越さないと、母上を傷つけると脅されたんです……。母上の命には代えられませんから、大兄に全部渡しました」

何少使《かしょうし》の切りとられた手を見せられたのだと聞いて、狗は顔をしかめた。

「卑劣すぎる。何少使にはなんの罪もないのに」

「僕が悪いんです。大兄の斂牙嚢《れんがのう》を盗んだから……。僕は大馬鹿者です。大兄には衛《えい》皇后という強力なうしろ盾がいることを失念して、浅はかなことをしてしまいました」

衛皇后は後宮の女主人。一介の妃嬪をひねりつぶすことくらい、造作もない。

「何少使の具合は？」

「なんとか、快方に向かっているそうです。母上は気丈なかたです。僕が無事ならそれでよいとおっしゃって……」

令哲の細い肩が壊れたように震えた。

「大兄はきっと今後も僕を脅迫してきます。また脅されて天珠を取りあげられたら、それが解魄《かいはく》の直前だったら、僕は……。母上に誓ったんです。かならず勝ち残って母上に皇太后の鳳冠をさしあげますって。とんだ大言でした。土台無理な話だったんです……。僕なんかが勝ち残るなんて……」

「あきらめるのはまだ早いぞ」

「いいえ、あきらめるしかないんです。母上を人質に取られているんですから、なにもできません。おとなしく失鹿《おとしい》するよりほかに……」

「打つ手はある。大兄に陥れられる前に、こちらから陥れればいいんだ」

「もう二度と斂牙嚢は盗めませんよ。大兄はあれに懲《こ》りて厳重に警戒しているし……」

それだ、と狗は令哲の肩をつかんだ。

「大兄の警戒心を利用すればいい」

防御。それは賢人の知恵である。わが身にふりかかる邪謀は未然に防がねばならない。

「答えよ」

世建《せいけん》はひざまずく宦官《かんがん》を見おろした。手にしているのは緑の荷包《きんちゃく》。この宦官の私物だ。

「だれにもらった?」

「ぞ、存じません……！　奴才《わたくし》はなにも――」

「嘘をつくな!!」

荷包を床に叩きつけた。入れ口から紐で束ねられた銅銭がじゃらりとこぼれ出る。

令哲に斂牙嚢《れんがのう》を盗まれてから、世建は奴婢の所持品を直々に調べるようになった。婢《めし》僕《つかい》どもが主にそむいて悪事を働くことは往々にして起こる。絶えず目を光らせておかねば、醜悪《しゅうあく》奸邪な連中はなにをしでかすかわからない。

「ほ、ほんとうです！　それは奴才のものではないのです……！」

「むろん、貴様のものではないだろう。貴様のような腐人《死にぞこない》がこんな大金を持っているはずがない。だれにもらったのかと尋ねている。銭の出どころを吐け」

「存じません！　きっと何者かが奴才の持ちものに紛れこませたのです！」

宦官はひたいを床に打ちつけた。

「よくお調べください。なにかの罠やも」

「罠であることは百も承知だ!!」

世建は凌咒剣《りょうしゆけん》の鞘《さや》で宦官を殴りつけた。

「内通する見返りに銭をもらったことはわかっている。貴様の雇い主はだれだ？」

「わ、奴才は心から殿下にお仕え申しあげております。内通など――」

ふたたび殴りつける。何度も何度も、無駄口を叩かなくなるまで。

「心からお仕えしているだと!?　笑わせるな！　貴様たちは隙あらば主の目を盗んで悪事を働こうとたくらんでいるのだろうが!!」

「そ、そのようなことは、けっして」

「先日の件にかかわった者は全員嬲《なぶ》り殺しにした！　貴様もおなじ目に遭いたいか！」

「ど、どうか、お赦しくださいませ……！」

「だったら雇い主の名を言え!!」

髻《もとどり》をつかんで宦官の頭を持ちあげる。男とも女ともつかぬ醜い顔は血と涙で汚れていた。

「奴才の主は殿下です……。雇い主など」

「強情なやつだ」

小石を放りすてるように小汚い頭から手を離し、世建は新任の側仕えを呼んだ。

「白状するまで拷問《ごうもん》しろ」

宦官を厳しく尋問したが、黒幕の名を吐く前に事切れた。世建はますます猜疑心《さいぎしん》を滾《たぎ》らせた。どこかに不忠者がいる。主である世建を裏切り、敵に阿《おもね》った人面獣心《じんめんじゅうしん》の溝鼠《どぶねずみ》が。

「裏切り者を見つけだせ！　さもないと、おまえの血肉を豚の餌《えさ》にするぞ！」

世建は側仕えを室《へや》から追いだした。筵席《ざせき》に座ろうとしてふと気づく。宦官を殴ったときに飛び散った血のせいだろう、袍服にしみができていた。腐人の血ほど汚らわしいものはない。室の隅で縮こまっていた婢女《はしため》たちを急かし、着がえを手伝わせる。

「いま、なにをしようとした？」

「……お、帯をほどいてさしあげようと」

「斂牙嚢を盗もうとしたのだろう!!」

「そ、そんな滅相《めっそう》も……」

口答えする婢女を力任せに突き飛ばし、またしても側仕えを呼びつけた。

「こやつを拷問にかけろ」

「わ、婢《わたくし》はなにもしていません……！」

「飼い主の名を吐くまで痛めつけてやれ」

「ご、誤解です、殿下！　どうかお赦しを！」

側仕えが泣き叫ぶ婢女を連行していく。

「貴様！　なぜ私を見た!?」

「いっ、いえ、み、見ていません……」

「隙をうかがっていたな！　貴様も内通者か！　連れていけ！　拷問して正体を暴け！」

「お助けくださいませ！　命だけは……」

二人目の婢女が連行されるのを見届け、世建はぎらつく目でべつの婢女を射貫《いぬ》いた。

「貴様はなにを持っている⁉」

「な、なにも……」

「夭珠《ようじゅ》を隠し持っているな⁉」

「と、とんでもない。夭珠なんて見たことも」

「こやつの身ぐるみを剝《は》げ！　どこかに夭珠を隠しているぞ！」

どいつもこいつも疑わしい顔ぶればかり。苛立《いらだ》ちが脈打ち、世建は怒号を放った。

「主にそむく不忠者は九族皆殺しだ‼」

二度と夭珠を盗ませない。屍《しかばね》の山を築こうとも、天祚《てんそ》への足掛かりは死守せねば。


革義は寝支度もせずに臥牀《しんだい》に腰をおろした。月が窓に切りとられ、錦繡《きんしゅう》の褥《しとね》は夜気を吸って沈黙している。その冷然とした静寂は麗薇《れいび》の不在をまざまざと見せつけた。

昨年のいまごろは麗薇がいた。革義の帰りが遅くなるときは、彼女は先に褥に入っていた。革義のために衾褥《ふとん》をあたためておいたのだと得意げに微笑《ほほえ》んでいた。

革義が床に入ると、蕩《とろ》けるような甘いぬくもりが五臓六腑《ごぞうろっぷ》に染みわたった。麗薇がそばにいることに慣れはじめていた。来年も再来年も十年後も、こうして共寝するのだろうと思っていた。その幸せが玉響《たまゆら》の幻であることも知らずに。

愛妃の残り香を求めて、革義は褥をまさぐった。

そこには膨張する虚無が横たわっているだけだ。麗薇はいない。二度と戻らない。革義が殺した。いや、だれかが革義に殺させた。この皇宮にいる何者かが。憎き怨敵を見つけるために肝胆《かんたん》を砕いているが、これといった手がかりはつかめていない。

麗薇に偽の文を届けた使者は死体で発見された。革義の筆跡を真似《まね》た文はとうとう見つからなかった。婢女は捨てていないと言っているから、下手人《げしゅにん》が処分したのだろう。

仇敵《きゅうてき》は革義の近くにひそんでいる。その者は神妙な面持ちで弔意を示したかもしれない。あたたかみのある言葉で革義を慰めたかもしれない。そして腹のなかでは哄笑《こうしょう》していたのだ。愛妃を手にかけた気分はどうだと、嘲笑《あざわら》っていたのだ。

やり場のない怨憎《えんぞう》ばかりが日々、肥《こ》え太っていく。

鉛《なまり》のような身体を褥に横たえようとしたとき、枕の下から布切れがはみでているのに気づいた。婢女の忘れ物だろうかと思い、引っ張りだしてみる。

とたん、眉間を飛矢で射貫かれたように、革義は目を見ひらいた。

記されていたのは、求めてやまない怨敵の名であった。

第四幕

誰《たれ》か烏の雌《し》雄《ゆう》を知らん

「遅れてすみません」

令哲《れいてつ》が燭龍《しょくりゅう》廟南配殿《びょうみなみはいでん》に駆けこんできたとき、五名の龍生八子《りゅうせいはっし》がそろっていた。

「ひどい恰好《かっこう》だね、八弟。真っ黒じゃないか」

「ついさっきまで蠱鬼《こき》狩りをしていたんですが、着がえる暇がなかったもので……」

頭から墨をかぶったような令哲が危なっかしい足どりで正庁《おもてざしき》に入ってくる。

「あわてなくて大丈夫ですよ、八皇子。まだはじめていませんから。お筵席《ざせき》へどうぞ」

蚤厓《そうがい》がにこやかに案内すると、令哲はほっとしたふうに自分の筵席に腰をおろした。

第七回の解魄《かいはく》日。重く湿った秋天は蜘蛛《くも》の糸のような雨を吐いている。

「あれ？　大兄はまだなんですか？」

令哲は空《から》の筵席を見やった。解魄における筵席は長幼の序に従い、横一列にならぶ。左端の空席は世建《せいけん》が座るはずの場所である。

「私たちも長らく待たされているんだよ」

「おかしいな。三日前に僕の夭珠《ようじゅ》を横取りなさったから、解魄にはいちばん乗りなさっているんだろうと思っていましたけど」

「横取りとは剣呑《けんのん》だな。なにがあった？」

威昌《いしょう》の問いに令哲は眉をひそめた。

「僕に凌咒剣《りょうしゅけん》を盗まれたと難癖をつけにいらっしゃったんですよ。饕餮殿《とうてつでん》のどこかに隠しているだろうとおっしゃって、宦官《かんがん》たちに命じてあちこち捜しまわって……。おかげで殿内はめちゃくちゃです。そこまでしてもなにも出なかったのに、僕が盗んだにちがいないから償いに夭珠を寄越せと脅されたんです」

「災難でしたね、八兄」

至純《しじゅん》はいかにも心苦しそうに言った。

「夭珠を全部取られてしまったんですか？」

「半分だけです。夭珠を寄越せと言われるだろうと警戒して、大兄が室《へや》に入ってくる前に歛牙嚢《れんがのう》の中身を半分ほど出してべつの荷包《きんちゃく》に入れておいたんです。でも、結局は夭珠が半減したので、その分を挽回《ばんかい》するため、寸刻前まで蠱鬼を探して駆けずりまわる羽目に」

令哲は髪からしたたる蠱鬼の血を袖《そで》で拭《ぬぐ》った。

「凌兕剣を盗んだのは下僕《げなん》らしいぞ。大兄は生来圭角《けいかく》のあるかただが、近ごろはますます気難しくおなりだ。蒲牢殿《ほろうでん》のまえを通ると、命乞いの悲鳴が聞こえてくる始末だからな。奴婢にたいそう怨まれていたんだろう」

「婢僕《めしつかい》にはやさしくしないといけないのにね。いつも役に立ってくれているんだから」

「そういう二兄は数年で奴婢を総入れかえしていらっしゃると聞きましたが。やはり密偵を警戒なさっているんですか」

「ただの気分転換さ。そばにいる顔ぶれが変わったほうが新鮮だからね」

「見飽きた奴婢《もの》は処分なさるというわけで？」

「処分とはひどい言いかただね。手当を渡して解雇するだけだよ」

「それにしても大兄は遅いなあ。待ちくたびれましたよ。おなかもすいてきたし」

至純がだるそうに頬杖をついた。令哲が来る前から、かれこれ三刻以上待たされている。

「主上《しゅじょう》、いかがいたしましょう。待ちますか」

「はじめよ」

玉座から冷淡な美声が降る。

「では一皇子を待たずに、ここにいるみなさまだけで解魄をはじめましょう。今回は七回目ですので、定数は黄玉六、紅玉四。紅玉で言えば六四、白玉で言えば六四〇。ひとつでも足りなければ失鹿《しつろく》ですので、お覚悟なさいませ」

　踊りだしたいような気分で、蚤厓は手順どおりに皇子たちの天珠をあらためていく。残念ながら、全員誰手《すいしゅ》だった。

「はあー、また失鹿者なしですかぁ。みなさま、なかなかしぶといですねえ。たまには失鹿して奴才《わたくし》を楽しませてくださいよ」

「そう焦らなくてもじきに失鹿者は出るよ」

「お心当たりがおありで？」

「欠席者はもれなく失鹿する決まりだからね」

　恭明は白檀扇《おうぎ》の陰でやんわりと目を細めた。解魄を欠席すれば、手持ちの天珠がどれほど多くても失鹿をまぬかれない。

「大兄はなんになるかな？　斉麻琴《せいれききん》か、佯羲面《ようぎめん》か、兢林爵《きょうりんしゃく》かもしれないね」

「摧冥鏡《さいめいきょう》、莫謬硯《ばくびゅうけん》、來嘉扇《らいかせん》も残っているな。どれになるか賭けますか」

「二兄、四兄。いくらなんでも不謹慎ですよ」

「善人ぶるなよ、八弟。おまえこそ、何少使《かしょうし》のことで大兄を怨んでいるだろう」

　令哲が口ごもると、だれかが階《きざはし》を駆けあがってくる跫《あしおと》が雨音を切り裂いた。大扉がひらき、長身の青年が駆けこんでくる。はじめ、それが世建とはわからなかった。

彼はずぶ濡れだった。髻《もとどり》は崩れて黒髪が背に垂れかかり、手足は泥まみれだ。憔悴《しょうすい》が濃くあらわれた双眸《そうぼう》を爛々《らんらん》と光らせ、血刀をさげた賊徒さながらの物騒な顔貌で周囲を見まわし、世建は迷わず令哲に駆けよった。やにわに殴りかかる。

「貴様はよほど母を死なせたいらしいな」

「なっ、い、いきなりなんですか……!?」

「とぼけるな。一度ならず二度までも私の斂牙嚢を盗んだだろうが。恥知らずの偸盗《ぬすびと》め」

「ぬ、盗んでませんよ！」

「下種《げす》が。この期におよんで白を切るつもりか」

「落ちついてください、大兄」

狗《こう》が席を立って世建をとめた。

「斂牙嚢を盗んだのがほんとうなら、八弟は殃圄《おうぎょ》の刑を受けているはずですよ」

「解魄のために泥犂屛《ないりへい》から出てきたんだろう」

「八皇子は殃圄の刑を受けておらぬぞ、一皇子」

水娥《すいが》が気だるげに紈扇《おうぎ》を揺り動かす。馬鹿な、と世建は玉座をふりあおいだ。

「八弟ではないのか!?　ではだれが!?」

「さあ、だれでしょう。斂牙嚢だけを盗んでも罪にはなりませんからねえ」

「なんだと!?」

「罪となるのは、他人の夭珠を自分の斂牙嚢におさめる行為だ。それ以外は罪ではない」

他者の斂牙嚢をどこかに隠したり、夭珠をどこかに放置したりしても殃圉の刑の対象にはならない。なお、夭珠は斂牙嚢から出して一昼夜経つと蠱鬼に戻る。

「貴様、それを承知で井戸に落としたのか!?」

「僕じゃありません!」

「嘘をつくな! 奸賊《かんぞく》め、罪を償え!」

「ねえ大兄。井戸に落ちていたってことは、斂牙嚢を持ってきていないのかい?」

「持ってきたとも。下僕どもに井戸の底を何度もさらわせて拾いあげてきた」

世建は懐《ふところ》から斂牙嚢を取りだした。

「それじゃあ、時間もないので解魄を先にすませてしまいましょうか? そのあとで殴り合いでも殺し合いでもお好きにどうぞ」

蚤厓が笑顔でうながすと、世建はおとなしく斂牙嚢を手渡した。蚤厓は濡れそぼった斂牙嚢の中身を青銅盤に出して、ひとつひとつ数えていく。

「一皇子、黄玉六、紅玉三、白玉九」

「一皇子、失鹿」

編鐘の響きのような声が正庁《おもてざしき》を貫き、一同の視線が世建に集った。

「そんなはずはない！　数えなおせ！」

「はい、もう一度数えましょう。黄玉は一二三四五六。紅玉は一二三。白玉は一二三四五六七八九。惜しかったですねえ。白玉があとひとつあれば、紅玉四つになったんですが」

世建は青銅盤をもぎとり、自分で数えた。何度もくりかえすが、結果は変わらない。

「ひょっとしたら井戸の底に天珠が落ちているんじゃないですか。手もとが暗いので、下僕が見落としたのかもしれない」

威昌が退屈そうに言う。世建は踵《きびす》をかえした。

「おや、一皇子。どちらへ？」

「井戸を見てくる」

「困りますねえ。これ以上は待てませんよ」

「いましばしだ。半時《いちじかん》ほどで戻るから――」

「刻限だ」

水娥の鋭い一喝が雨音を刎《は》ね飛ばす。

「一皇子、失鹿」

玉座の左右で丹斐鼎《たんひてい》が咆哮《ほうこう》した。同時に世建の身体が穰焱《じょうえん》に包まれる。世建は絶叫した。

皮膚を焼かれる苦痛のためではない。失鹿は痛みを感じないのだ。

「これは間違いだ……！　皇長子たる私が、こんなところで死ぬわけがない！」

禳焱は糜爛《びらん》した血紅《くれない》であたりを塗りたくる。世建の姿が蜃気楼《しんきろう》のように揺らめいた。

「間違いだ間違いだ間違いだ!!　最後まで生き残るのは私だ!!　貴様たちではない!!」

世建は両腕を遮二無二《しゃにむに》ふりまわして禳焱を払おうとした。そのおもてには憤怒《ふんぬ》が燃え、怨憎《えんぞう》が滾《たぎ》り、修羅《しゅら》がのたうつ。獣のようにひらかれた口からほとばしるものは、もはや言葉ではない。天壌を打ち砕かんばかりの断末魔の叫びだ。

見る間に世建の四肢《しし》は輪郭《りんかく》を失っていく。腕が溶け、足がぼやけ、胴体はかすんで、顔《がん》貌《ぼう》は腐乱するように眼窩《がんか》から崩れ落ちる。末期の叫喚《きょうかん》を残し、ついには無になった。


同時刻、燭龍廟《しょくりゅうびょう》正殿は祭壇前。中央の方卓に銅鏡、すなわち摧冥鏡《さいめいきょう》が出現した。


「うまく策が当たりましたね、六兄」

南配殿を出たあと、令哲《れいてつ》が駆けよってきた。

「凌咒剣を盗ませ、斂牙嚢まで隠すなんて大胆な策でしたね。おかげで命拾いできました」

「斂牙嚢の件は私じゃない」

狗は九天《そら》を見あげた。いつの間にか雨はあがり、烏雲《くろくも》が陰鬱《いんうつ》そうに横たわっている。

「私は宦官の持ちものに銭をまぎれこませただけだ。大兄の猜疑心《さいぎしん》を煽るために」

内応を疑った世建は婢僕《めしつかい》を片っ端から処罰した。手ひどい打擲《ちょうちゃく》を受けた婢僕は怨みを募らせ、遠からず凌咒剣を盗むだろうと踏んだ。一度盗まれたことで斂牙囊は厳重に管理されているが、その分、凌咒剣の管理は手薄になっている。凌咒剣がなければ蠱鬼狩りはできない。世建は必死になって捜索する。そこまでは予測していたが。

「え、六兄じゃない？　では、だれが？」

「二兄か、四兄か、九弟か、あるいは……」

狗はふいに立ちどまった。

「あるいは、だれですか？」

その問いには答えず、ふたたび夕闇を踏む。

「四兄のおっしゃるとおりになりそうだな」

最後まで生き残るのは、いちばん卑劣で、悪辣《あくらつ》で、冷酷で、勝つためには手段をえらばない者。それはゆるぎない事実だ。

八月十五日は太宗聖祚帝《たいそうせいそてい》の御誕辰祭《ごたんしんさい》である。

夜の帳《とばり》がおりるころ、時の帝は百官のまえで大規模な廷告《ていこく》を行う。

これを大廷告《だいていこく》という。大廷告は即位式などの大典でも行われ、その後、数日間にわたって盛大な賜宴《うたげ》がもよおされる。

宴の最終日、玉耀殿《ぎょくようでん》に集った龍生八子《りゅうせいはっし》は五名だった。欠席者は革義《かくぎ》。凌咒剣を盗まれ、捜しまわっているらしい。出席者のうち三名は饗膳《びしょく》もそこそこに蠱鬼狩りのため席を立った。九天逐鹿も後半に入ると、すこしでも多くの夭珠《ようじゅ》を獲得して今後にそなえるべく、だれもが必死になる。衣を汚したくないと言って東宮へ帰った恭明《きょうめい》と、宴直前に誤って人を斬った狗《こう》以外の全員が蠱鬼の血で満身を黒く染めていた。

「凌咒剣を清めてこないのか、六弟」

老宦官に化けた蠱鬼を斬り捨て、威昌《いしょう》は行儀よく跪坐《せいざ》している狗を見やった。

数刻前、狗は蠱鬼とまちがえて乳母を斬った。廃妃季氏《きし》の事件後、乳母は幽閉先で狗に仕え、九天逐鹿がはじまってからは東宮で身のまわりの世話をしていた。

実の母親以上の存在を、その手で葬ったのだ。ひどくこたえているのか、狗は先ほどからなにも口にせず、俑《にんぎょう》のように端座したまま、燭火に食《は》まれる虚空を睨《にら》んでいる。

「明朝、行きます」

「悠長にかまえていていいのか？　おまえ、三日前にも人を斬っただろう」

「……だからこそです。今日はもう、しくじりたくありません」

気に病むなよと言い、威昌は凌咒剣をひとふるいして返り血を払った。雨のように飛び散った黒い滴《したた》りの一粒が狗の蒼白い頰に涙痕じみた足あとを残す。

「他人の命など、万乗《ばんじょう》の位のまえでは塵芥《ちりあくた》も同然だ」

「敵である私を鼓舞してくださるとは、四兄は案外情け深いおかたですね」

いやみとも負け惜しみともつかぬ口ぶりに笑い、威昌は燭台《しょくだい》を見やった。磨きあげられた金色の火皿に、妖艶《あでやか》に舞う歌妓《かぎ》たちの姿が映っている。そのなかのひとりがこちらを向いた刹那《せつな》、威昌は駆けだした。凌咒剣で貫かれた歌妓は漆黒の血飛沫《ちしぶき》をあげて倒れる。火皿に映った目が赤い色をしていたので蟜《きょう》だ。

同席する高官たちは眼前でくりかえされる惨劇に怯えて縮こまっている。下手《へた》に声をかければ蠱鬼とまちがえられかねない。おとなしく身を寄せ合っているほうが賢明だ。

「殿下」

さらに女官を二人ほど斬り捨てたとき、席を外していた近侍の羅良《らりょう》が戻ってきた。

「主上《しゅじょう》は祥瑞苑《しょうずいえん》にいらっしゃいます」

祥瑞苑は赫永宮《かくえいきゅう》と東宮のあわいにひろがる園林《ていえん》。宴がはじまってほどなく水娥が席を立ったので、あとをつけさせたのだ。

威昌は凌咒剣を鞘《さや》におさめて羅良に持たせ、宴席の喧騒《けんそう》を離れた。

永遠のようにつづく長廊には水のような月影が降りそそいでいた。欠けはじめた月に侵され、築山《つきやま》や太鼓橋《たいこばし》が濃密な翳《かげ》に溺《おぼ》れている。

秋夜の清澄な呼気に肺腑《はいふ》をひたしつつ、威昌は目を細めた。池に面した亭《あずまや》のむこうで、か細い煙が織女《おりひめ》の披帛《ひはく》のようにゆらゆらとたなびいている。

「主上は平巌侯《へいがんこう》の供養をなさっているようです。今日は平巌侯の忌日《きにち》ですので」

平巌侯は漓王《りおう》の背《せ》の君《きみ》のひとりで、水娥の実父だ。七年前に他界している。

「父親の供養か。戯劇《しばい》にはうってつけだな」

「戯劇とお考えで?」

「他人の亡父《ちち》を悼《いた》むやつはいないさ」

「密会の口実でしょうか」

「だとすれば、手間が省《はぶ》けるんだが」

今現在も水娥のそばには配下の宦官《かんがん》を張りつかせている。夜陰に乗じてその者と合流したが、水娥はひとりで銖花《しゅか》を焚《た》いているそうだ。接触した者はいないという。

「これから落ち合うのかもしれません」

「どうだろうな。身代わりで九天逐鹿を勝ちぬこうと目論む狡猾《こうかつ》なやつがこんな観客が多い場所でむざむざ馬脚をあらわすとは思えぬ」

秋風に揺蕩《たゆた》う柳のかたわらで、水娥が銀盤《ぎんばん》に絑花をくべている。

絑花は死者の冥福《めいふく》を祈るために燃やす、偽の瓊雨《けいう》だ。貧者は赤く染めた木片や端切れを、富者は赤い帛《きぬ》や玉を用いて花びらのかたちを作り、死者が黄泉《よみ》で燭龍《しょくりゅう》の加護を受けられるよう祈って禳焱《じょうえん》にくべる。

物陰からいくつかの視線を感じた。ほかの皇子がさしむけた密偵だろう。水娥の動向が気になるのは、威昌だけではないらしい。威昌は羅良をその場にとどめ置き、故意に跫《あしおと》を立てて水娥に近づいた。水娥は顔をあげない。銀盤の炎を静かに見つめている。

「ずいぶん熱心だな、主上」

「父の供養だ。熱心になって当然だろう」

「他人の父親でもか？」

「どういう意味だ」

「質問したいのは俺のほうだ」

威昌は銀盤をはさんで水娥と対峙《たいじ》した。

「今回の九天逐鹿に替え玉が混じっているという話は知っているな？」

「噂は聞いている」

「替え玉にはだれを使うのがいちばん効果的だと思う？」

さあな、と女にしては低い声が言う。

「あんたさ、主上。いや、あんたの衣が示す役柄と言ったほうがいいかな」

白い帯のような煙が夜陰に溶けていく。

「瑩鳳鐲《えいほうたく》を身に宿すがゆえに、女帝は九天逐鹿が終わるまで不死身だ。女帝が皇子になりすまして釁礼《きんれい》を行えば、蠱鬼《こき》を恐れずに蠱鬼狩りができる。どんな怪我を負ってもたちどころに治り、過労とも病魔とも無縁だからな。女帝に凌咒剣を持たせるには最初から入れかわっておく必要がある。皇子が女帝を、女帝が皇子を演じる必要が」

「紙上談兵《机上の空論》よ。女帝は毎月廷告を行わねばならぬ。偽の女帝の血では、瓊雨は降らぬぞ」

「廷告は決まって夜に行われる。闇に紛れて入れかわるのはさして難しいことじゃない。廷告時、そばに仕えるのは太祝令《たいしゅくれい》などのごく少数の者だけ。そいつらさえ欺《あざむ》けば、あるいは買収しておけば、伶人《やくしゃ》の交代は容易だ」

「大廷告には百官と龍生八子も参列するが？」

「そんなものが障害になるか。儀式の最中、女帝には近寄れない。俺たちは祭壇の下で瓊雨に降られているだけ。女帝が祭壇からおりてくるときは、稽首《けいしゅ》して見送らなければならない。女帝の顔を観察する暇などないんだ」

廷告および大廷告を穢《けが》す行為は厳禁とされている。ある時代の皇子が祭壇から降りてきた女帝をつかまえて、その容貌《ようぼう》がふだんの女帝と相違ないかどうか調べた。彼は罰として全天珠と凌咒剣を取りあげられ、空の斂牙嚢《れんがのう》を持ったまま解魄《かいはく》の日を迎えた。

「そもそも皇太女《こうたいじょ》の顔は漓王《りおう》以外だれも知らない。本物と入れかわった女帝が兄弟になりすましていたとして、それが変装にすぎないと、どうやって見抜くことができる？」

皇太女が京師に発ったあと、青宮《せいぐう》に仕えていた奴婢は全員処刑される。皇太女の顔を知る唯一の人物である漓王は、漓国の王府《おうふ》から出てこないため、接触は不可能。

「女帝の姿かたちは完全に秘匿《ひとく》されている。俺たちは玉座からこちらを見おろしている女を女帝と思いこむしかない。たとえそれが紅蓮《ぐれん》の龍衣《ころも》をまとった別人だとしてもだ」

「その推論の是非を問いたければ、予《よ》と話すより、皇子たちの衣服を脱がせていったほうが早いのではないか。皇子たちのなかに女帝が混じっていれば、一目瞭然であろう」

「上策ではないな。こちらの動きに勘づかれたら、女帝と皇子が入れかわってやり過ごすやもしれぬ」

猜疑心《さいぎしん》に急かされ下手《へた》に動いて龍生八子の反感を買うのは危険だ。威昌という共通の敵のために兄弟を団結させる要因にもなる。

「出てくる蠱鬼の姿から替え玉を推測できればよいが、あいにく蠱鬼の見えかたは凌咒剣の持ち主によって異なる。ある者には自分にとってとくべつなだれかに見えていたとしても、ほかの者には、そこにいても不自然でない人物が見えるだけだ」

「では、廷告時に皇子たちが凌咒剣で蠱鬼を斬れるかどうか試せばよい。釁礼《きんれい》を経ていない者が凌咒剣をふるっても、蠱鬼はおろか、糸一本さえ切れぬ。廷告の前後、蠱鬼を斬れない者が女帝と入れかわっている皇子だ」

「それも抜け道はある。呪術でごまかせばいい。墨汁《ぼくじゅう》をしみこませた木人《ひとがた》に術をほどこし、人のように動かして斬る。墨汁が飛び散ればあたかも蠱鬼を斬ったかのように見える。凌咒剣はもともと斬鬼剣《ざんきけん》だから、斬った瞬間に術は効力を失い、人のかたちは消える。あとは黒い水たまりに転がった木人を回収し、ふたたび術をほどこして使う。こんな小細工で急場をしのいだ強者《つわもの》も過去にはいた」

「巫呪《ふじゅ》は獲麟《かくりん》にもひとしい下策。使ってしまえば、その先には破滅が待っている」

九天逐鹿そのものが呪術を用いて編みだされた制度である。

それゆえ、九天逐鹿で厭勝《まじない》を用いれば、禁呪に禁呪をかさねることになり、凌咒剣や斂牙嚢に不具合が生じてしまう。具体的には凌咒剣が手の届く範囲内にないときでも蠱鬼に襲われたり、斂牙嚢から夭珠がひとりでにこぼれでたりという致命的な機能不全だ。ひとたびはじまってしまえば、二度ともとには戻らない。

「不具合が生じるのは、厭勝を多用した場合だ。呪法の種類や度合いにもよるが、前例を研究すれば上限は予測できる。慎重に用いるなら、獲麟ほどの危険とはいえないだろう」

女帝と取引したのち、既死覇《きしは》で皇子を斬ることを獲麟という。獲麟すれば己の天珠を失わずに敵の天珠をそっくり手に入れることができる。

もっとも、代償は支払わねばならない。獲麟後は蠱鬼と人を見分けるまなこが鈍る。いずれは蠱鬼に襲われて失鹿するか、人を斬りすぎて解魄を乗りきれずに失鹿する。

「予測はあくまで予測。前例から導きだした上限の数値が正しいとは限らぬ。そんな危険を冒してまで、厭勝を使う値打ちがあるか」

「いったい替え玉自体が危ない橋だ。既死覇で身代わりを斬られれば、凌咒剣の切れ味が鈍る。賭けに打って出る度胸がない者は、はじめから身代わりなど使うまい」

威昌は懐《ふところ》から小指大の木人を取りだし、女帝の足もとにほうり投げた。

「先日の大廷告の前に東宮で拾った。墨汁をぶちまけた水たまりに落ちていたよ」

だれのものなのかはわからない。大廷告直前、龍生八子は蠱鬼狩りに励んでいた。

「替え玉に言及した卜師《ぼくし》の不審死、東宮に落ちていた厭勝の木人。そしてわざわざ宴席を中座してこれ見よがしに亡父の供養をする女帝。ご丁寧《ていねい》に人払いして綵花《しゅか》を燃やしているあんたを見て、確信したよ。女帝と皇子が入れかわっているんだとな」

大廷告にて女帝は大裘冕《だいきゅうべん》をまとう。着替えには相応の手間がかかるので、大廷告がはじまる数刻前には両者は本来の姿に戻っていたと思われる。

本物の閏《じゅん》水娥が大裘冕に着替えているころ、本物の皇子が蠱鬼狩りをしていた。むろん、彼は凌咒剣を使えないから、木人を用いて蠱鬼狩りの戯劇をしていたのだ。

「気づいているんだろう？　皇子の手下たちがここを見張っていることに。いや、あんたがそう仕向けたんだ。宴の途中で女帝が席を立てば、龍生八子は疑念を抱く。あんたがどこでなにをしているのか、手下に探らせるだろう。女帝は九天逐鹿の審判役だというが、有益な梟棊《こま》でもある。女帝と共謀して宝祚《ほうそ》を得た皇帝は大勢いた。龍生八子は自分以外のだれかが抜け駆けしているのではないかと疑い、あんたの動向に目を光らせている」

水娥はおし黙っていた。銀盤の炎を映した双眸《そうぼう》は感情の読めない色をたたえている。

「俺は問鼎軽重《もんていけいちょう》で龍生八子に偽者が混じっているという話をした。みなが替え玉について考えたはずだ。思案をめぐらせば、女帝と入れかわるのがいちばん効率的だとわかる。廷告と大廷告をのぞけば、女帝は女帝である必要がないのだということも」

だからこそ、水娥は――水娥の衣服をまとっている何者かはこうして平巌侯の供養《くよう》をしている。記録によれば、水娥は父親をいたく慕っていたそうだ。皇太女となり、青宮《せいぐう》に隔離されてからは一度も会っていないが、頻繁《ひんぱん》に帛書《てがみ》のやりとりをしていた。平巌侯が濶王をかばって刺客《しかく》に襲われ、横死《おうし》した際は、十日もの間、食を断って啼哭《ていこく》したという。

皇太女は皇帝が崩御《ほうぎょ》するまで青宮から出られない。水娥は青宮内でひそやかに平巌侯の弔《とむら》いをした。毎年の忌日には手厚く追福した。今年の忌日は水娥にとって父の冥福を祈る最後の機会。供養をせずにはいられないはず。

「それこそがあんたの狙いだ。ここで平巌侯のために絑花《しゅか》を焚《た》いているのはまちがいなく閏水娥本人なのだと、青蠅《はえ》のようにまとわりつく皇子の手下どもに見せつけたかったんだろう？　替え玉の嫌疑を払拭《ふっしょく》するために」

偽の水娥であればこそ、観客のまえではより水娥らしくふるまわなければならない。

「閑話《よたばなし》はそれで仕舞いか」

女帝は立ちあがった。夜陰を映した瞳は伏せられている。

「見せ場はこれからさ」

威昌は短剣を取りだして鞘《さや》を払った。あとずさろうとした女帝の胸ぐらをつかみ、白い首筋に刃をあてがう。

「あんたはだれだ？　ほんとうの名を言え」

「予《よ》は閏水娥。九天逐鹿が終わるまで大煋《このくに》の玉座をあずかる、かりそめの女皇《みかど》だ」

「さすがに肝《きも》が据わっているな。脅した程度では尻尾《しっぽ》を出さぬか。だったら――」

短剣をおろし、女帝の腹部を膝で蹴りつける。よろめいた女帝をこぶしで容赦《ようしゃ》なく殴りつけた。間髪《かんはつ》をいれず繰りだした蹴りはすんでのところでかわされる。

「無礼者め、人を呼ぶぞ！」

女帝は口もとににじんだ血を袖口《そでぐち》で拭い、敵意をにじませた目で威昌を射貫いた。

「呼んでどうする？　俺を投獄するか？　なんの罪状で？　嬌霓《きょうげい》の禍《か》以降、龍生八子による女帝への狼藉《ろうぜき》は罪に問われなくなった。女帝を殴ろうと、組み敷こうと、四肢《しし》をへし折ろうと、お咎《とが》めなしだ。当然だよな？　女帝は首を刎《は》ねても、火あぶりにしても、腸《はらわた》を引きずりだしても死にはしない。死なない女を殺すことが罪になるはずもない」

答《いら》える隙すら与えず、女帝の腹部にこぶしを打ちこんだ。前のめりによろめいたところで鞠《まり》のように頭を蹴りつければ、女帝の身体は耳障りな音をたてて横ざまに吹き飛ぶ。

「もっともそれは、本物の女帝に限った話だ。偽者は不死身じゃない。殴られれば痣《あざ》が残り、蹴られれば痛みにのたうちまわる普通の人間だ」

地面に転がった女帝の背中を踏みつけて、力任せに右腕をねじる。女帝は苦悶《くもん》の声をあげたが、かまわずねじりあげて肩を踏みつけた。

「九天逐鹿を勝ちぬくつもりなら、利《き》き腕が使えなくなるのは不便だろうな？」

「……予は閨水娥だ。龍生八子ではない」

「強情だな。まあいいさ。今月末まで待てばいいだけだ。女帝に龍鱗《りゅうりん》はないからな。たとえ女帝が味方でも龍鱗で傷を治すことはできない」

皇帝の血は龍鱗と呼ばれ尊《たっと》ばれる。

これを用いることで毒消しや治癒《ちゆ》の作用があるためだ。龍鱗が全身をめぐっているがゆえに皇帝には毒がきかず、たいていの怪我や病は癒えてしまう。なれど、女帝は龍鱗を持たない。女帝に宿った不死の力の源泉は血ではなく瑩鳳鐲だからだ。

「これだけでも十分、目印にはなるが、もっとわかりやすい印をつけておくか」

右腕をあらぬ方向にへし折ると、石が砕けるような鈍い音がした。獣じみた絶叫を聞き流して馬乗りになり、女帝の身体を包む火焔紅《ほのおいろ》の上衣《じょうい》を短剣で切り裂く。むき出しの背中を月華のしずくに浸し、短剣の切っ先を皮膚にねじこんだ。致命傷を負わせるつもりはない。剣先で肉をえぐり、文字を刻んでいく。

やがてふたつの血文字が浮かびあがる。

――贋鼎《にせもの》。

女帝になりすまし、兄弟を欺《あざむ》こうとした小賢《こざか》しい男にふさわしい言葉だ。

大廷告がある月は通常の廷告と合わせて二度、廷告が行われる。ふたりが本来の配役に戻る二度目の廷告で見つけだせばいいのだ。右腕を折り、背中に贋鼎と刻まれた傷痕がある皇子を。もちろん、問鼎軽重《もんていけいちょう》がひらかれるよう、あらかじめ仕向けておいたうえで。威昌は既死覇《きしは》を選び、既死覇がはじまれば凌兕剣《りょうしゅけん》で贋鼎の皇子を斬る。

既死覇で皇子の偽者を斬れば手持ちの夭珠《ようじゅ》が二倍になるが、蠱鬼を斬れない凌兕剣を持つ皇子――すなわち釁礼《きんれい》を経ていない龍生八子を斬れば、手持ちの夭珠が二倍になるだけでなく、その皇子の名で所持されている夭珠も手に入れることができる。

「新月が待ち遠しいな」

無残な姿でうつぶせになった女帝を跨《また》いだまま、威昌は月華に濡れる血文字を見おろす。

「月をも喰らう闇の鉤爪《かぎづめ》がおまえの化けの皮を剝がすだろう」

実を言えば、廷告まで待たなくてよい。偽りの衣を剝ぎとられ、背中に文字を刻まれたこの卑怯者が廷告までに取るべき策はふたつ。

ひとつは秘密を知る威昌を消すこと。しかし、ここにはほかの皇子の手下もいる。彼らを全員消さなければ、威昌だけを始末しても脅威はなくならない。

ゆえにもうひとつの策が最後の逃げ道。それは凌兕剣を持って燭龍廟《しょくりゅうびょう》正殿に行き、祭壇のまえで二度目の釁礼を行い、正式に凌兕剣の主となることだ。

女帝を替え玉として使いつづけることはできなくなるが、既死覇で失鹿する恐れはなくなる。獲麟以外で凌兕剣に認められた本物の皇子を斬っても、得るものはないからだ。

この後まもなく、偽の女帝は凌咒剣をたずさえて燭龍廟へ走るだろう。威昌は待ち伏せていればいい。そしてやつが釁礼を行う前に、凌咒剣を奪うのだ。

凌咒剣にはそれぞれの名が銘されている。剣身を確認すればやつの正体はわかる。さらにはやつの身柄をおさえ、そのあいだに問鼎軽重を起こす。

既死覇開始直前、皇子に化けた女帝をどこかに拘禁《こうきん》すれば、既死覇に参加するのは斬れもしない凌咒剣を帯びた本物の皇子。あとはそいつを斬って仕舞いだ。労せずして夭珠を増やせるうえ、邪魔な女帝を蠱鬼狩りから排除できる。

威昌は短剣を鞘におさめた。立ち去ろうとした刹那《せつな》、目を見ひらく。

女帝の背中に刻まれた血文字に変化が生じた。皮膚に浮き出ていた鮮血が消えていく。まるで帛《きぬ》に落ちた水滴が日ざしに濡れて乾いていくかのように、またたく間に血文字は崩れ去り、月光の水底には傷ひとつないなめらかな皮膚が残った。

「おなじことを何度も言わせるな」

冷たい憤怒《ふんぬ》を孕《はら》んだ声が威昌の耳を打つ。

「わが名は圭蕙《けい》」

女帝は起きあがってふりむいた。あらぬ方向にへし折られたはずの右腕はもとに戻っている。唇は殴られたときににじんだ血で猛火色に染まっていたが、花顔には痣も腫れもない。殴られ、蹴られ、踏みつけられた形跡はかけらもなく、姮娥《めがみ》のような美貌《びぼう》が烈火のごとき怒りに燃えている。

「この大煋《だいせい》帝国の玉座をあずかる十三か月限りの女皇にして、そなたたち龍生八子《りゆうせいはつし》のうえに君臨する九天逐鹿の審判役だ」

「……ほんとうに女帝だというのか」

「まだ信じられぬか。ならば見せてやろう」

女帝はつかつかと威昌に歩みより、短剣を奪った。

すかさず鞘を払い、鋭利な刃でみずからの喉笛《のどぶえ》を掻き切る。はっと息をのんだ直後、勢いよく噴きだした血潮が毒々しいほど赤くけぶった。女帝はぐらりとふらついた。

それでもなお威昌を射貫《いぬ》く双眸《そうぼう》は炯々《けいけい》と光を放っている。短剣で掻き切られたはずの喉笛には、かすり傷さえ残っていない。地面に飛び散ったおびただしい血痕がぬらぬらと月色を弾かなければ、女帝が喉笛を掻き切ったことさえ、幻影《まぼろし》と思っただろう。

「これでわかったな、四皇子。己がどれほど愚かな行いをしたのかということが」

言葉もなく威昌は立ちつくした。血痕と水娥をかわるがわる見る。

張りつめた闇のなか、静かな跫《あしおと》と提灯《ちようちん》の明かりが近づいてきた。

「主上《しゆじよう》、こちらにいらっしゃったんですか」

乱石《らんせき》の小径《こみち》を歩いてきたのは狗《こう》だ。

「中常侍《ちゅうじょうじ》が探していましたよ。火急の……」

水娥のあられもない姿を見て、狗は絶句した。

「主上、その恰好《かっこう》は……」

水娥はなにも言わず、威昌を睨《にら》みつけている。その沈黙からなにを感じたのか、狗はすぐさま外衣《うわぎ》を脱いで水娥の肩に着せかけてやった。

「お怪我はございませんか」

「たわけ。予は女皇《みかど》ぞ。この身に瑩鳳鐲《えいほうたく》を宿している限り、いかなる怪我とも無縁だ」

血塗れた短剣を狗の手におしつけ、水娥は荒々しく裳裾《もすそ》をさばいて立ち去った。

「四兄。主上に無体な真似《まね》をなさるとは、いったいどういうおつもりなのです」

「龍生八子が女帝に乱暴しても罪にはならぬ」

「罪にならぬとはいえ、わきまえるべきです。ご婦人への礼儀というものが……四兄！」

威昌は逃げるようにその場を離れる。よどんだ夜風が冷や汗にまみれた身体をまいた。

どうしてこんなことになったのだろう。

至純は手のひらを呆然と見おろしていた。先刻まで凌兕剣の柄を握りしめていたそれは、残陽のうしろ髪をつかんだかのように真っ赤だ。

「姉上……どうして、こんな」

至純は血まみれの楚霞《そか》を抱き起こした。花葉文が織りだされた鶸《ひわ》色の深衣は落日が弾け飛んだように赤い。熱く脈打つ血糊《ちのり》が楚霞の肢体《したい》からどくどくとこぼれ落ちている。雪を欺《あざむ》く白膚《はだえ》はますます色を失い、虫の息が玻璃《はり》細工のような喉をざわめかせた。

「……翹《ぎょう》……。忘れなさい……なにもかも」

苦しげにひそめられた蛾眉《まゆ》。そこには見慣れた憂愁《ゆうしゅう》の翳《かげ》が濃くわだかまっている。

「わたくしのことは、気にしないで……。最後まで、勝ち残って……どうか、生きて……」

楚霞の口から、こぽこぽと鮮血があふれる。あざやかな湧き水のように。

「太医《たいい》を!!　急いで太医を呼べ!!」

凌咒剣で斬られれば、かすり傷であっても死ぬ。凌咒剣に胸を貫かれた楚霞が生きのびられる見込みはない。わかっている。わかっているのだ。叫んでも無駄だと。

「だれでもいい、姉上を助けてくれ……!!」

傷だらけの哀願が喉からほとばしる。

「夭珠《ようじゅ》も、玉座も……命だってくれてやる!!　だから、だから姉上だけは……っ」

今日は最後の犠尚《ぎしょう》だった。解魄《かいはく》は回を重ねるごとに夭珠の定数を増していく。

第八回では翡翠《ひすい》まで必要になる。人を斬って失点する可能性を考えると、夭珠はすこしでも温存しなければならない。姉と会えなくなるのはさびしいが、犠尚のために夭珠を浪費していたのでは本末転倒だ。

悩んだすえ、今日で最後にしようと決めた。楚霞にも事情を説明した。

「どうか無事でいてね。あなたにもしものことがあったら、わたくしは耐えられないわ」

楚霞はいつも憂《うれ》わしげに柳眉《りゅうび》を曇らせている。まるで悲しみに襲われることを予期しているかのようなその表情は、後宮の片隅で息をひそめてきた経験が刻みつけたものだろう。姉の心細げな微笑を見るたび、至純は胸が締めつけられる。

楚霞を幸せにしてあげたい。楚霞が安心して微笑《ほほえ》むことができるようにしてやりたい。ゆえに勝たなければならない。皇帝となった至純が楚霞を大切にすれば、楚霞はもうだれにも軽んじられなくなる。質素な身なりを姉妹に嘲《あざ》笑《わら》われることも、剰《いき》公《おく》主《れ》と女官に陰口を叩かれることも、官婢《かんぴ》に装身具を盗まれることも、宦官《かんがん》に化粧料《けしょうりょう》をくすねられることもなくなる。だれもが楚霞を長公主《ちょうこうしゅ》として敬い、まめまめしく仕えるようになるはず。

「僕のことは心配しなくていいから、姉上は花婿をだれにするか決めておいてよ」

犠尚を終えて燭龍廟《しょくりゅうびょう》西配殿から楚霞を送りだしたのは、片時前のこと。

犠尚後は客人が先に出て行く決まりだ。つれだって出て行けば、西配殿の外でもそのひと安全に接触することができてしまう。

あくまで蠱鬼《こき》に化かされる心配をせずに面会できるのは燭龍廟西配殿のなかだけであり、そのために犠尚をしているので、連れだって出て行くことは厳禁である。

暫時《ざんじ》ののちに西配殿を出ようとしたとき、側仕えの童宦《どうかん》が凌咒剣を持って逃げだした。唐突なことに面食らいつつ、至純は素早く追いかけた。

宦官の怨みを買った覚えはない。世建《せいけん》のことがあったから折檻《せっかん》は行っていなかったし、不要になったら不穏分子を抱えこまぬよう即座に処分していた。何者かの差し金にちがいなかった。兄弟のだれかが至純の凌咒剣を盗ませようとしたのだ。

それにしては不可解だ。なぜいまごろになって持ち去るのか。犠尚のあいだじゅう、凌咒剣は童宦に持たせておいた。盗む機会はいくらでもあったのに。

人気《ひとけ》のない回廊をとおりぬけ、童宦は園林《ていえん》に駆けこんだ。彼につづいて洞門《どうもん》をくぐると、あたり一面に白菊がそよいでいた。金天《そら》は花紺青《はなこんじょう》の顔料を流しこんだように物憂く沈み、夕空をついばむ屋根の彼方《かなた》には、わずかに溶け残った落陽がこびりついている。

至純は童宦に飛びかかった。取りおさえて凌咒剣を奪いかえす。この時点で気づくべきだった。これが仕組まれた罠であることに。

「どうしたの、翹《ぎょう》」

懐《ゆか》しい姉の声が降り、至純は反射的に頭をあげた。

見てしまった。楚霞のおもてできらめく、夕陽のように赤い、その双眸を。

おりあしく誰彼時《たそがれどき》。もっとも巧妙に人の姿を模倣する蜿《えん》が跳梁跋扈《ちょうりょうばっこ》する時分。躊躇《ためら》いはしなかった。至純は凌咒剣を抜きはらった。

剣身が宵闇《よいやみ》にひらめき、肉を引き裂く生々しい手ごたえが手のひらを貫いた。血飛沫《ちしぶき》が散った。籠《かご》から放たれたおびただしい羽虫のように。夜陰のごとく黒々としていなければならない血潮は、禳焱《じょうえん》の火片《ひのこ》を思わせる凄惨《せいさん》な色彩で眼界を塗りつぶした。

楚霞が地面に膝を落とし、血を吐きながら倒れこんだとき、至純は棒立ちになっていた。白菊の花びらに飛び散った赤いしずくがてらてらと薄闇を舐《な》めるのを見てはじめて、凌咒剣を投げ捨て楚霞に駆けよった。

なぜ楚霞を蠱鬼と見誤った？　あの瞬間、彼女の両眼はたしかに赤く染まっていた。黄昏時に朱《あけ》を帯びる瞳は、蠱鬼と人を見分ける唯一の手がかり。見間違えたはずはない。

それなのに、どうして、こんなことに。

「……生きて、ね……翹、あなただけでも」

楚霞の瞳から涙があふれる。濁った朱赤の瞳が生んだものなのに、繊細な頰を伝うそのしずくは水晶のように清く澄んでいる。

「いやだっ！　いやだよ！　姉上がいないと意味がないんだ！　姉上のために僕は……」

　血濡れた唇は言葉を吐こうとしたが、音にならない。白百合の蕾《つぼみ》に似た繊手《せんしゅ》が小刻みに震えながらこちらにのばされる。至純は溺《おぼ》れる人のようにその手を握った。

「だめだ、死んじゃだめだ……っ!!　ここにいて!!　僕のそばにいてよ!!」

　かすかな笑みを残して、雪白《まっしろ》色なまぶたが閉じられる。至純は必死で声を張りあげた。何度も何度も楚霞を呼ぶ。華奢《きゃしゃ》な身体から抜けでてしまう魂魄《こんぱく》を呼びもどそうとして。

　恵まれた一生ではなかった。生まれたときから日陰者だった。

なればこそ、未来は幸いに満たされていなければならないのに、こんな終わりかたは残酷すぎる。今生《こんじょう》に見放された彼女は蠱鬼となって宮中を彷徨《さまよ》う。生まれ変わるには、龍生《りゅうせい》八子《はっし》の心の臓を喰らわなければならない。無垢《むく》なる楚霞が妖魅《ばけもの》に身を落とし、忌《い》まわしい苦患《くげん》の囚人《めしゅうど》となるのだ。

　鋪地《しきいし》を踏む跫《あしおと》が耳朶《じだ》を打ち、至純は頭をあげた。夜の帳《とばり》を背負って立っていたのは、革《かく》義《ぎ》だった。凪《な》いだ水面のようなまなざしに射《い》貫《ぬ》かれ、一連の謎がとけていく。

「五兄……これで溜飲《りゅういん》が下がりましたか」

　罪跡はいっさい残さなかったはずなのに、どこから話がもれたのだろうか。いまさら詮索してても意味はない。革義は報復した。彼から楆王妃《ゆうおうひ》を奪った憎き至純に報いを受けさせたのだ。さぞや胸がすく思いであろう革義の面輪《おもわ》に、復讐の陶酔《とうすい》は見てとれなかった。

「憐《あわ》れだな」

端然としたその響きは、錆《さ》びた刃物のようなざらつく鋼《はがね》で、至純の胸を深くえぐった。


革義の枕下に置かれていた密書には、至純の姓名が記されていた。

即座に信じたわけではない。はじめはいとけない九弟に限ってありえないと否定した。さりとて放置できないので念のために至純の身辺を調べると、麗薇《れいび》の死後に不審死を遂げた宦者がいたことがわかった。その宦者は口封じされることを予期していたのか、麗薇あての偽の文を隠し持っていた。同輩の童宦は奸謀の証拠品をそうと知らずに友人の形見として保管していた。それは荷包《きんちゃく》の内側に縫《ぬ》いつけられていたのだ。

至純こそが黒幕であったと知り、革義の復讐心に火がついた。至純は報いを受けなければならない。革義同様、至純もかけがえのないひとを亡くすべきだと。

剛飛《ごうひ》ほど声高に言いふらしはしないものの、至純は燕陽公主《えんようこうしゅ》をとくべつ慕っていた。最愛の姉を奪われれば、至純は思い知るはずだ。革義の悲嘆と怨憎《えんぞう》を。燕陽公主を殺すだけなら刺客《しかく》を送りさえすればいい。だが、それではだめだ。至純自身に彼女を殺《あや》めさせなければならない。因果応報《いんがおうほう》。みずからの行いがみずからを罰するのだ。

今日を復讐の日に選んだのは、至純が今回の犠尚《ぎしょう》を最後にするつもりでいることを知ったからだ。最後の犠尚は本来ならもっと早い時間に行われる予定だった。日が沈みはじめれば蜿《えん》があらわれるから、念には念を入れて夕刻を避けたのだろう。

革義はそこに目をつけた。

まずは皇宮へ向かう燕陽公主を足どめするため、公主を乗せた衣車《くるま》のまえでひと騒ぎ起こさせた。予定より到着が遅れ、その分だけ犠尚の開始時間がずれた。

この時点で至純には犠尚を延期するという選択肢もあった。安全を優先するなら、夕刻前後の時間帯は避けるべきである。だが、革義が予想したとおり至純は犠尚を願い出た。わざわざ参内《さんだい》した姉を追いかえすのが忍びなかったのだろう。

犠尚のあと、燕陽公主が園林に向かうよう仕向けた。簡単なことだ。そこに至純からの贈りものがあると婢女《はしため》に言わせたのだ。

燕陽公主の瞳が赤くなったのにもからくりがある。犠尚前、燕陽公主には薬入りの茶を飲ませていた。これだけでは目の色は変わらない。あとの仕掛けは燭龍廟西配殿で焚かれている香に混ぜた特殊な薬香。むろん、ここでも目の色は変わらない。蒔《ま》いた種が芽吹くのは、犠尚を終えた燕陽公主が西配殿の外に出たあとだ。

飲みくだした薬と、肺腑《はいふ》にしみこんだ薬は体内で混ざりあい、新鮮な外気を吸いこむや否や暴れだし、その瞳をひとときだけ真っ赤に彩る。恐るべき蠱鬼のまなこのように。

凌咒剣を盗んで至純を園林まで誘導した童宦は、買収や脅迫に頼るまでもなく進んで協力を申し出てくれた。同輩が横死《おうし》したことで彼は主に反感を抱いていた。

計画どおりに事は運び、復讐は果たされた。見事に仇《かたき》を討ったのだ。

それなのになぜか、飢餓《きが》感じみたむなしさが腸《はらわた》を焦がしている。

「姉上……」

至純は燕陽公主の骸《むくろ》を抱いたまま離さない。

「蠱鬼になったら……僕のところに来て。僕の、心の臓をあげるから。姉上が早く生まれ変われるように……来世では花嫁衣装を着られるように……幸せに、なれるように」

言の葉は嗚咽《おえつ》と混ざりあい、宵闇に咀嚼《そしゃく》されていく。かつての自分を見ているかのようだ。麗薇の骸を抱いて慟哭《どうこく》した自分とまるきりおなじではないか。これが望みだったのかと自問した。至純をもうひとりの自分に仕立ててあげたかったのかと。

「わたくしたちのため、でしょう?」

麗薇の甘い声が耳によみがえった。麗薇の魂魄はいずこを彷徨《さまよ》っているのだろう。

いまごろ、だれかの心の臓を手に入れているだろうか。あるいは天珠《ようじゅ》となり果て、だれかの斂牙嚢《れんがのう》におさまっているのか。

「私は、いったいなんのために……」

無関心な夜風が一面の白菊をさわさわと揺らしている。累積した闇を弾きかえすその色彩はおごそかな葬列を思い起こさせた。


「えーと、第二皇子、第四皇子、第五皇子、第六皇子、第八皇子。全員おそろいで。じゃあ、おなじみの問鼎軽重《もんていけいちょう》をはじめましょう」

陸豹《りくひょう》はのんべんだらりと簡冊《ぶんしょ》をひらいた。

「第九皇子が人をお斬りになったので、甘露《かんろ》の数は翡翠《ひすい》一、黄玉五、紅玉九、白玉八。白玉に換算すれば一五九八個です。既生覇をお選びになるかたは挙手を。一二三……おや、第六皇子と第八皇子は既死覇《きしは》をお選びで？」

陸豹が煙管《きせる》の雁首《がんくび》で狗と令哲を指し示すと、三つの視線がふたりに向けられた。

「腕試しをやってみるのも一興かと」

狗が言うと、令哲は大きくうなずいた。

「このあたりで既死覇も経験しておきたいです。いまなら余裕をもって参加できますから」

「おまえには余裕なんかないだろ、八弟」

威昌は几案《つくえ》に肘をついて笑った。

「大兄に夭珠を脅しとられた痛手がまだ回復していないようだな？　いち早く翡翠を勝ちとって、甘露をひとり占めしたいんだろう」

「四兄たちのことを言ったんですよ。みなさん、夭珠には余裕があるみたいですし」

「だから甘露を譲れと？」

「そんなことは言っていません。既死覇でもいいでしょうと言いたかっただけです」

「まあまあ、穏やかにいこうよ」

恭明はのんきそうに白檀扇《おうぎ》を動かした。

「八弟の言うことも一理あるね。ここで既死覇を経験しておくのも悪くはないよ。腕試しになるし、なにより退屈しのぎになる」

「退屈している暇があるんですか、二兄には」

狗は表情のない面差しで恭明を見やる。

「ふつうの蠱鬼《こき》狩りにはなんだか飽きてきたからねえ。そろそろ変わった趣向を楽しんでみたいな。五弟はどうだい？　既死覇をやってみない？」

「私はどちらでもかまいません」

「これで反対派は四弟だけになったよ」

「べつに反対しているわけじゃないですよ」

「だったら、全会一致で既死覇だね」

「それじゃあ既死覇で決定です。念のため、手順をおさらいしましょう」

陸豹は灰吹きに煙草《たばこ》の灰を落とした。

「既死覇では龍生八子《りゅうせいはっし》に擬態《ぎたい》した蠱鬼が出没します。通常の蠱鬼も出ますのでご注意を。時間は一昼夜。狩りの場所は燭龍廟《しょくりゅうびょう》の外に限ります。そのあいだに翡翠の夭珠をひとつ手に入れ、燭龍廟正殿までお持ちになってください。それが本物の夭珠か否か、臣めが確認します。代理人では受けつけません。かならずご本人がお持ちください」

太祝丞《たいしゅくじょう》に目配せして、筆をとる。

「それでは既死覇専用の斂牙嚢をお配りします。これは爭牙嚢《そうがのう》と呼ばれておりまして、お手もとの斂牙嚢とは勝手がちがいます。まず文様はすべておなじで、鍾山帝君《しょうざんていくん》の眷属《けんぞく》とされる畢方鳥《ひつぽうちょう》です。爭牙嚢を受けとる際、斂牙嚢を太祝丞に渡してください。既死覇が終わるまで、みなさまの斂牙嚢は臣めがおあずかりいたします」

勝者が出た段階で既死覇は終了となる。

「勝者以外は甘露を受けとれません。既死覇で獲得した夭珠は既死覇終了とともに消失いたします。厳密にいえば、既死覇終了を告げる鐘鼓《しょうこ》の音が響きわたった瞬間に爭牙嚢の中身がここにある青銅盤に送られてくるわけですがね。そうそう、爭牙嚢から夭珠を取りだすことはできません。取りだそうとすると、天珠がひとりでに争牙嚢のなかに戻ってしまうんですな。天珠をちょろまかしてあとで斂牙嚢におさめる、なんて狡《こす》っからい真似《まね》はできませんのであしからず。既死覇が終了したら、燭龍廟においでください。おあずかりしている斂牙嚢をお返しします。こちらも代理人ではいけません。ご本人がいらっしゃらないと返しませんよ。なにかご質問は？」

「すぐにはじめるのかい？」

「三刻後に開始の鐘を鳴らします。それまでは凌咒剣を帯びていても蠱鬼は出ません。ほかにご質問はありませんね？　では、とっとと退室していただきましょう。開始の鐘が鳴るまで、燭龍廟の外にてお待ちください」


月は無残に喰いちぎられていた。そのまわりには申し訳程度の星屑が虱《しらみ》のように秋天《そら》に嚙《か》みつき、薄汚れた光を投げている。

既死覇開始からどれほど経ったただろうか。幽暗な視界に漉されて、時間の感覚は消え失せている。令哲《れいてつ》は一心不乱に蠱鬼を斬っていた。返り血が総身からしたたっている。

「こんなところにいたのか、八兄《はいけい》」

築山の陰から狗《こう》が出てきた。腐った肉のにおいが鼻をつく。令哲は迷わず狗の首を刎《は》ね飛ばした。炎のように噴きだした鮮血があたりにぱらぱらと黒い雨を降らせる。

狗に化けた蠱鬼を斬ったのは、これで六度目。今回は特徴がわかりやすい蝪《とう》だったが、ときどき精巧に擬態した蟜《きょう》が出てくるので油断はならない。

鵞卵石《がらんせき》の小径《こみち》を踏む跫《あしおと》が近づいてくる。令哲は殺気を漲《みなぎ》らせた。また狗だ。手になにか持っている。なんだろうと目を凝《こ》らすと、木を組んだひとがただった。

狗もこちらに気づく。親しげに近づいてくるのだろうと思ったが、意外にも距離を縮めようとしない。警戒したふうに令哲の様子をうかがっている。互いに相手が鉄札を恐れないか調べ、相手の顔を剣身に映して目が赤く光らないことを確かめて、やっと眉を開く。

「なんだか滑稽《こっけい》だな。兄弟にすら、うかつに声もかけられないとは」

「ええ、まったく。ところで、それは？　もしかして、六兄のものですか？」

「いや、あちらの楓林で拾ったんだ」

狗は洞門《どうもん》のむこうを指さした。そこは目玉をくりぬいたあとの眼窩《がんか》のように暗い。

「黒い水たまりに落ちていた。蠱鬼の血かと思ったが、墨のにおいがしたから墨汁《ぼくじゅう》だろう。だれかが厭勝《まじない》を使ったのかな」

「近くに人はいましたか？」

「九弟がいた。ひやりとしたよ。九弟に化けた蠱鬼を斬った直後だったから、また出たのかと反射的に斬りそうになったんだ。まったく紛らわしい。蜿《えん》よりも厄介《やっかい》だ」

　既死覇の最中、既死覇に参加できない皇子は通常の蠱鬼狩りを行う。至純《しじゅん》は姉を斬って失った天珠《ようじゅ》を挽回するため、狩りに出ている。

「四兄はいませんでしたか？」

「さあな。声は聞いたような気がしたが」

　それが蠱鬼なら、凌咒剣を帯びている狗は襲われているはず。しかし、狗は威昌《いしょう》に擬態した蠱鬼に出遭っていないという。

　狗を見送ったあと、令哲は鋪地《しきいし》の上を滑るように歩いた。慎重に洞門をくぐり、楓林へ向かう。しばらく前から、替え玉は威昌ではないかという疑念が胸に兆《きざ》している。威昌が水娥《すいが》を詰問したことは配下から聞いた。水娥は本物の閏《じゅん》水娥だった。龍生八子のなかに女帝は紛れこんでいない。

　話はふりだしに戻ってしまった。龍生八子の偽者はだれなのか。そう考えたとき、そもそも偽者はほんとうに木人《ひとがた》を使っているのかという疑問が生じた。

　木人を拾ったと言いだしたのは威昌がはじめてだ。それ以前は、だれも木人を見つけていない。もし、威昌が拾ったという木人が、彼自身の手で用意されたものだとしたら？

　厭勝の方法は木人だけではない。過去には布や糸で同様の巫術《ふじゅつ》を行った者もいた。威昌は自分が用いている厭勝を隠すために、わざと木人を持ちだしたのではないか？

考えてみれば、龍生八子に身代わりがいると言いだしたのは威昌だ。なぜ威昌は董卜師《とうぼくし》の死をいち早く知り得たのか？　それ自体が威昌の筋書きだったからではないか？

龍生八子に替え玉がいると指摘されれば、だれもが浮足立つ。その一方で、身代わりの存在について真っ先に言及した人物へは疑いを向けにくい。自分が偽者なら、偽者の話題は出さないはずだと思いこむ。それこそが威昌の狙いなのではないか。自分が率先して疑うことで、己に向かう疑念を払拭《ふっしょく》したのでは。

もし、この推論が正しいとしたら、大廷告《だいていこく》の一件は戯劇《しばい》として完璧だった。

女帝を疑い、女帝に真実で復讐され、呆然と立ちつくす。そんな威昌を見れば、彼自身が偽者だとはだれも思うまい。だからこそ、威昌はあんな観客が多い場所で水娥を詰問したのではないだろうか。彼の目的は水娥の正体を暴くことではなく、月下に身をひそめた龍生八子の走狗《いぬ》たちに一連の猴児戯《さるしばい》を見せることだった。そう考えれば合点《がてん》がいく。

令哲は無意識のうちに争牙嚢《そうがのう》を握った。既死覇で皇子の替え玉を斬れば、手持ちの夭珠が倍になる。威昌が偽者なら、これは千載一遇《せんざいいちぐう》の好機。金風《あきかぜ》が吹きぬけ、紅の錦繡《にしき》をまとった楓樹《かえで》がさわさわと枝を揺らす。あえかな月の帷《とばり》のむこうに人影を見つけた。背丈から考えて至純ではない。令哲は息を殺し、凌咒剣の柄に手をかけた。

「お気をつけくださいませ、殿下」

威昌が無言のまま錦葉《もみじ》色の路を歩いていると、翳《かげ》のように付き従う羅良《らりょう》の声が落ちた。

「先日の一件で主上《しゅじょう》は大変お怒りになっています。報復を仕掛けてくるかもしれません」

「わかっている。警戒は怠《おこた》らないさ」

罪にならないにもかかわらず龍生八子が女帝への落花狼藉《らっかろうぜき》をひかえるのは、女帝の報復を恐れてのことだ。公《おおやけ》には罰を受けなくても、なんらかの方法で蠱鬼狩りに干渉されることはありうる。いたずらに女帝の勘気を被《こうむ》るのは得策ではない。

威昌は己の愚行をねんごろに詫びたが、水娥は冷淡な一瞥《いちべつ》を投げただけだった。

「すべての手がかりは女帝と皇子の入れかわりを示唆《しさ》しているはずだった。なのに、ふたをあけてみれば、女帝は閨水娥本人だった……」

「あの夜だけ、皇子と女帝が本来の役柄に戻っていた可能性はありませんか？」

「それはないだろう。あの夜、木人《ひとがた》は見つからなかった。もし、本物の皇子が龍生八子のなかに混じっていたら、そいつは凌咒剣を使えない。蠱鬼狩りができないのを厭勝でごまかしていたはずだが、それらしきものは見つからなかった」

「女帝じゃないとすると、いったいだれが皇子になりすましているんでしょう？」

女帝以外で替え玉になりうるのは、側仕えの宦官《かんがん》や女官、乳兄弟《ちきょうだい》、護衛役の近侍《きんじ》、東宮に侍《はべ》る奴婢たち……疑わしい顔が明滅して思考を混乱させる。

「奇妙ですね。女帝以外との入れかわりは、さして上策とは思えませんが、なぜ危険を冒してまで……？　ひょっとして、替え玉そのものが蜚語《ひご》だったのではありませんか？」

「董卜師《とうぼくし》はまちがいなく他殺だ。龍生八子に替え玉がいないなら、董卜師が殺される理由はない」

替え玉はいる。巫術の木人《ひとがた》が使われていることがそれを証明している。

「過去の事例では、なんらかの理由で蠱鬼狩りが困難な者が替え玉を使っていた」

「蠱鬼狩りが困難というと……？」

「真っ先に思い浮かぶのは病や怪我、肉体的な障害だな。凌兕剣のあつかいに複雑な技は必要ないとはいえ、蠱鬼狩りは体力勝負だ。春秋《いちねん》にわたって妖魅《ばけもの》を狩りつづける胆力《たんりょく》に自信がなければ、替え玉を使ったほうがいい」

替え玉を使うのには、かならず理由がある。入れかわらなければならない事情が……。

「龍生八子に重篤な病や障害を抱えている者はいなかったはずですが」

「敵も馬鹿じゃない。入れかわりの動機を悟られぬよう、細心の注意を払っているだろう。おそらく、いちばん意外な人物で……」

なにかが頭のなかを引っかいた。

「意外な人物といえば、七弟はほんとうに違背《いはい》したんだろうか」

「まさか七皇子が替え玉だというんですか？」

「可能性はある。七弟の違背は俺が龍生八子に参加する前に起きた出来事だ。どういう状況だったのかわからぬ。闕門《けつもん》を出て豚になったということだが、あれにはなにか、計略《からくり》があって、実は生きているのかもしれない」

「たとえ生きていたとしても、七皇子は蠱鬼狩りを恐れて逃げまわっていた臆病者ですよ」

「それこそがやつの狙いだったら？　臆病者のふりをして兄弟を欺《あざむ》き、龍生八子の外から策を弄するというのはなかなかの妙計だ」

「ですが、七皇子の違背は六皇子が目撃したと聞いています。朱雀盤《すざくばん》から七皇子の天眼《てんがん》は消えたそうですし、違背は決定的では？」

「朱雀盤になにかの細工をしていれば、違背を装うことも不可能ではない。それに……」

前方で物音がして、威昌は立ちどまった。重量のあるものが倒れるような音だ。

おかしいと思った。だれかが蠱鬼を斬ったのなら、倒れる音はしないはず。蠱鬼は地面に倒れる前に消えてしまうのだ。蠱鬼ではない何者かがひそんでいるのだろうか。九天逐鹿のどさくさに紛れて皇子を暗殺しようとする者もいる。脳裏で警鐘が鳴り響き、威昌は呼吸を殺した。凌咒剣の柄に手をかけ、夜目を凝《こ》らしながら物音のしたほうへ近づく。

はらはらと散る錦葉《もみじ》が月光に照り映えている。あたりは毒々しいほどあざやかな紅蓮《ぐれん》だ。あまりにも鮮麗な色彩が満目《みわたすかぎり》にひろがっているので、気づくのが遅れた。地面に飛び散った赤が、生々しい人血であることに。

「……そ、そんな……僕は、また……」

令哲が死人のような顔で立ちつくしていた。足もとに細身の青年が倒れている。背中から斬られたのだろう。沼のような鮮血のなかにおもてを半分ふせている。片側だけあらわになった端整な面貌《めんぼう》は革義《かくぎ》のものだった。


「おやまあ、これはめでたいことで」

蚤厓《そうがい》の浮かれた声が殿内にこだまする。

「なにがめでたいというのだ」

水娥は冷ややかに蚤厓を見やった。

「そりゃあ五皇子が失鹿《しつろく》なさったことですよ。喜んでいらっしゃるでしょうねえ。書を愛する五皇子は硯《すずり》もお好きでしょうから」

燭龍廟正殿。祭壇前の方卓に莫謬硯《ばくびゅうけん》が出現した。物静かな艶《つや》を帯びた黒橡《くろつるばみ》色の硯面には、燭龍の尾の文様が刻まれている。

「ところで、主上。五皇子の遺品はどちらに送りましょうか？　母方の親族は離散していますし、櫻王妃《ゆうおうひ》の親族とは絶縁していらっしゃいます。同腹の兄弟姉妹はいらっしゃいませんし、遺品の受取先が見当たりません」

愛娘を喪って悲憤慷慨《ひふんこうがい》した趙《ちょう》家の主は、革義と姻戚の縁を切りたいと上奏してきた。慣例にのっとり、水娥は許可を出した。龍生八子《りゅうせいはっし》に殺された者の遺族が彼らとの絶縁を申し出、遺品の受けとりを拒否するのはめずらしいことではない。

龍生八子は九天逐鹿の規矩《おきて》に縛られている反面、律令《りつりょう》のくびきからは外れている。どれほど人を殺そうと、それがだれであろうと、彼らは殺人の罪を問われない。

一方で、遺族が報復として彼らを殺害した場合、謀反人《むほんにん》同様にあつかわれる。龍生八子の殺害は九天逐鹿の妨害と同義。太宗聖祚帝《たいそうせいそてい》がさだめた皇位継承の制への反逆になる。

子女を喪い、悲嘆に暮れる遺族にとっては、龍生八子と縁を断つことがただひとつの意趣がえしなのである。

「どうしましょう？　処分しましょうか？」

「予《よ》があずかろう」

水娥は睨《にら》むようにして鍾山帝君《しょうざんていくん》をふりあおいだ。金色の神像は燭花《ともしび》を集めて玉兎銀蟾《ぎょくとぎんせん》さながらにきらめいている。わが衣には一点の曇りさえ許さぬと言いたげに。

「引きとり手のない遺品は予の管理下に置け。九天逐鹿後、新帝に譲りわたす」

「はあ、それはけっこうですが、なんのために？」

「戒《いまし》めのためだ。持ち主を喪った品々を見るたび、新帝は九天逐鹿が喰い殺した者たちのことを思い出す。己の玉座がどれほどの血で贖《あがな》われたのか、自戒するのに好適だ」

敗者に救いはない。それゆえ、勝者は記憶に刻まねばならない。玉座へとつづく道に敷きつめられた骸《むくろ》たちの、生きざまを。


夜半過ぎ、令哲《れいてつ》は数歩進むごとに凌咒剣《りょうしゆけん》をふるっていた。漆《うるし》をぶちまけたような闇が沈んでいる。右から、左から、前方から、後方から、夜陰を引き裂くようにして蠱鬼《こき》が飛びかかってくる。

殺気を漲《みなぎ》らせた妖物の腕を斬り、首を刎《は》ね、胸部を裂いて、腹部を刺し貫く。おもてに飛び散った鉄漿《かね》色の血潮を拭《ぬぐ》う暇もなく斬撃をくりかえす。

人血で穢《けが》れた凌咒剣を清め、燭龍廟東配殿を出てからいくらも経っていない。とうに既死覇は終了した。革義と令哲の夭珠《ようじゆ》のあつかいを決める問鼎軽重《もんていけいちょう》は既生覇《きせいは》に決定したという。ふたりの夭珠はほかの龍生八子たちの斂牙嚢におさまったわけだ。

龍生八子を斬れば夭珠をすべて失う。その規矩《おきて》を忘れていたわけではない。にもかかわらず、令哲は革義を斬ってしまった。そんなつもりはなかった。暗がりにいたのが威昌だと判断したからこそ、抜剣したのだ。

威昌のふりをしている偽者の皇子を斬って、自分の夭珠を倍にするはずだった。たしかな手ごたえを感じたあと、思いがけず火焔紅《ほのおいろ》の血潮が令哲を襲った。

愕然とした。また人を斬ってしまったのかと失望した。血まみれの身体を地面に横たえたのが腹違いの兄であることに気づいたのは、それから寸刻ののちだった。

革義を斬ったせいで、令哲の斂牙嚢は空《から》になった。これまでの骨折りが徒爾《とじ》となったのだ。焦燥《しょうそう》が奔流《ほんりゅう》のように全身を駆けめぐった。兄を殺したことに罪悪感を抱くよりも、自分の足もとがひっくりかえされたことに狼狽《ろうばい》する気持ちのほうが大きい。

第八回の解魄《かいはく》の定数は翡翠《ひすい》一、黄玉二、紅玉八。なお悪いことに解魄《かいはく》まで十日を切っている。死にものぐるいで蠱鬼狩りに励んでも、到底間に合わない数だ。

手っとり早く夭珠を増やすには、だれかの斂牙嚢を盗むしかない。また殃圄《おうぎょ》の刑を受けることになるが、やむを得ない。令哲は勝ち残らなければならないのだ。皇帝になって、衛《えい》皇后に脅かされる母を救わねば。

「八弟」

燭龍廟の大門を出た直後、うしろから声をかけられた。狗《こう》の声だ。

令哲は本能的に身がまえた。自分はいま、凌咒剣の柄を握りしめている。狗に化けた蠱鬼かもしれない。はち切れんばかりに神経が緊張したが、蠱鬼が龍生八子に擬態《ぎたい》するのは既死覇《きしは》のときだけだという事実を思い出し、ふっと肩の力を抜いた。

「五兄のことは不運だったな」

狗は提灯《ちょうちん》を手に持っていた。ゆらゆらと揺れる燈火が夜陰を攪拌《かくはん》しながら近づいてくる。

「でも、故意にやったことじゃないんだろう」

「ええ……。まさかあんなところに五兄がいらっしゃるとは思わなくて……」

「暗かったからな。見間違えても無理はない」

狗は気の毒そうに令哲の肩を叩いた。

「五兄は徳の高いかただった。このような結果になって残念だが、きっとおまえを赦してくださるだろう。あまり気にするな」

いたわりに満ちた表情。あたかも心から令哲を案じているような。

「今月の解魄までまだ時間はある。あきらめるなよ。いまからでも十分に挽回《ばんかい》できる」

平生なら素直に受けとる狗の励ましが急に疑わしいものに思えてきた。

狗が「楓林に威昌がいた」と言ったから令哲は楓林で見た人影を威昌と思いこんでしま

ったのだ。あれは偶然だったのか？　狗は楓林に革義がいることを知りながら「威昌がいた」と嘘をついたのでは？　これ見よがしに木人《ひとがた》を持っていたのも、思いかえしてみれば作為的だ。狗は令哲が革義を疑っていることに気づいていたのではないか。令哲の疑心をあおるために木人を持ってあらわれたのではないか。

狗はいましがた言った。「見間違えても無理はない」と。あれは「威昌とまちがえて革義を斬っても無理はない」という意味ではないのか。

「ところで、六兄はここでなにをなさっていたんです？　ずいぶん遅い時刻ですが」

「おまえを待っていたんだ。さぞかし気落ちしているだろうと心配だったのでな」

一緒に帰ろう、と狗は令哲をうながした。

「僕はもうすこし蠱鬼狩りを頑張ってみますよ。ちょうど調子が出てきたところですので」

「そうか。無理はするなよ」

幾重にもなった烏羽《からすば》色の垂れ帛をかき分けるようにして狗が遠ざかる。そのうしろ姿には側仕えの杜善《とぜん》が跫《あしおと》のように付き従う。

今後は狗にも警戒しなければならない。だれもみな、勝つために策を弄する。この皇宮では、他人を信じた者から滅びていくのだ。

「蚩吻殿《しふんでん》の警備は調べていますね？」

令哲は側仕えの宦官《かんがん》に尋ねた。

「ぬかりありません。いつでも忍びこめます」

蚩吻殿は恭明《きょうめい》の殿舎《でんしゃ》である。既死覇の勝者は恭明だった。いま、だれよりも夭珠《ようじゅ》をためこんでいるのは彼だ。どうせ盗むなら、夭珠がたっぷり詰まった斂牙嚢《れんがのう》がいい。そして決行は今夜だ。勝利の美酒に酔いしれている恭明から、すべてを奪いとってやる。

女帝以外の替え玉を使っているからには、当人は持病や障害を抱えていると見てまちがいなさそうだ。身体に問題があれば、なんらかの薬を服用しているはず。太医《たいい》を頻々《ひんぴん》に呼べば怪しまれるから、身近に薬を置いているだろう。

威昌《いしょう》は恭明、狗《こう》、令哲、至純《しじゅん》の殿舎に密偵をもぐりこませた。

調べたいのは彼ら本人——龍生八子《りゅうせいはっし》を名乗る者たち——ではなく、それぞれの殿舎に仕える婢僕《めしつかい》だ。本物の皇子は替え玉の近くにひそんでいる。替え玉と密に連絡を取り合うには、それが好都合だからだ。

婢僕のなかに病身の者がいないか調べさせたところ、疑わしい者が二人いた。

ひとりは恭明付きの奴僕楽允《ぬぼくがくいん》。顔半分に負った火傷《やけど》の痕がときおり疼《うず》くらしく、薬を常用している。もうひとりは狗付きの宦官杜善《とぜん》。生来、喉《のど》が弱く、薬が手放せない。

両者の薬を盗ませて調べさせたが、症状に合ったものだった。さりとて、火傷も喉の痛みも、替え玉を立てなければならないほど深刻な症状とはいえまい。薬という弱みを持つことにはなるが、替え玉を使う危険とは比べられない。

おそらく、表向きの軽い症状で重病を覆い隠しているのだ。火傷や喉の薬と見せかけて、本来の薬を服用しているはず。本物が抱える重痾《じゅうあ》を暴けば正体を見破ったも同然で――。

威昌は立ちどまった。視線の先に片足を引きずって歩く人影がある。令哲のようだ。凌《りょう》呪剣《しゅけん》を杖《つえ》のようにして洞門《どうもん》をくぐり、腫れた顔を夕陽にさらしている。

昨夜、令哲は蚩吻殿《しふんでん》に侵入した。恭明の斂牙囊《れんがのう》を盗むためだ。しかし、恭明に見つかって折檻《せっかん》されたらしい。

「意外ですね。一皇子ならともかく、二皇子があそこまでなさるとは」

「意外なものか」

威昌はふしぎそうに首をひねる羅良《らりょう》に、一瞥《いちべつ》を投げた。

「二兄は生来、鼠《ねずみ》には容赦《ようしゃ》ないかただよ」

五年ほど前のことだ。威昌は所用で恭明を訪ねた。恭明は古琴《こきん》を弾いていた。庭先では奴僕が木に吊るされ、鞭打《むちう》たれていた。

「鼠を駆除《くじょ》しているところでね」

奴僕のなかに間者《かんじゃ》が紛れこんでいたのだと、恭明はこともなげに語った。

「数年で奴婢を総入れかえするのも、内情に精通した者をつくらないためだろう。長く勤めた事情通が敵にまわれば脅威になるからな」

「それほど用心深いかたが生かしたまま奴婢を解雇なさるというのは……」

「腑《ふ》に落ちない話さ。ほんとうは暇を出しているんじゃなく、処分しているんだろう」

人の口を封じる簡便で確実な方法は殺すことだ。ましてや、いくらでも取りかえがきく婢僕。手当を渡して解雇しているなど、嘘八百に決まっている。

裏をかえせば、そこまでして守りたい秘密があるということ。

威昌はふらつく令哲に歩みよった。昨夜はひどい目に遭ったそうだなと同情するふりをして、ある計画を持ちかける。令哲は当初、渋い顔をしたが、最終的には承諾《しょうだく》した。

「裏切らないでくださいよ、四兄」

「案ずるな。約束は守る」


その夜、威昌《いしょう》は蚩吻殿《しふんでん》に忍びこんだ。戌《いぬ》の刻《こく》はとうに過ぎている。痩《や》せ衰えた月が濃密な秋夜の闇に弱々しい光の礫《つぶて》を投げていた。

内院《なかにわ》から宦官たちの緊迫した声が聞こえてくる。

威昌が令哲に持ちかけた策謀が動きだしたのだ。まず、令哲が再度、斂牙嚢を盗みに行くという体《てい》で蚩吻殿に侵入し、ひと騒ぎ起こす。恭明が令哲を捕らえて罰しているあいだに、威昌は凌咒剣を盗む。その後、凌咒剣をだしにして恭明から夭珠を奪いとる。恭明から取りあげた夭珠は威昌と令哲で山分けにする。

約束を守るつもりはない。威昌の真の狙いは凌咒剣ではなく、楽允《がくいん》が重病の薬を隠していないか調べることだ。奴僕を行かせることも考えたが、奴僕が裏切って恭明と手を組む恐れもあるため、威昌みずからが乗りこむことにした。

隠密の邪魔になるので、凌咒剣は羅良《らりょう》にあずけてきた。不測の事態にそなえて、斂牙嚢は帯びている。威昌は窺い足で回廊をわたり、婢僕《めしつかい》の室《へや》がある後罩《はなれ》房まで急いだ。

令哲の騒ぎのおかげで奴僕は出払っている。だれにも見咎《みとが》められることなく、楽允の自室に近づくことができた。婢僕の頭《かしら》たる楽允は同輩とちがい、個室を賜《たまわ》っている。扉には鍵をつけるほどの厳重さを見るに、よほど恭明に信用されているようだ。

鍵の種類は調べがついているので、あけるのはさして難しくない。音をたてずに鍵をあけ、夜闇に溶かした手で扉をひらこうとした、まさにそのときだった。

「楽允の室になにか用かい、四弟」

背中を叩いた声は恭明のもの。提灯の光が背後に集まり、ゆらゆらと揺蕩《たゆた》う火影《ほかげ》が威昌の手の甲に濃い翳《かげ》を落とす。

ふりかえると、薄明かりのなかで恭明が微笑《ほほえ》んでいた。右手側には令哲が、左手側には楽允がいる。目が合うと、令哲は気まずそうに視線をそらした。

その反応で威昌はなにもかも理解した。

自分は嵌《は》められたのだ。令哲が足を引きずらずに歩いているのを見ればわかる。恭明に痛めつけられたというのは威昌を騙す戯劇《しばい》だったのだ。

「さすが二兄は狡猾《こうかつ》でいらっしゃる。八弟を使って俺を陥《おとしい》れたわけですか」

「『使って』というのは好きな言いまわしじゃないな。八弟と私は協力していたんだよ。君の凌咒剣を盗むためにね」

奴僕が恭明に凌咒剣をさしだす。恭明が鞘《さや》を払うと、月光を鋳型《いがた》に流しこんだような剣身があらわれた。銘された文様は龍の胴と山犬の首を持つ睚眦《がいし》――威昌の文様である。

「羅良も二兄のお仲間でしたか」

「いいや、彼には眠り薬を盛っただけさ。さて、私がこれを持っているということは、つぎになにを言いだすか、わかるだろうね？」

「斂牙嚢を空《から》にしろとおっしゃるんでしょう」

失点は痛いが、絶望はしない。万一のことを考えて、蚩吻殿に来る前、翡翠《ひすい》の天珠をひとつ斂牙囊から出してべつの場所に保管してきた。

「悪く思わないでくれたまえ。君の夭珠を八弟と山分けする約束なんだ」

「貪欲《どんよく》なかただ。既死覇でずいぶん夭珠を稼いだでしょうに、まだ欲しがりますか」

「いくつあっても邪魔にはならないからね」

威昌はいかにもしぶしぶ斂牙囊から夭珠を全部出して恭明にわたした。恭明の凌咒剣は楽允が腰に佩《は》いている。そのせいか、恭明は楽允から一定の距離をあけて立っていた。

「ひとつお尋ねしたいんですが、大事なものを隠すとき、二兄ならどこに隠しますか？」

「いちばん安全な場所に隠すさ。なぜそんな当たりまえのことを訊くんだい？」

その問いには答えず、威昌は笑みをかえした。

「まいりましたよ、二兄。今回は俺の完敗だ」

「君の取り分だよ。確認したまえ」

令哲は恭明から夭珠を受けとった。数えてみれば、今月の解魄《かいはく》を楽に乗りこえられる数だ。ほっとすると同時に背筋が寒くなる。

「どうして僕に分け前をくださるんです？」

なにか裏があるのだろうかと怯えながら問うと、恭明は女のように艶然《えんぜん》と微笑した。

「なぜって、そういう約束だったじゃないか」

昨夜、蚩吻殿《しふんでん》に忍びこんでほどなく、令哲は奴僕《ぬぼく》に捕まった。恭明の前に引っ立てられたとき、世建《せいけん》に受けた罰が脳裏を駆けめぐった。世建は母の手を切りとるという蛮行におよんだ。恭明はいったいどんな罰で令哲を痛めつけるのだろう。母にだけは手出ししないでくれと床にひたいを打ちつける令哲の頭上に、恭明のほがらかな声が降った。

「私に協力してくれないかい？」

威昌が身辺を嗅ぎまわってうるさいので、追いはらうのに手を貸してほしいという。恭明が提案した作戦はつぎのとおりである。

令哲は斂牙嚢《れんがのう》を盗もうとしたことで恭明に痛めつけられたふりをする。威昌はかならずそこに目をつけてくる。恭明に意趣がえしをしないかと、令哲に共闘を持ちかけてくるはずだ。令哲は蚩吻殿に忍びこむ時刻を恭明に伝え、恭明は網を張って威昌を待ちかまえる。ひそかに淩咒剣を盗みだし、それを切り札にして天珠を脅しとるところは威昌の姦策《かんさく》と変わらない。成功したら威昌の天珠をふたりで等分する約束だったが、期待はしていなかった。どうせ裏切られるだろうとあきらめていた。

「遠慮せず、早く天珠をしまいたまえ。私の気が変わらないうちにね」

狐につままれたような心地で室《へや》を出たあと、令哲は引きかえした。ほのかな灯火がもれる格子窓《こうしまど》の下で息を殺し、耳をそばだてる。

「八皇子に天珠を渡してよかったんですか？」

室内にいるのは恭明と楽允《がくいん》である。

「べつにいいよ。八弟はいつでもつぶせる相手だからね。ここで恩を売っておいて、もうすこし利用してから始末しても遅くはないさ」

令哲は静かにその場を離れた。やはり善意ではなかったのだ。わかりきっていたことだが、失望せずにはいられない。

「殿下……！」

居所である饕餮殿《とうてつでん》に戻るなり、側仕えの宦官《かんがん》がこけつまろびつ駆けてきた。

「たったいま、大長秋《だいちょうしゅう》がお見えになりました」

大長秋は宦官の最高位にして皇后侍従長《じじゅうちょう》。衛《えい》皇后の爪牙《てさき》である。

「こちらを殿下にさしあげるようにと……」

宦官が持つ革袋は香瓜《まくわうり》でも入れたように丸くふくらんでいる。

胸騒ぎがした。衛皇后は令哲を巫蠱《ふこ》している。世建の失鹿《しつろく》は令哲の差し金だと思いこんで逆恨みしているのだ。これまでにも狐狸《こり》の死骸や木人などの呪物が送られてきた。

「どうせなにかの死骸でしょう。確認したのち、処分してください」

令哲はため息まじりに言いつけた。足早に外院《まえにわ》を横切ろうとする。やにわに宦官の悲鳴が薄月夜を引き裂いた。駆け戻ってみると、宦官が地面に尻餅をついて震えている。

足もとに転がっているのは件《くだん》の革袋。獣の胃袋が食べたものを吐きだしたかのように、袋の口から中身が飛びだしている。なまぐさい臭気が鼻をつく。袖《そで》で鼻口を隠しながら、令哲は提灯を近づけた。提灯からしたたり落ちる光がそれを照らしだす。

心の臓が止まった。槌《つち》で叩きつぶされたかのごとく。

べっとりと血糊《ちのり》で濡れた物体《もの》は――母の首だった。


第八回の解魄は失鹿者を出さなかった。


「殿下、お目覚めですか」

杜善《とぜん》の声が帳越《とばり》しに響く。狗《こう》はのっそりと褥《しとね》に上体を起こした。夜着は冷たい汗でぐっしょりと濡れ、不快感が全身を包んでいる。

「うなされていらっしゃいましたよ」

「母の夢を見たんだ」

青銅盤に張られたぬるま湯で顔を洗う。

夜着と単襦《したぎ》を脱ぐと、杜善が薬湯にひたした布で身体を拭いてくれる。さわやかな陳皮《ちんぴ》の香りを吸いこみながら、見るともなしに左の前腕を眺めた。

そこには人の胴体を持つ怪鳥の痣《あざ》がくっきりとあらわれている。龍を喰らうといわれる神鳥、金翅鳥《こんじちょう》――亡国儷《れい》の守護神である。

たなごころをかえすようにたやすく大小の国を攻め滅ぼしていった煌が儷に手こずったのは、燭龍《しょくりゅう》の天敵たる金翅鳥の神冥ゆえだといわれている。

儷の王族には金翅鳥の痣を持って生まれる男女がいる。それが兄妹であっても、従兄妹《いとこ》であっても、叔父《おじ》と姪《めい》であっても、彼らは結婚しなければならない。男女の金翅鳥が交わることで金翅鳥の力は完全なものになる。儷の国土と黎民《たみ》をあまねく庇護《ひご》するため、ふたりは王と女王として同等の権限を持ち、共同で政《まつりごと》を行うという。

いや、行っていたというべきか。儷なる国はもはやどこにも存在しない。

「悪夢は早くお忘れなさいませ」

杜善が着替えを手伝ってくれる。

「殿下は勝利せねばならないのです。過去を引きずっていては、現実《いま》と戦えませんよ」

「ときどき思うんだが、おまえのほうが私よりよほど闘志があるな」

「ずいぶん弱気なことをおっしゃいますね。八皇子の件で胸を痛めていらっしゃるので？」

「無体な話だ。八弟にはかける言葉もない」

衛《えい》皇后は世建《せいけん》を喪《うしな》った腹いせに、何少使《かしようし》の生首を令哲《れいてつ》に送りつけた。令哲は平静を装っているが、内心では哭泣《こっきゅう》しているだろう。

「九天逐鹿に凶事はつきもの。いちいちお気になさっていては、御身がもちません」

「わかっていても、やりきれない。もし聖祚帝《せいそてい》にお目にかかることができるなら、尋ねてみたいものだ。子々孫々に骨肉の争いを演じさせることがあなたの望みだったのかと。聖祚帝ならきっと、悪びれもせずにそうだとおっしゃるだろうが。血で贖《あがな》ってこその九五《きゅうご》の尊《そん》だと。……なるほど、それも一理ある」

辟邪《へきじゃ》文の袍衣《ほうい》と灰藍《はいあお》の長褲《ちょうこ》をまとい、繡帯《おび》の上に革帯《かくたい》を締める。

「手ずから勝ちとらなければ、玉座の重みはわからぬ。九王時代のように労せずして至尊の位につく者は往々にして宝祚《ほうそ》を軽んじる。聖祚帝は無知なる帝をお許しにならなかった。天位《てんい》が欲しければ己の手で勝ちとれとお命じになった。それが不合理だとは思わぬ。だが、恐怖を感じる。私たちは玉座をめぐって争わされている。九天逐鹿はいわば蠱術《こじゅつ》であり、宮中は蠱毒の壺で、最後まで勝ち残った者は人の姿をした蠱《むし》だ。聖祚帝という蠱師《こし》が生みだした蠱が皇位を受け継ぎ、烝民《たみ》を統治する。あたかも聖天子のごとくに」

錦の襪《しとうず》に足を滑りこませたとき、肌に粟が生じた。煌は人蠱《じんこ》の国なのだ。

「大兄や三兄や五兄は蠱のなりそこないだった。蠱にならなければ、己以外のすべてを喰い殺さなければ命はない。しかし、蠱に身を落としてまで生き残って意味があるのか？　蠱が龍衣をまとうなど、滑稽《こっけい》じゃないか。人ならざる妖物が天下蒼生《そうせい》を済《すく》うなんて」

「おやめください、殿下。それ以上は」

ひざまずいた杜善が懇願《こんがん》するように狗を見る。

「たとえ九天逐鹿が造蠱《ぞうこ》の術であろうと、理は理です。すでに参加なさっている以上、守らねばなりません。縄墨《きそく》に疑問を呈していては心に迷いが生じ、切っ先がぶれます。いまは勝つことだけをお考えください」

「そうだな……。なんとしても敗北だけは避けねば」

着替えのあとで手早く朝餉をすませた。腰に淩咒剣を佩《は》き、室《へや》を出たところで婢女《はしため》が来客を告げる。令哲が面会を求めているという。

「どうしたんだ。こんな朝早くに」

狗は客庁《きゃくま》で令哲を迎えた。外は雨だ。傘蓋《かさ》もささずに来たのか、令哲はずぶ濡れだった。

「六兄、僕に夭珠《ようじゅ》をわけてください……！」

顔を合わせるなり、令哲はくずおれた。

「昨夜、九弟に斂牙嚢《れんがのう》を盗まれたんです。奴僕が買収されたらしくて……。おかげで斂牙嚢は空になってしまいました。今月の定数は翡翠《ひすい》二、黄玉五、紅玉六でしょう？　いまからではとても間に合いません……」

　涙声で言い、右腕を痛そうにさする。

「腕をどうかしたのか？」

「蠱鬼《こき》に襲われて怪我をしてしまいました。太医に診《み》てもらい、念入りに解毒しましたが、痛みが引かなくて……」

「大変だったな。まずは座れ」

　狗は令哲に筵席《ざせき》を勧めた。令哲は素直に座ったが、憔悴《しょうすい》しきった様子でうなだれている。

「不憫《ふびん》なことだ。九弟もこんなときにおまえを狙わなくてもいいのに」

「僕がいちばん手ごろだったんでしょう。母上のことで落ちこんでいましたし、兄弟で僕ほど隙の多い者はいませんから……。僕はもうだめです。このままではきっと……」

「そう悲観するな。天珠ならわけてやる」

「ほんとうですか!?」

「多くはやれないぞ。私は二兄みたいに余裕があるわけじゃないからな。頑張っても翡翠ひとつが限度だ。それでいいなら――」

「いけません、殿下」

杜善がひざまずいて首を横にふった。

「九皇子に斂牙嚢を盗まれたという話が事実かどうか、わかりません。八皇子は殿下から天珠を騙しとるつもりやも」

「嘘なんてついていませんよ。お疑いなら、主上《しゅじょう》に遣いを送って九弟が殃圄《おうぎょ》の刑《けい》を受けているかどうか確かめてください」

「じゃあ、念のために遣いを送ろう」

狗は事実を確かめるよう宦官《かんがん》に命じ、女帝のもとへ送りだした。

「もし仮に八皇子のお話が真実だとしても、天珠をわけてはいけません。これは兄弟で血肉を喰らい合う戦《いくさ》。ふたりそろって勝ちぬくことは不可能です。ひとりしか生き残れないのなら、ここで助けても無益ではありませんか」

「益があるかどうかは問題じゃない。八弟は怪我をしているんだ。見捨てられない」

「温情をおかけになったところで、のちに八皇子は殿下を裏切るかもしれません。互いに踏みこえねばならぬ敵なのです。中途半端な情で判断を鈍らせてはなりません」

「しかし……」

狗が言いよどんだとき、さきほど遣いに出した宦官が戻ってきた。やけに早かったなと声をかける。宦官は返事をしない。うつむいたままこちらへ来る。

いぶかしんだ刹那《せつな》、おもてをあげた宦官の両眼が赤い光を放つ。

すかさず抜剣しようとした手が虚空をつかんだ。座る際、邪魔になるので凌咒剣を左腰から背中にずらしたのだ。宦官に化けた蠱鬼が飛びかかってくる。蟀谷《こめかみ》まで裂けた口から生臭い奇声を放ち、刃のような鉤爪《かぎづめ》がついた両手をふりかざす。

狗は凌咒剣を抜きはらった。直後、肉を断つ感触が手のひらを貫く。

「……善……！」

蠱鬼の胸を裂いたつもりが、噴きだしたのは赤い血だった。

杜善を斬ったのだ。蠱鬼は杜善の肩口に鉤爪を引っかけた恰好《かっこう》のまま霧のように消えていく。凌咒剣が人血で穢れると同時に、蠱鬼も雲散鳥没《うんさんちょうぼつ》する。

「殿下、お怪我はございませんか……」

杜善がふりかえらずに問うた。細身の背中は目を刺すほどの血紅《くれない》に染まっている。

「私のことより、おまえは……なぜ」

「お赦しを……。蠱鬼が迫っていたので、とっさに殿下をお守りしようと……」

杜善の身体がぐらりと傾ぐ。狗は弾かれたように駆けよった。前のめりに倒れそうになった杜善を抱きとめ、床に膝を落とす。

「……申し訳ございません。奴才《わたし》が出しゃばったせいで、天珠が半分に……」

「そんなことはどうでもいい!!」

なにか言いかえす代わりに杜善は血を吐いた。

「生きて九天逐鹿の終幕を迎えたいと言っていたじゃないか！　帝位につく私を見たいと言っていただろうが！　まだ戦いは終わっていない！　こんなところで死ぬな……！」

凌咒剣で斬られた者は死から逃れられぬ。骨身に刻まれた理が血を滾《たぎ》らせる。これが避けられないさだめだとわかっていても。

「なにとぞ、勝ち残ってください。奴才の死を、無駄になさらぬよう……」

杜善が血まみれの手で狗の袖《そで》をつかんだ。

「あなただけが……希望なのですから」

泣き崩れる狗を置き去りにして、令哲《れいてつ》は狻猊殿《さんげいでん》をあとにした。

憐《あわ》れみはしない。狗は敵だ。敵がだれを斬ろうと知ったことではない。

至純に斂牙囊を盗まれたのは事実だが、利《き》き腕の負傷は嘘。狗の同情心に訴えて天珠をわけてもらう計画だったが、狗が人を斬ってしまったからにはもはや用はない。

これから問鼎軽重《もんていけいちょう》がはじまる。既死覇《きしは》を選んで甘露《かんろ》をひとり占めしなければ。令哲は皇位にのぼらねばならないのだ。母の仇《かたき》を討つために。

第五幕　深淵《しんえん》に臨むがごとし

問鼎軽重《もんていけいちょう》は既死覇《きしは》に決定した。

既死覇は辰《たつ》の刻《こく》にはじまった。

鶏鳴《けいめい》から降りつづく糸雨《しう》に降られながら、恭明《きょうめい》は湊咒剣《りょうしゅけん》をふるっていた。弾け飛ぶ烏羽《からすば》色の血を浴びるたび、十分すぎるほど重い争牙嚢《そうがのう》がいっそう重みを増していく。なにもかも順調だ。仕掛けた罠もじきに芽吹くだろう。

「また甘露《かんろ》をひとり占めなさるおつもりで？」

背中を叩いた声は威昌《いしょう》のもの。恭明はゆるりとふりかえった。瀑布《ばくふ》のような階《きざはし》の上に威昌が立っている。蠱鬼の返り血で満身を黒く染めた姿は妖魅《ばけもの》じみて見えた。

「どうかな。勝敗は最後までわからないよ」

恭明は湊咒剣をふるって深黒の血糊《ちのり》を払い落とした。

姿かたちや言葉遣いに蠱鬼の特徴は出ていない。鉄札を出してみたが、動じる気配はない。おもてを鏡に映すには距離がひらいている。警戒していると、威昌は笑った。

「ご心配なさらなくても、俺は本物ですよ」

「偽者はみんなそう言う」

「もっともだ。贋鼎《にせもの》は決まって嘘をつく」

威昌はもったいぶった足どりで階をおりてくる。一歩ごとに黒いしずくがしたたった。

「二兄は失鹿《しつろく》なさらないでしょうね」

「当然、そのつもりさ。私は九鼎《きゅうてい》を使う者だ。九鼎になる者じゃない」

懐《ふところ》から小ぶりの鏡をとりだし、威昌の顔を映す。瞳は赤くない。時刻から考えて確実に蜿《えん》ではない。どうやら蠱鬼ではなさそうだと胸をなでおろす。

突如、ときならぬ雷鳴のように、威昌がけたたましく笑いだした。

「ちがいますよ、二兄。あなたには九鼎になる資格がないと言ったんだ」

どういう意味かと問いかえそうとした瞬間、刃が一閃《いっせん》する。

胸に斬撃が襲いかかり、薄暗い視野に錦葉《もみじ》が散った。ちがう、錦葉であろうはずはない。左右に立ちならんでいるのは、天を覆わんばかりに枝をひろげた公孫樹《いちょう》なのだ。

「貴様は失鹿《しつろく》できない」

鮮血淋漓《りんり》たる凌咒剣をひっさげ、威昌はその場に倒れこんだ恭明を見おろした。

「なぜなら、貴様は呂《りょ》姓の男子ではないからだ。そうだろう？　楽允《がくいん》」

金臭いものがこみあげてくる。堪えきれずに吐きだすと、方塼《れんが》敷きの地面をまだらに染めていた黄金《きん》の落葉が紅蓮《ぐれん》に塗りつぶされた。

「……なぜ……私、だと」

「貴様は言ったな。大事なものはいちばん安全な場所に隠すと。あのとき、凌咒剣は楽允が佩《は》いていた。俺が忍びこんでくることがわかっていながら、貴様は楽允に凌咒剣を持たせていた。楽允が俺と気脈を通じている可能性を、完全に排除していたということだ」

袈裟斬りにされた身体からは煮立ったような紅血がどくどくとあふれ出ていく。

「奴婢を数年で総入れかえするほど用心深い二兄が楽允だけはいたく信頼している。楽允が敵に内応するかもしれないとは秋毫《しゅうごう》も思っていない。それはなぜか？　至極《しごく》単純な話さ。楽允が二兄だからだ。いや、楽允と名乗っている奴僕《ぬぼく》こそが本物の呂恭明なんだ」

威昌が凌咒剣をひとふりする。礫のような赤いしずくが公孫樹の花氈《かせん》に飛び散った。

「楽允の正体が呂恭明本人なら、凌咒剣をあずけるのにこれ以上安全な人物はいないだろう。猜疑《さいぎ》心《しん》の強い者が信頼する相手は己自身だけ。ちがいますか、二兄」

金色《こんじき》の落ち葉を踏みしめる跫《あしおと》が響いた。引き裂かれた胴体を両手で押さえ、楽允は首《こうべ》をあげる。眼界に土瓷《かわらけ》色の衣をまとった男が映りこんだ。

顔半分が焼け爛《ただ》れたその男は虱《しらみ》を見るような目で楽允を見おろしている。

「殿下……申し訳、ございません……」

ひたいに降ってきたものは唾《つばき》だった。

「君には失望したよ。わざわざ火傷《やけど》まで負って入れかわったのに、この醜態《ざま》だ」

「お赦しください……殿下、どうか……」

血みどろの両手を投げだして叩頭《こうとう》する。唾で汚れたひたいを地面に擦りつけて。

楽允は貧農の子として生まれた。

甑《こしき》に塵《ちり》が積もり、釜に蜎《ぼうふら》がわく暮らしは、嘉成《かせい》五年の蝗害《こうがい》によって酸鼻をきわめた。兄弟姉妹は骨と皮ばかりの骸《むくろ》をさらし、両親はわが子の死肉を貪《むさぼ》ることができず餓死《がし》した。遺された楽允と幼い弟は、生きのびるため私奴婢《しぬひ》に身を落とした。

横暴な主は家奴《かど》をひどくこき使ったが、わずかな藜藿《たべもの》でも口にできるだけましだった。どれほどつらくとも弟と一緒なら耐えられた。弟は楽允の生きる意味だった。

ところがある日、楽允は弟と引き離された。ひとりだけで売りに出されたのだ。

「君の仕事は私になることだ」

あらたな主人となったのは、献霊帝《けんれいてい》の第二子、呂恭明。

病臥《びょうが》していた父帝の崩御《ほうぎょ》にそなえ、恭明は自分の代わりに九天逐鹿に参加する替え玉を探していた。楽允は恭明が求める条件を満たしていた。背格好がそっくりで、目鼻立ちにさほどちがいがなく、声色も恭明と似ていたからだ。

成功すれば富貴の身分を約束すると言う恭明に、楽允はおずおずと問うた。

「弟と一緒に暮らせるようになりますか?」

もちろんさ、と恭明は柔和《にゅうわ》に微笑《ほほえ》んだ。

「いずれ君は新帝の側近《わたし》になる。弟でもだれでも、好きな者を邸に住まわせるがいい」

黄米《きび》の蒸飯《むしめし》や豚肉の羹《あつもの》をたらふく食べ、絹の衣や狼の裘《かわごろも》をまとい、大勢の婢僕《めしつかい》にかしずかれる生活。夢のなかですら味わったことのない幸福が目の前にさしだされたのだ。断る理由はどこにもなかった。

貴人の身代わりを務めるというのは、考えていた以上に困難な仕事だった。恭明の容姿のみならず、言葉づかいやしぐさ、食べものや香の好みまで真似《まね》なければならない。ささいな誤謬《あやまち》も許されない。龍生八子《りゅうせいはっし》は蚤取眼《のみとりまなこ》で敵の一挙一動を見る。すこしでもおかしな言動をすれば偽者と見破られてしまう。

厳しい指導と折檻《せっかん》に耐え、難渋すること春秋と数月。とうとう恭明に認められた。一念《いちねん》
その後、折よく献霊帝が崩御し、恭明は龍生八子に選出された。言うまでもなく、そう

なるように恭明が手をまわしたのである。

「これから先、君は私、私は君だ」

恭明は己の顔半分を焼鏝《やきごて》でつぶした。禽獣《きんじゅう》のように咆哮《ほうこう》しながらも、残された目に野心を滾《たぎ》らせて。それほどまでに彼は——この皇宮育ちの貴公子は、中原の鹿を渇望《かつぼう》していた。地べたを這いつくばって生きてきた楽允が太牢《ごちそう》や錦 袍《にしきのころも》を垂涎《すいぜん》しているように。

「最期にいいことを教えよう」

蔑《さげす》みに満ちた声がうなじに突き刺さる。

「君の可愛い弟はとっくに死んでいるよ」

むせかえるような血の臭気。汗と涙でにじんだ公孫樹の一葉《ひとは》。

「参内《さんだい》前に始末したんだ。君を奮起させるために必要だったから生かしておいたけど、皇宮入りしてしまえば、無用の長物だからね」

はじめから約束を果たすつもりはなかったのだ。楽允を弊履《へいり》のごとく使い捨てるつもりだったのだ。驚きはしなかった。わかっていた。呂恭明は賤民《せんみん》に情けをかけるような男ではない。楽允はそれを十分知っていた。

「君は蠱鬼《こき》になる。皇宮の囚虜《めしゅうど》となり果て、千載《ちとせ》を彷徨《さまよ》うさだめだ。九泉《よみじ》の客になった弟と再会できるのはいつになるだろうね」

煮えたつような血糊《ちのり》の沼に突っ伏して、楽允は目を閉じた。

もう、なにも、なすべきことはない。楽允の役目は終わったのだ。


二度目の舋礼《きんれい》をすませると、偽者が使っていた斂牙嚢《れんがのう》からはひとりでに夭珠《ようじゅ》がこぼれ落ち、蠱鬼に戻ってしまう。その数は決まっていないが、空《から》にはならない。半分以上が残ることもあれば、数個しか残らないこともある。

怨めしいことに、恭明《きょうめい》の場合は後者だった。

「うわあ、二兄……。ひどい怪我ですね」

恭明は回廊の曲がり角で至純《しじゅん》と出くわした。至純が見ているのは恭明の左腕。だらりと垂れさがった腕からは生血がしたたっている。蠱鬼の鉤爪《かぎづめ》で肉を削《そ》がれたからだ。

再舋礼後は凌咒剣《りょうしゅけん》の切れ味が鈍る。切れ味が鈍った凌咒剣では、蠱鬼の左胸を貫かなければ蠱鬼を殺せない。腹や背を斬り裂いても、首や四肢《しし》を刎《は》ね飛ばしても、左胸を刺し貫かない限り、蠱鬼は攻撃を仕掛けてくる。

狩りの最中にすこしばかり狙いを外したせいで、蠱鬼の斬撃をまともに受けてしまった。やむを得ず、今日のところは早々に狩りを切りあげて東宮に戻ることにした。

「たいした怪我じゃないよ」

「でも、蠱鬼に襲われてできた傷は治りにくいでしょう。あ、そうだ。僕、よく効く薬を持っているんです。さしあげましょうか？」

「けっこう。薬くらい自分で手配するよ」

「血がたくさん出てるし、歩くのもつらそうですよ。室《へや》までお供しましょう」

至純が親切そうに手を貸そうとする。恭明は弟の手をするりとかわし、微笑をかえした。

「ありがとう。気持ちだけ受けとっておくよ。君に病をうつしたくはないからね」

「……病をうつすって？」

「ああ、言ってなかったかな。私が替え玉を使っていたのは、この身に巣くっている病のせいさ。厄介《やっかい》な病でね、私の血にふれるとうつってしまうんだよ。気をつけたまえ」

手を引っこめた至純を残して、その場を行き過ぎる。

室に戻るまでに数匹の蠱鬼を斬った。斂牙嚢は重くなったが、ますます傷口が疼《うず》きだす。

恭明は凌咒剣にべったりとついた蠱鬼の血を払い、薬室に入った。

太医の診療を受ける者の気持ちが知れない。身体を他人にゆだねるなど鈍物《どんぶつ》のすること。己を己で守るため、恭明は医術を学んだ。薬餌《やくじ》は自分で煎《せん》じることにしている。

まずは肌脱ぎになった。蠱鬼の牙や鉤爪には毒がある。放っておけば重篤《じゅうとく》化して内側から蝕《むしば》まれていくので、解毒しなければならない。雄黄酒《ゆうおうしゅ》で傷口を洗い流し、穰焱《じょうえん》で焙《あぶ》った布を腕にまく。ここまでは応急処置である。

つぎに薬棚から白礬《はくばん》、人参《にんじん》、鬱金《うこん》、犀角《さいかく》、甘草《かんぞう》、蘆根《ろこん》などの生薬をとりだす。生薬は薬研《やげん》で細かく砕いたあと、天雨水《あまみず》を満たした陶缶《とうかん》に入れて煎じる。これが解蠱薬《かいこやく》となるが、禳焱を用いて煮出さなければ効果はない。

解蠱薬を作っているあいだ、もうひとつの陶缶で萆荔《へいれい》を煎じる。萆荔は烏韭《ほらしのぶ》に似た薬草。心の臓の痛みを鎮める薬効がある。こちらは持病用の薬餌だ。

恭明は生まれながらに胸痺《むねのやまい》を患《わずら》っている。名薬を飲み、神医と呼ばれる医者の治療も受けたが、全癒《ぜんゆ》はしなかった。

わが子の拭《ぬぐ》い去れない瑕瑾《かきん》を、母は徹底的に秘匿《ひとく》した。皇位継承に不利だからである。龍生八子は病の有無にかかわらず卜筮《うらない》で選ばれるが、九天逐鹿において宿痾《しゅくあ》はまちがいなく眼中の釘だ。蠱鬼狩りに影響が出るのはもとより、敵に狙い撃ちにされかねない。龍生八子は互いの弱みを探り合っている。病身であることを公《おおやけ》にしたまま皇宮入りするのは、石を抱いて淵に入るようなもの。冠礼《かんれい》後も、恭明は宿痾を秘匿しつづけた。

秘密がもれるのを防ぐため、婢僕《めしつかい》を数年で使い捨てた。この身体では蠱鬼狩りに支障があるので、替え玉を探した。幾人もの奴僕を見出したが、使えそうなのは楽允だけだった。いよいよ父帝の命がつきそうだと聞き、恭明は顔半分に火傷を負った。

おもてに大きな火傷痕があれば、恭明と楽允の容貌《ようぼう》が瓜二《うりふた》つであることに勘づかれる恐れはきわめて低くなる。見るひとの記憶に残るのは、目鼻立ちではなく、むごたらしい傷痕だからだ。十全を期した奇謀だった。火傷の薬を隠れ蓑《みの》にして胸痺の薬をあつかい、用心に用心を重ねていたにもかかわらず、楽允のしくじりですべては徒労に終わった。

半時《いちじかん》ほど待って、奴僕に毒味をさせてから解蠱の湯液《せんじぐすり》を飲む。しばらくすると嘔気を催して、黒い血を吐く。体内が蠱鬼の毒気に侵されている証拠だ。黒い血を吐かなくなるまで湯液を飲み、幾度も嘔吐をくりかえす。

吐けるだけ吐いて一息つき、今度は葦茘の湯液を飲んだ。解蠱薬を優先するのは、蠱鬼の邪毒が体内に満ちていると、解蠱薬以外の薬が効かないからだ。

ひとたび蠱鬼に襲われて傷を作れば、数日から十日程度は湯液を飲み、毒気を吐く必要がある。蠱鬼による怪我が治りにくいのはそのためだ。

壮健な男でも蠱鬼の毒には参るものだが、恭明は気力を保っていた。千本の匕首《ひしゅ》で切り刻まれるように心の臓が痛んでいても、野心の衰えは感じない。

九重鼎《きゅうちょうてい》のために顔まで焼いたのだ。座して失鹿を待つつもりはない。さりながら今後は持病を抱え、切れ味の鈍った凌咒剣で蠱鬼を狩らねばならない。怪我を負うことも、至純のような笑面夜叉《しょうめんやしゃ》が罠を仕掛けてくることも、一度や二度ではないだろう。

厳しい戦いになる。当面の難問は第九回の解魄《かいはく》をどうやって乗りきるかということだ。人質を使って弟たちから天珠を脅しとることができればいいが、威昌《いしょう》と狗《こう》は早くに母を亡くしているし、令哲は母を衛《えい》皇后に殺され、至純は燕陽《えんよう》公主を喪っている。彼らを脅すなら、凌咒剣を盗むしかないが……。

考えこんでいると、母の遣いがやってきた。

「昭儀《しょうぎ》さまは殿下に助力を惜しまないと仰《おお》せです。なんなりとお申しつけください」

九天逐鹿《きゅうてんちくろく》は後宮の女たちの戦いでもある。后妃《こうひ》はわが子が君臨する玉座のとなりで皇太后の鳳冠《ほうかん》をいただくことを夢見ている。恭明を勝たせるためなら、母はどんな非道も喜んで行うだろう。うしろ盾があるのは心強いが、後宮にいる母ができることは──。

「母上に伝えてくれ」

身近にいるかもしれない密偵に聞かれることを恐れ、恭明は使者に耳打ちした。

「例のものを私のもとに運ぶようにと」

先月、手に入れた切り札。これを使うべきときがやってきたようだ。

晩秋の夜、睚眦殿《がいしでん》では宴《うたげ》がもよおされていた。

客人はいない。大小の鼎《かなえ》で湯気を放つ羹《あつもの》も、黄米《きび》や黄粱《あわ》が盛られた敦《めしばち》も、あぶった羊肉や、棗の膾でずっしりと重くなった豆も、囂いっぱいの灩酒も、睡眤殿の主、呂威昌のためだけに用意されたものだ。

「二皇子はどうなさったのです？」

采玥《さいげつ》は嬌態《しな》を作って爵《さかずき》に酒をそそいだ。

「気になるか？」

威昌は爵を干して笑う。下卑《げび》た視線の先では美貌《びぼう》の歌妓《かぎ》たちが鳳首箜篌《ほうしゅくご》の調べにあわせて綾羅《うすもの》をひるがえしている。

「ええ、とても。きっと、あっと驚くような奇策で二皇子を追いつめたのでしょう？　もったいぶらずに教えてくださいませ」

「急かすなよ。こいつを斬ってからだ」

ふたたび酒をあおり、威昌は羹をよそっていた宦官《かんがん》を一刀両断した。漆《うるし》のような血が飛び散ると、左右に侍った歌妓たちは黄色い声でさんざめく。

「何少使《かしょうし》が殺されたことは知っているな？」

「皇后さまが何少使の首をお斬りになって、八皇子のもとへお届けになったと聞きましたわ。そのうえ、何少使の亡骸《なきがら》を寸刻みになさって浄房《かわや》へ投げこんだとか」

浄房の豚が何少使の亡骸を貪《むさぼ》り喰ったと、衛《えい》皇后は大威張りでふれまわっていた。

「豚どもが喰ったのは別人の骸《むくろ》だ。皇后が何少使の骸を寸刻みにする前に、二兄がすりかえておいたからな」

「二皇子はなぜ何少使のご遺体を？」

「俺に替え玉を暴かれ、二兄の斂牙嚢《れんがのう》は空も同然。病に冒された身体で切れ味が鈍った凌《りょう》呪剣《しゅけん》を手に蠱鬼《こき》を狩れば、いつの間にか満身創痍《まんしんそうい》だ。このままでは九度目の解魄《かいはく》を乗り切れぬと思いつめ、八弟に夭珠《ようじゅ》を融通してもらおうと考えたんだろう」

「八皇子はお喜びになったでしょうね」

「いいや、あいつは取引に応じなかった」

「あら、どうしてですの？」

孝子《こうし》として知られる令哲《れいてつ》のことだ、何少使の亡骸を弔《とむら》いたいと考えたはずだが。

「俺が八弟の奴僕《ぬぼく》に銭をつかませたんだ。主に嘘の報告をするようにな」

――恭明は何少使の偽の遺体を用意して令哲に取引を持ちかけるつもりでいる。

「八皇子はそれを信じたのですか？」

「敵の言葉と手下の言葉、おまえならどちらを信じる？」

令哲は後者を信じた。倒すべき敵こそが真実を語っているのだとは夢にも思わずに。

「鬼神のごとき計略も、敵方に知られてしまえば、己の喉笛《のどぶえ》を掻き切る刃になる。二兄も焼きがまわったな。長くはもたないだろう。八弟に痛めつけられるような醜態《ざま》では」

「八皇子がなにかなさったのですか？」

「二兄は蠱鬼にやられて腕を怪我していた。八弟はその傷痕を踏みつけたんだよ。何度も何度も執拗《しつよう》に、さながら母の仇のごとく」

恭明は奴僕たちにおさえつけられ、令哲に情け容赦《ようしゃ》なく足蹴《あしげ》にされつづけたという。

「本物の何少使の骸はどうなったのです」

「八弟が焼かせた」

爵を空にするなり、威昌は頤《おとがい》をといた。

「孝子が慈母の屍《しかばね》体を焼き捨てる！　空前絶後の笑話《わらいばなし》だ！」

「殿下ったら、悪いおかた。二皇子のみならず、八皇子まで陥《おとしい》れるなんて」

「悪いやつが生き残るのが九天逐鹿だからな」

「勝ち残ったら、いかがなさって？」

「南面《なんめん》して天下を聴くさ」

「それだけではないでしょう？」

采玥は威昌にしなだれかかった。

「ご即位のあとは後宮に美姫をお集めになるはずだわ。どなたをおそばにお置きになるか、決めていらっしゃるのかしら？」

「そうだな。おまえにしようか」

采玥の顎《あご》に威昌の武骨な指が這う。

「おまえほどの美貌なら、昭陽殿《しょうようでん》をくれてやっても惜しくはない」

昭陽殿は昭儀《しょうぎ》の住まい。現在の主は恭明の母、逢《ほう》昭儀である。

「わたくしを昭儀に!?　まあ、うれしい！」

「この子ばかりずるいわ！　あたしだって心から殿下をお慕いしておりますのよ」

「私は婕妤《しょうよ》にしてくださいまし！」

「図々しい子ね！　婕妤はあたしよ！」

「約束してくださいませ。わたくしをいちばんの寵妃にしてくださるって」

歌妓たちが爵《さかずき》をかわるがわる酃酒で満たす。

「では、後宮でも九天逐鹿をやろうか」

「どういう意味ですの？」

「后妃の座をめぐって女たちを競わせるんだ。どんなあくどい手を使ってもいい。ほかの者を出しぬいて、真っ先に皇子を産んだ女を皇后に立てる。妃嬪の位階は皇子が生まれた順番で決める。これで文句はないだろう」

「御子を産めば私も皇后になれるのですね⁉」

「なに言ってるの、皇后になるのはあたしよ！」

「わたくしが皇長子《こうちょうし》を産みますわ！」

華やいだ声が宴席に満ちたころ、何者かが長廊《ちょうろう》を駆けてくる跫《あしおと》がした。

「殿下……！」

虎に追われるひとのように駆けこんできたのは、威昌の近侍、羅良《らりょう》だった。

「たいへんです、殿下。八……八が……」

羅良はつんのめるようにして筵席《ざせき》の前にひざまずいた。必死になにか言おうとしているが、言葉が舌にからみついて出てこない。

「なんだ、このにおいは」

威昌が袖口《そでぐち》で鼻を覆う。

「いやなにおい！　まるで腐った膾《なます》のようだわ」

歌妓たちも翠眉《まゆ》をひそめて鼻口を隠した。

「おまえ、その手はどうした？」

威昌は羅良の左手を見やった。袍服《ほうふく》の袖口からのぞくそれは、濁った魚眼のような奇怪な痣《あざ》でびっしりと覆われている。羅良は答えようとした。口をせわしく動かすが、意味をなさない不気味な空音がもれるだけ。

「なるほど、よく化けたものだ」

威昌は凌咒剣を持って立ちあがった。

「いまからこいつを斬るが、どこを斬ろうか。腕か？　足か？　それとも腹か？」

「首を刎《は》ね飛ばしてくださいませ」

歌妓のひとりがあざやかに嬌笑《きようしよう》した。

「蠱鬼の首が飛ぶさまを見てみたいわ」

私も、あたしも、と歌妓たちがきゃあきゃあはやしたてる。威昌は抜剣した。燭花《ともしび》に濡れた唇にはいたぶるような笑みが刻まれている。

「烏羽玉《うばたま》の雨が降るぞ。よく見ていろ」

羅良は人語にならぬ叫び声をあげた。身をひるがえして逃げだす。威昌は疾風のごとくその背を追う。凌咒剣が一閃した。羅良の首は蹴りあげられた毬《まり》のように高く飛ぶ。

噴きだす血飛沫《ちしぶき》。それは逆流する滝さながらの激しさで、神仙世界が描きだされた藻《てん》井《じよう》をねぶりつくす。一瞬間の静寂のあと、石塊《いしくれ》じみたしずくが篠突《しのつ》く雨のようにざあっと宴席に降りそそいだ。宙に転がった首はゆるやかな半円を描きながら舞いおりる。やがて、羹をたたえた鼎のなかに粘っこい音をたてて落下した。

だれかが悲鳴をあげた。それを呼び水に間断なく金切り声がほとばしる。歌妓たちの肢《し》体《たい》を覆う綾羅《うすもの》はなまぐさい赤に染まっていた。

むせかえるような血の臭気、藻井からしたたり落ちる紅蓮《ぐれん》の玉水《たまみず》、肉の羹になかば沈んだ生首。蠱鬼は赤い血を流さない。蠱鬼は遺体を残さない。羅良は人だったのだ。

歌妓たちが蜘蛛《くも》の子を散らすように逃げていく。采玥もあとにつづいた。うしろ髪を引かれてちらりとふりかえる。威昌は棒立ちになっていた。生血の雨に降られながら。


「なんだって!?　あの現場にいただと!?」

陸豹《りくひょう》——陸可卿《かけい》は碁器《ごき》をひっくりかえした。

「ええ、そうよ」

真珠のような歯を見せて破顔した女は陸盈《えい》。字《あざな》を采玥《さいげつ》という。可卿のひとり娘である。

「四皇子が睚眦殿《がいしでん》で宴をもよおすって聞いたから、歌妓に変装してまぎれこんだの。お酌《しゃく》をしながらいろいろ聞きだしたわ。二皇子と八皇子をまとめて陥れた話も面白かったけど、いちばんの見せ場は四皇子が近侍を蠱鬼とまちがえて斬るところね。藻井高く跳ねあがった生首、土砂降りの血の雨……！　詩心をそそる情景だったわぁ」

「なにが詩心だ、この馬鹿娘が！」

可卿はだんと凭几《ひじかけ》を叩いた。

「龍生八子《りゅうせいはっし》には近づくなと再三言ったはずだぞ！　やつらは殺気立っている。視界に入っただけで叩き斬られかねん。連中に近寄るなど、餓狼《がろう》の口に飛びこむようなものだ！」

「それくらい、わかっているわよ」

「だったら父の言いつけに従え！　凌咒剣で斬られれば、おまえも蠱鬼の仲間入りだ！　蠱鬼になれば遺髪《いはつ》しか残らんのだぞ！　大恩ある親に空《から》の柩《ひつぎ》を引かせるつもりか！」

「まあまあ、可卿。激しては身体に毒だよ」

蚤厓《そうがい》――子長《しちょう》は可卿がひっくりかえした碁石《ごいし》を拾っている。

ここは中常侍《ちゅうじょうじ》の官舎。竹木簡《ちくもっかん》であふれかえった子長の書房《しょさい》である。

「盈は無事だったんだし、赦してあげたら」

「無事にすんだのはたまたま運がよかったからだ。運が悪ければいまごろ、俺はこいつの骸を引きとっていただろうよ。やはり、この馬鹿娘に宮仕えは無理だ。明日にでも氷人《なこうど》を手配して嫁ぎ先を探すことにしよう。いつまでも女官をやらせておくわけにはいかん」

「お父さま、いつも言っていることだけど、あたし、結婚はしないわよ。女官として宮中のあれこれを見聞して、書物にまとめあげるっていう壮大な夢があるんだから」

「たわけ！　おまえはもう二十歳《はたち》なんだぞ。行き遅れになる前にさっさと嫁に行け！」

「行き遅れでけっこうよ。いい加減、あたしを嫁がせることはあきらめてちょうだい」

「いいや、あきらめるもんか。首に縄をつけてでも嫁がせてやるぞ。覚悟しておけよ」

「あ、そう。だったら、あたし、後宮に入るわよ。そのへんのつまらない男に嫁ぐより、妃嬪になったほうがいくらかましだわ」

「冗談じゃねえ。おまえみたいな跳ねっかえりを入宮させたら、陸家はおしまいだよ」

怒鳴るのにも疲れて煙管《きせる》をくわえる。

「おい、子長。おまえからも叱ってくれ」

「なぜ私が？」

可卿の石を殺しながら、子長は首をかしげた。

「もとはといえばおまえの娘だろうが。こいつの物見高さはまちがいなく実父譲りだぞ」

「そんなに似ているかね？」

「似てるなんてもんじゃねえよ。父子そろって、能天気に九天逐鹿を楽しんでやがるじゃねえか。赤帝子《せきていし》に一族を殺されたくせによ」

子長の本姓は双《そう》という。

双家は歴史や天文をつかさどる太史令《たいしれい》を輩出してきた数百年来の鼎族《ていぞく》だったが、二十年前に族誅《ぞくちゅう》された。罪状は大逆《たいぎゃく》。より正確に言えば、その縁坐《えんざ》だ。

二十一年前、懐明帝《かいめいてい》の崩御《ほうぎよ》を受けて九天逐鹿がはじまった。

慣例どおり八名の皇族男子が龍生八子に選ばれたが、そのうちのひとりが亡命しようとした。九天逐鹿からの逃亡は大逆と呼ばれる重罪である。皇子は捕縛され、投獄された。

当時は女帝の御代。女帝は呂姓の皇帝に代わって祭祀《さいし》を行い、政務をとるが、大逆人の処刑は行わない。投獄したまま次代に引き継ぐことになっており、処刑の命を下すのは九天逐鹿を勝ちぬいた新帝である。

大逆人の皇子には協力者がいた。それは双家に降嫁《こうか》していた公主《こうしゆ》で、子長の生母であった。双一族が大逆に縁坐されて投獄されたころ、子長の妻は身籠《みごも》っていた。翌年、妻は女児《めのこ》を産み、そのまま不帰の客となった。

九天逐鹿後、女帝から禅譲《ぜんじよう》されて登極した献霊帝《けんれいてい》は大逆人一族の処刑を命じた。二十歳で郎官《ろうかん》に任じられ、出世の階《きざはし》を駆けのぼっていくはずだった子長は進んで腐刑《ふけい》を受ける代わりに死罪をまぬかれた。

一族の男子で宦者《かんじや》に身を落としてまでも生きのびたのは、子長ただひとり。蚕室《さんしつ》を出たのち、子長は双姓を剝奪《はくだつ》され、宦官《かんがん》蚤厓として献霊帝に仕えた。

獄中で産声《うぶごえ》をあげた女児は可卿がひそかにひきとり、養女とした。これが盈である。大逆人の子のうち、八歳以上は処刑されるが、それ以下は奴婢《ぬひ》夫婦に与えられる。むろん、身分は賤民《せんみん》だ。わが子を賤《しず》の女《め》にするに忍びなかった子長は盈をひきとってくれと可卿に懇願した。公の記録では子長の娘は獄死したことになっており、盈は可卿の長女である。

連綿と歴史をつむいできた双一族は、民草が赤帝子と崇める禳焱《じょうえん》に焼き滅ぼされた。双匡《そうがい》は死んだ。盈は実父を、可卿は知音を喪った。とこしなえに。

「おまえらにとって九天逐鹿は一族の仇、不倶戴天《ふぐたいてん》の讐《あだ》だぞ。楽しんでる場合かよ」

「そんなことを言われてもなあ。楽しいものは楽しいんだからしょうがない。ね、盈」

「ええ、中常侍《ちゅうじょうじ》さまのおっしゃるとおり」

子長と盈は笑顔でうなずき合う。似た者父娘にげんなりして、可卿は黒い碁石を置いた。

「九天逐鹿のどこが面白いんだよ。下種《げす》野郎どもがくそまみれになって足を引っ張り合って、くそったれな奸智《かんち》を競ってるだけじゃねえか。おまけにくだらねえ馬鹿騒ぎに春秋も一年《いちねん》かけやがる。たかが皇帝を選ぶのにこんな手数は要らねえだろ。龍生八子を檻《おり》にぶちこんで殺し合いさせりゃ、ひと晩で結論が出るぞ」

「それはだめよ。単なる殺し合いじゃ、腕っぷしが強いだけのひとが皇帝になっちゃうわ。至尊の位は膂力ではなく、機略で手に入れるものよ。だから九天逐鹿は、皇子たちのだれに帝王たる資質があるのか春秋かけて試すの。知謀に富んでいなければ中原の鹿は得られない。この原則があるから、九王時代のように生まれたばかりの赤子が龍衣をまとうことはなくなったし、奸臣《かんしん》にまつりあげられた昏君《こんくん》が玉座を穢《けが》すこともなくなったわ」

つぎの一手に悩んでいる可卿の手から碁石をとり、盈は実父の石を攻めた。

「それだけじゃないわ。永《えい》王朝や玄《げん》王朝が滅びる原因になった皇位争いによる内乱も起きなくなった。九天逐鹿は宝祚《ほうそ》をめぐる戦をなくしたのよ。万乗《ばんじょう》の位から幼帝と愚帝を遠ざけ、皇族の内訌《うちわもめ》が九州を戦火の巷に変えてしまうのを防ぐ。これ以上、理にかなった皇位継承の制がある？　すくなくとも、あたしが知る歴史のなかにはないわよ」

「理にかなっていようがいまいが、悪趣味なことに変わりはねえだろ。九天逐鹿は人を変えちまう。善人は悪人に、悪人は極悪人に、極悪人は禽獣夷狄《ひとでなし》に。虫も殺さねえ殊勝な豎子《がき》だった第八皇子がいまじゃすっかり夜叉の顔だ。俺は問鼎軽重くらいでしか連中とはかかわらねえが、真人間が豺狼《けだもの》に変わっていくさまを見るのは気分のいいものじゃねえよ」

「夜叉といえば、さしもの八皇子も憔悴《しょうすい》しているのかしら。さっきの問鼎軽重では既死覇《きしは》を選ばなかったようだし」

威昌が羅良を斬ったため、問鼎軽重がひらかれた。出席者は第二皇子恭明、第六皇子狗《こう》、第八皇子令哲、第九皇子至純《しじゅん》の四名。このところ好戦的な令哲が既死覇を主張するかと思われたが、意外にも全会一致で既生覇だった。

「憔悴《しょうすい》しているのは事実だろうが、今回は単に怪我のせいじゃないかね。衛皇后が放った刺客《しかく》に襲われて大怪我をしたらしいから、勝てないと判断したんだろう」

「衛皇后ったら、しつこいわねえ。呪詛《じゅそ》のつぎは暗殺。よほど八皇子が憎いのね」

「あのかただって必死なんだよ。八皇子が帝位についたら、彼女は四肢《しし》を引き裂かれて浄房《かわや》にほうりこまれるんだから。いや、生きながらにして醢《ししびしお》にされるかなあ？　なまじ孝子であるだけに、母の仇には容赦すまいよ」

　龍生八子の暗殺は未遂でも大罪だ。衛皇后は水娥に禁足を命じられた。九天逐鹿が終わるまで、皇后の居所たる椒房殿《しょうぼうでん》の虜囚となる。

「ところで、四皇子を罠に嵌めたのはだれだと思う？　あたしは八皇子が怪しいと睨《にら》んでるわ。斬られた近侍は薬を盛られてろれつがまわらないようにされていたし、悪臭や魚眼の痣《あざ》も黒幕の仕掛けでしょう。あの近侍は『八……八……』って言っていたから、八皇子の謀《はかりごと》を伝えようとしていたんじゃないかと思うのよね」

「なにより八皇子には動機があるからねえ」

「そう！　四皇子が卑劣な策で何少使《かしょうし》の骸《むくろ》を焼かせたことを八皇子が知ったら、復讐するに決まってるわ。物は壮《さかん》ならばすなわち老ゆ。四皇子は勝利の美酒に酔いすぎたわね」

「にやけるなよ、盈。他人の不幸を面白がってると、いまにばちが当たるぞ」

　まあ怖い、と盈はくすくす笑いながら席を立った。上質な松煙墨《しょうえんぼく》の芳香を放つ書棚に歩みより、古い竹簡《ほん》を手にとる。

「中常侍さま、九王時代の書物をいくつか貸してくださらない？」

「なにが読みたいのかね？」

「北漓《ほくり》と西煋《せいせい》、それから東煋《とうせい》初期の史籍よ。嬌《きょう》家と呂《りょ》家について調べているの。蘭台《らんだい》の史書にはおおかた目をとおしたんだけど、どうしても平仄《ひょうそく》が合わないところがあって」

「おい盈。おまえ、いつから蘭台勤めになった？　あそこは官吏《かんり》しか入れないはずだが」

「官吏に変装すればあたしでも入れたわよ」

「馬鹿たれ！　獄につながれたいのか！」

「官服と印綬《いんじゅ》を用意してくださったのは中常侍さまよ。おかげで貴重な書物が読めたわ」

「子長！　盈を甘やかすな！」

可卿が怒声を張りあげても、子長は呵々大笑《かかたいしょう》するばかり。

「叱るのは君の役目だ。私は甘やかし担当だよ」

「おい！」

「盈や、好きなものを持っておいき」

ありがとう、と盈が飛びはねる。幼いころから玩具《おもちゃ》や菓子よりも典籍が好きな娘だった。

実父から受け継いだ史家の血がそうさせるのだろう。

「おまえ、まだあれをやっているのか」

「あれ？　さて、なんのことかな」

「とぼけるな。おまえが陰でこそこそやっていることくらい、承知しているんだぞ」

子長は蔵書家である。官舎と自邸の書房《しょさい》には竹木簡のみならず、上古《じょうこ》の甲骨文《こうこつぶん》、金文《きんぶん》、陶文《とうぶん》、石文《せきぶん》、玉簡《ぎょくかん》など、あらゆる古籍《こせき》がそろい、その蔵書数は蘭台に勝るとも劣らない。当人は道楽だと言い張るが、彼の出自を考えれば、古籍蒐集《しゅうしゅう》の目的は明白だ。

「朋友として忠告する。史書の編纂《へんさん》から手をひけ。おまえが国史を書こうとしていることがあかるみに出たら、今度こそ首が飛ぶぞ」

宦官による史籍編纂は死罪である。

「国史をつづる――そのためだけに私は腐人《死にぞこない》になってまで生きのびた」

可卿の石をとり、子長は壁中にしつらえられた書棚を見やった。膨大な典籍たちは闇の衣をまとって身を寄せ合い、ひっそりと息をひそめている。

「史家として名を竹帛《ちくはく》に垂《た》ることができないなら、この身に受けた恥辱《ちじょく》は徒爾《とじ》になる」

「気持ちはわかるが……」

「いいや、君にはわかるまい」

口をひらいたが、なにも言いかえせなかった。

「おまえは昔からそうだ。手のつけられない青史馬鹿《れきし》で、史書のためなら命さえ売る」

「君のお節介焼き《せっかいや》も昔から変わらないよ」

子長は莞爾《かんじ》として笑った。

「金蘭《ゆうじょう》に感謝する。だけど、私は大丈夫だ。ちょっとしたあてがあるのでね」

「あて？　なんだい、そりゃ」

「いつか話すよ。そのときが来たら」

思わせぶりな朗笑《ろうしょう》ではぐらかされているうちに終局を迎え、互いの地と石を数えた。

「おや、めでたいね。芇《ひきわけ》だよ」

めったに拝めない芇。これが旧友にとっての吉兆であればよいのだが。


第九回の解魄《かいはく》は失鹿者《しつろくしゃ》を出さなかった。


令哲は紅牆《こうしょう》の路を駆けていた。蠱鬼《こき》の血でずっしり重くなった袍服《ほうふく》の裾《すそ》をさばき、行きちがう官吏たちを押しのけ、奔馬《ほんば》のごとく先を急ぐ。

目指す場所は、赫永宮《かくえいきゅう》の後方に位置する後宮。幾千の美姫の頂に立つ皇后の住処《すみか》、椒房《しょうぼう》殿《でん》である。

衛《えい》皇后が自害した。その急報を受けたのは、つい数刻前のこと。なにかの罠だと思い、令哲は宦官を後宮に遣わして様子を探らせた。

「椒房殿の柱や玉欄《おばしま》には白布が巻きつけられており、婢僕《めしつかい》たちは哭泣《こっきゅう》していました」

宦官の報告を聞くが早いか、令哲は東宮を飛びだした。ありえない。絶対に起こりえないことだ。令哲を亡き者にせんと怨讐《おんしゅう》を燃やす毒婦がみずから死を選ぶなど。

外廷《がいてい》と内廷《ないてい》をつなぐ鳴鑾門《めいらんもん》まで来ると、衛士たちがなにも言わずに門扉《もんぴ》を開けた。

九天逐鹿中に限り、龍生八子《りゅうせいはっし》は自由に後宮へ出入りできる。

今日まで入らなかったのは、誤って母を危険にさらさないためであり、母が横死《おうし》してからは憎き衛皇后に近づきたくなかったためだ。

鳴鑾門をくぐり、令哲は百花文様の画梁《はり》が彩雲のごとくつらなる回廊を駆けぬける。幾匹か蠱鬼を斬った。飛び散った血糊《ちのり》が満天星《どうだんつつじ》の花牆《はながき》に暗い雨を降らす。女官たちの悲鳴をふりはらって方塼《れんが》敷きの小径《こみち》をとおると、晩霞の底に椒房殿が姿をあらわした。

大門の柱にまきつけられた布も、門前に立つ宦官の衣冠も、生血をすったように赤い。しかし目を凝《こ》らしてみれば、その赤は夕陽の飛沫《しぶき》だ。

左右に安置された丹斐鼎《たんひてい》で、喪装の婢女《はしため》たちがまるい帛《きぬ》を焚《た》いていた。帛には朱色の古字で〈御魂よ帰れ〉と記されている。これは招魂《たまよばい》の呪符だ。望月を模したかたちをしているので銖月《しゅげつ》という。銖月を門前で焼けば、肉体から離れゆく死者の霊魂を現世に呼びもどすことができると、古《いにしえ》より信じられている。

銖月の煙をかきわけて外院《まえにわ》と内院《なかにわ》をとおりすぎ、椒房殿の正庁《おもてざしき》に入る。そこは白のねぐらだった。白衣を着た婢僕たち、白翡翠《ひすい》の香炉《こうろ》、白木の神主《いはい》、柩《ひつぎ》を覆う白絹。

令哲は柩に飛びついた。白絹をはぎとり、重いふたをあける。

美しい木目を描く欑《ひさぎ》の柩のなかには、年のころ五十手前の女が横たわっていた。黝黒《どすぐろ》い錦に極彩色《ごくさいしき》の雉《きじ》が飛翔する褘衣《ころも》をまとい、仮髪《かもじ》をほどこした髻《もとどり》には歩揺冠《ほようかん》をつけている。白粉《おしろい》を塗った細面《ほそおもて》では高慢そうな唇が引き結ばれていた。

この女が衛皇后本人かどうか、令哲にはわからなかった。衛皇后に会ったのはほんの数回、それも御簾《みす》越しに拝しただけ。人相など、知るはずもない。

「どうやって死んだのです？」

「臥室《しんしつ》で首をくっていらっしゃいました」

柩のそばにいた女官が答えた。見れば、厚く白粉をかさねた首に縊死《いし》の痕が残っている。

「嘘ですね。衛皇后が自死するはずはない」

「いいえ、嘘ではございません。一皇子が失鹿なさってから、皇后さまは御心を乱していらっしゃいました。きっと世を儚《しの》んで……」

「猴児戯《さるしばい》はやめてください。この死体は偽者で、本物はどこかに隠れているのでしょう。おおかた、死んだことにして僕の怨みをかわそうと目論んだのでしょうが、無駄だとお伝えください。僕が帝祚《ていそ》を得た暁《あかつき》には、皇后さまの目と喉《のど》をつぶし、両手両足をもいだあとで、浄房に投げこんでさしあげますと」

言い捨てて正庁を出る。焼け爛《ただ》れたような夕空の下に駆けだすと、女帝一行がこちらにやってくるのが見えた。女帝には道を譲らねばならない。それが儀礼だからではなく、女帝の心証を損ねても得るものがないからだ。

「徳をもって怨みに報ゆ、か？　八皇子」

小径《こみち》の脇で揖礼《ゆうれい》する令哲に水娥の視線が投げかけられた。

「母の仇を弔問《ちょうもん》するとは見あげた心がけだな」

「あの女は死んでいませんよ」

「はて、そうなのか？　匡《がい》」

「いえいえ、ちゃんと事切れていらっしゃいますよ。太医《たいい》が遺体を検《あらた》めています。死因は窒息。今朝がた、画梁《はり》からぶら下がっていらっしゃるのを側仕えが発見しました」

中常侍蚤匡《ちゅうじょうじそうがい》が詩を吟《ぎん》ずるように答えた。

「衛氏は母を惨殺して亡骸《なきがら》を浄房に捨てたうえ、僕を呪殺しようとした毒婦です。豺狼《けだもの》の心を持つ女が自分で死を選ぶことはありません」

「実際に自害なさっているんですよねえ」

「なるほど、あなたは衛氏の走狗《いぬ》だったんですね、中常侍。僕の目を欺《あざむ》くため、太医を丸めこんで衛氏の死を偽装したんでしょう」

「ははあ、これはまた突拍子もないことを」

「僕は騙されませんよ。衛氏は死んだふりをして僕から逃げようとしているんです」

「どちらでもよいではないか。死人は死人だ。偽者にしろ、本物にしろ」

水娥はため息まじりに言った。再度歩きだそうとしたものの、つと立ちどまる。

「これもまたどちらでもよいことだが、そなたが燃やした女の骸は本物だったようだぞ」

「……え？」

「何者かが細工をして、そなたが勘違いするように仕向けたらしい。風の噂で聞いた話ゆえ、事実かどうかは知らぬが」

衣擦れの音が遠ざかる。初冬の絳霄《そら》は蠱鬼の血がにじんだように黒ずみはじめていた。

狗《こう》は燭花《ともしび》に照らされる顔ぶれを眺めた。

燭龍廟東配殿の正庁《おもてざしき》。問鼎軽重《もんていけいちょう》のために集まった龍生八子は恭明《きょうめい》、威昌《いしょう》、至純《しじゅん》、そして狗。問鼎軽重の欠席者は、なにかをしくじった者である。今回は令哲《れいてつ》のようだ。

「今日は甘露《かんろ》がたっぷりございますよ。第八皇子が三人お斬りになりましたのでね」

「三人も!?　いったいなにがあったんですか」

至純が大きな目を丸くして陸豹《りくひょう》を見た。

「椒房殿《しょうぼうでん》で第八皇子がご乱心なさり、女官二名と宦官《かんがん》一名を斬り捨てたそうで」

「どれほど乱心していても、ふつうは人をひとり斬ったら頭が冷えると思うけど？」

恭明は風馬牛《ふうばぎゅう》とばかりに白檀扇《おうぎ》を見ている。

「冷えなかったんでしょうねえ。第八皇子は『嘘だ嘘だ、そんなはずはない』とかなんとかくりかえしていたそうで。なんのことやら臣《しん》めにはさっぱりわかりませんが、御心を打ち砕かれるようなことがあったんでしょうな」

凌咒剣は人血で汚れると蠱鬼を斬れなくなるが、人は斬れる。人を斬りつづければそのぶん、夭珠《ようじゅ》を失っていくことになる。

「ではさっそく採決をとりましょう。既死覇と既生覇、どちらにしましょうか？」

「既死覇だ」

決然と言いきったのは威昌だった。

「九天逐鹿がはじまって十月。事ここに至って仲良く山分けというわけにはいくまいよ」

「君はひとり占めが好きだね、四弟。またわれらを出しぬいて夭珠を稼ぐつもりかい」

「二兄は既生覇をお望みでしょうね。病身での蠱鬼狩りはおつらいでしょうから」

「心の臓の病よりも怖いのが過信という難病でね。君だって自大《うぬぼれ》が過ぎたせいで羅良《らりょう》を斬ってしまった。忠実な爪牙《てさき》だったのに」

「なかなかの妙計でしたよ、二兄。恥ずかしながらこの俺もすっかり騙されてしまった」

「私が君を嵌《は》めたというのかい」

「二兄でなければだれだと？」

「さてだれだろう。君には敵が多いから難しいな。とくに九弟の怨みは深いんじゃないかな。五弟を焚《た》きつけて燕陽公主《えんようこうしゅ》の事件を起こさせたのは四弟、君なんだからね」

「言いがかりはやめていただきたい。なんの証拠もなく、俺が九弟を陥《おとしい》れたなどと」

「はいはいそこまでにしてくださいよ、おふたかた。口論は問鼎軽重のあとでどうぞ」

陸豹が億劫《おっくう》そうに几案《つくえ》を叩く。

「えー、第四皇子が転向なさらないなら、既死覇で決定しますが、いかがで？」

「転向などするか。俺は既死覇だ」

「じゃあ、既死覇ということで。ご不満なかたもいらっしゃるかもしれませんが」

「べつにいいよ。どちらでも」

「僕もかまいません」

「私は問鼎軽重の決定に従います」

殺気立った兄たちの視線から逃れるように、狗はおもてを伏せた。

九天逐鹿も終幕に近づくと、蠱鬼はしばしば死者に化けるようになる。龍生八子《りゅうせいはっし》ゆかりの故人に擬態《ぎたい》して、彼らを惑わすのである。

とうに鬼籍に入った人物なのだから、眼前にあらわれたものが蠱鬼であることは一目瞭然なのだが、故人の見慣れた顔貌《がんぼう》は龍生八子の心を、彼らが語る言葉は思考を掻《か》き乱す。

「むなしいと思いませんか、六兄」

石像のうしろからふっと出てきた少年が狗に呼びかけた。

痩《や》せぎすな四肢《しし》、縮こまった頼りなげな眉目、卑屈そうな口もと。それが七弟定穏《ていおん》であるとわかるまでにしばし時間を要した。燃え盛る火炉のごとき夕陽の口腔《こうこう》に彼がのみこまれたのは、もう九か月も前のことだからだ。

「騙して、陥れて、裏切って……そうして得た玉座はほんとうに輝かしいものなんでしょうか。善心を削り、仁義にそむき、恩愛を捨て……その先にあるのは人倫《ひとのみち》でしょうか？」

狗は答えず、定穏の首を刎ねた。いや、定穏ではない。黒い血をまき散らす妖物だ。

「いったいなんのためだ、六弟」

青々と茂る莽草《しきみ》を背にして、大柄な男が立っていた。男は情け深い瞳で狗を見やる。

「おまえはなんのために戦っている？　妻子も母もなく、親しい兄弟姉妹すらもいない身でありながら、なぜ必死になって蠱鬼を斬る？」

「私自身のためですよ、三兄。生きのびるために勝たねばならぬのです」

「生きのびてどうするんだ？　守るべき者もいないのに、なぜ現世《うつしよ》にしがみつく？」

剛飛《ごうひ》が近づいてくる。狗は凌咒剣をふるう。暗黒の血煙が月光と混ざり合う。

「豚犬《おろかもの》め。簒奪者《さんだつしゃ》の子が人並みに万乗《ばんじょう》の尊《そん》を得られると思っているのか」

弾け飛ぶ嘲笑が狗の背を叩いた。

「六弟、貴様は死にぞこないだ。煋《せい》に仇なす毒婦ともども死んでいるべきだった。貴様を幽閉したことが父皇《ちちうえ》最大の失策だ。死ぬまで飼い殺しにして、その生涯で母の罪を償わせようとお考えになったのが間違いの――」

最後まで言わせず、狗はふりむきざまに世建《せいけん》を斬った。砕けた黒翡翠のような鮮血がばらばらと音をたてて飛び散る。

「君王の道は孤独だ」

瀑布《ばくふ》のような階《きざはし》から革義《かくぎ》がおりてきた。磨きあげられた玉石を一段一段踏む跫《あしおと》は、さながら生者のそれのように蕭々《しょうしょう》とこだまする。

「だれも連れていけない。だれもとなりを歩いてはくれない。己ひとりの道行きだ」

瘦せた月のたならうらが静謐《せいひつ》な革義の面輪《おもわ》を撫でては離れ、離れては撫でる。

「なにもかもを持っていながら、なにひとつ持っていない。なにもかもを許されていながら、なにひとつ許されない。それが帝王の天命《さだめ》と知っても君はこの先へ進みたいのか？」

革義がおりてくるのを待たずに、狗は階を駆けのぼって彼の左腕を斬り落とした。ほの暗い血糊《ちのり》が頬を舐《な》め、爭牙囊《そうがのう》が重くなる。

「もう十分ではありませんか、殿下」

階の下で杜善《とぜん》がこちらを見あげていた。

「あなたは十分すぎるほど苦しまれた。もうたくさんですよ。なにもかもおひとりで背負われず、肩の荷をおろしてください」

心配そうに眉宇を曇らせた顔、狗を気遣うやさしい声。懐《ゆか》しさに惑わされてはいけない。杜善は死んだのだ。死者は生きかえらない。たとえ、生者が慟哭《どうこく》して希《こいねが》おうとも。

偽の杜善を斬ったあとも蠱鬼はひっきりなしに出現する。

身のまわりの世話をしてくれていた乳母をはじめとして、見知った顔がつぎつぎにあらわれては甘く苦く語りかける。ときにはあたたかい言葉が、ときには白刃のような罵倒《ばとう》が狗の闘志をくじこうとして目に見えぬ攻撃を仕掛けてきた。けっして心乱されはしない。狗には生きる理由がある。敗れるわけにはいかない。

「血は争えぬな」

闇の絃《げん》を爪弾《つまび》くような声が降る。ふりあおぐと、亭《あずまや》の屋根の上に人影があった。

身にまとうは金龍舞う火焔《ほのお》色の上衣《じょうい》、琥珀《こはく》で摺染《すりぞめ》したような黄赤の下裳《かしょう》。二十四旒《りゅう》の冕《べん》冠《かん》をかぶり、凌咒剣を佩いている。

「そなたも簒奪者《さんだつしゃ》の目をしている。 禳焱《じょうえん》に焼かれて死んだ夷狄《いてき》の妖女同様に」

男は屋根からふわりと飛びおりた。かそけき月の影を踏み、唇に憫笑《びんしょう》を刻む。

「予《よ》の龍顔《かお》を見忘れたか、不肖《ふしょう》の子よ」

「……先帝」

男の姿は亡き献霊帝《けんれいてい》のそれであった。

どこからが夜陰で、どこからが血煙なのだろう。

凍風《いてかぜ》の最中にいてもなお、恭明《きょうめい》の肌骨は煮え滾《たぎ》るように熱い。凌咒剣《りょうしゅけん》をふるうたびに心の臓が絶叫する。切れ味の鈍った凌咒剣は恭明を嘲弄《ちょうろう》するように蠱鬼《こき》の肩や腹を貫き、蠱鬼はわずかな隙をついて恭明の四肢《しし》を鉤爪《かぎづめ》でえぐり、鋭い牙で肉に喰らいつく。

「まったくもって徒爾《とじ》でしたね。替え玉まで使ったのに、結局はこの体《てい》たらく」

　左胸の痛みに耐えかねてうずくまった恭明の視界に、何者かの翳《かげ》がさした。黒漆塗《くろうるし》りの舃《せきのくつ》、梨子《なし》色の長褲《ちょうこ》、蚩吻《しふん》をかたどった佩玉《はいぎょく》、琅玕《ろうかん》色の生地に辟邪《へきじゃ》文を織りだした袍衣《ほうい》。髻《もとどり》には小冠《しょうかん》をつけ、わざと余らせた髪を背に垂らし、手にはひらいた白檀扇《おうぎ》を持つ。

　絵筆で描いたようにととのったその美貌《びぼう》は恭明が永遠に失ったものだ。後悔《こうかい》はしていない。美貌など、皇祚に比べれば瓦石《がせき》も同然。そんなものに未練はない。恭明が欲するのは天位のみ。九重鼎《きゅうちょうてい》を得るためなら、命以外のすべてを捨ててもかまわない。

「おまえが役立たずだからだ」

　恭明は杖《つえ》のように淩咒剣を地面に突きたて、楽允《がくいん》に擬態した蠱鬼を睨《にら》みつけた。

「おまえが失敗しなければ、こんなことには」

「命《めい》は天にありと申しますよ、殿下。畢竟《ひっきょう》、あなたは失鹿《しつろく》するさだめなのでしょう」

「黙れ、妖魅《ばけもの》」

「私の姿は御身の末路《ゆくすえ》です。失鹿したら、あなたは新帝の在位中ずっと九鼎《きゅうてい》に囚われる。そして御晏駕《ごあんが》のあとは、蠱鬼となって宮中を彷徨《さまよ》うのです。龍生八子の心の臓を喰らい、黄泉《よみ》に下ることができる蠱鬼は最大でたった七匹だけ。あなたが来世を迎えるのは、はたしていつになるのでしょうねえ？」

冷笑を断ちきるように、凌咒剣で蠱鬼の心の臓を貫く。黒い血を吐いて楽允は消えた。

「愚かですよ、あなたは」

うしろから跫《あしおと》が忍びよってくる。

「そんな病身で普天率土《ふてんそつと》の主になるおつもりで？」

また楽允だ。ふりむきざまに凌咒剣を蠱鬼の左胸に突き入れる。

「殿下、無駄なあがきはおやめなさい」

「あなたは帝王の器ではないのです」

「みじめですね。皇帝の子として生まれながら、玉座にふれることさえできぬとは」

「……黙れ！　黙れ黙れ黙れ……！」

恭明は手当たりしだいに蠱鬼を斬った。どいつもこいつも示し合わせたように楽允の姿で出てきては、嘲笑をふりまく。斬っても斬ってもきりがない。何匹斬ったかわからなくなったとき、太い槍で貫かれるような痛みが恭明の左胸を襲った。息が止まり、膝を砕かれたようにくずおれる。黒い血だまりがけたたましい水音を立てた。

「私は楽允ではありませんよ」

脂汗《あぶらあせ》にまみれた恭明の顔を横からのぞきこむ者がいる。

楽允によく似ているが、楽允ではない。失敗作のうちのひとりだ。恭明が育てた替え玉はほかにもいた。顔かたちの似た青年を拾ってきては偽の呂《りょ》恭明をつくりあげようと試みたが、うまくいったのは楽允だけだった。むろん、欠陥品は処分した。

「俺は呂恭明になりそこね、あなたは皇帝になりそこねる。どちらもおなじ失敗作だ」

「一天万乗《いってんばんじょう》の君になるなんて、分不相応な夢を見たのが運の尽きですよ」

「欠陥品の皇子が過分な野心に溺《おぼ》れ、みずから滅びる。豚犬《おろかもの》とはあなたのことだ」

楽允になれなかった青年たちが腐肉に群がる蠅さながらにあとからあとからわいてくる。

「ほざくな、死人が！」

恭明は力の限り凌咒剣をふりまわした。これは死んだ青年たちの亡霊ではない。彼らは凌咒剣で斬られて死んだわけではないのだ。蠱鬼が見せる幻影《まぼろし》にすぎない。連中が吐く戯《ざ》れ言《ごと》にこたえてはいけない。そうわかっていながら、蛮声《ばんせい》を放たずにはいられない。

「私は生き残る！　生きて玉座にのぼるんだ！　二十四旒《りゅう》の冕冠《べんかん》をかぶり、紅蓮《ぐれん》の龍衣をまとって天下に宣言してやる！　呂恭明こそが、大煋《だいせい》帝国のあらたな帝だと！」

病身ゆえに戦わねばならぬのだ。この欠陥を埋めるために九重鼎が必要なのだ。母が粒粒辛苦《りゅうりゅうしんく》して隠した汚点、父帝がひそかに憫笑《びんしょう》した瑕瑾《かきん》を相殺《そうさい》するものは、宝祚《ほうそ》以外にはない。帝位につかなければ、四海《しかい》の主にならなければ、恭明は失敗作で終わってしまう。そんなことがあってたまるものか。欠陥品のままで死ぬなど――。

「私が新帝だ！　この国は私のものだ！」

凌咒剣の刃が蠱鬼の肉を裂く。暗澹《あんたん》たる血が飛び散る。蠱鬼の牙が恭明の肩に食いこむ。激痛に耐えて背後の蠱鬼を斬る。また黒い血が噴きだす。月影が濁り、左胸が焼ける。

「二皇子、失鹿！」

妖魅《ばけもの》どもの嗤笑《ししょう》が闇を千々《ちぢ》に引き裂いた。


「ほんとうに助かりましたよ、六兄」

花びらめいた銀華《ゆき》がちらつく昼下がり、至純《しじゅん》は狗《こう》とつれだって燭龍廟《しょくりゅうびょう》へ向かっていた。第十回の解魄《かいはく》に出席するためである。

「災難に遭った弟を助けるのは、兄のつとめだ。礼にはおよばない」

三日前の朝、至純は斂牙嚢《れんがのう》が空《から》になっていることに気づいた。第十回の解魄の定数は翡《ひ》翠《すい》五、黄玉一、紅玉二。とても数日で挽回《ばんかい》できる数ではない。

威昌《いしょう》の斂牙嚢を盗もうとしたが失敗し、至純は死にものぐるいで蠱鬼を狩った。運よく蜿《えん》を三匹狩ることができたが、不覚をとって左腕を嚙《か》まれ、昨夜は高熱を出して寝込んだ。蠱毒《こどく》に蝕まれた身体をひきずりながら蠱鬼狩りをして、やっとのことで翡翠四、紅玉六まで夭珠《ようじゅ》の数をのばしたが、解魄の時刻が近づくにつれて焦燥《しょうそう》が加速した。

黄玉はなんとかなる。しかし、翡翠の不足分はどうしようもない。解魄は申《さる》の刻《こく》からはじまる。蜿が出る時間帯までは待てない。うまく蟜《きょう》に出遭えばいいが、蝪《とう》や蠕《ぜん》ばかりなら体力を消耗するだけ。失鹿が目前まで迫っていることを痛感させられ、至純は脱力した。

座して死を待つのも悪くはないかもしれない。

楚霞《そか》はもういないのだ。楚霞の嫁入り支度《じたく》をととのえることもできないのだ。ならば、この命にしがみついたところで無益ではないか。

あきらめかけたとき、楚霞の死に顔が脳裏によみがえった。

楚霞は至純の勝利を望んでいた。命の炎がかき消える瞬間まで、至純を気遣っていた。失鹿すれば楚霞を裏切ることになる。生に執着はないが、楚霞の願いにそむくわけにはいかない。生き残らなければならないのだ。楚霞のために、なんとしても。

未の刻、至純は狻猊殿《さんげいでん》を訪ねた。

そのころには遅い昼餉《ひるげ》をとるために狥が東宮に戻るからだ。至純は事情を打ちあけた。どうにか天珠を融通してくれないかと、床に這いつくばって哀願した。

以前、至純に天珠を盗まれた令哲《れいてつ》が狥に助けを求めたことがあった。狥が誤って杜善《とぜん》を斬ってしまったので令哲はなにも受けとらなかったが、狥は令哲に天珠をわけてやるつもりだったと聞いている。世建《せいけん》の件でも狥は令哲を助けた。迎熹門《げいきもん》へ駆けていく定穏《ていおん》を最後までひきとめたのも彼だった。持って生まれた気質か、母親の大罪を背負っているというしろめたさゆえか、狗は人がよすぎるきらいがある。哀れっぽくふるまえば、同情して夭珠をわけてくれるだろうと踏んだ。

「紅玉はふたつしかないから、翡翠と黄玉をひとつずつでいいか?」

はたして、狗は快《こころよ》く夭珠をわけてくれた。

至純は涙ぐんで感謝するふりをしながら、肚《はら》のなかでは好好先生《おひとよし》の兄を嘲《あざけ》っていた。

この期におよんで他人を哀れむとはおめでたいことだ。これが恭明、威昌、令哲なら、夭珠をわけてくれるどころか、弱みにつけこんでくるだろう。至純にとっては好都合だが、弟の涙にころりと騙される狗はとんだ蠢人《まぬけ》だ。

ふたりそろって燭龍廟南配殿《みなみはいでん》に入ったとき、ほかの顔ぶれは勢ぞろいしていた。

至純は左端の座席にいる恭明を横目で見た。青白い面《おも》ざしには憔悴《しょうすい》の色が濃い。殃圄《おうぎょ》の刑《けい》から一時的に戻ったばかりだからだろう。至純の夭珠を盗んだのは恭明だ。遠からず報復してやる。恭明が常用している薬に細工してやろう。薬効を相殺《そうさい》する生薬を使うか。

思案しているうちに蚤厓《そうがい》が解魄の開始を宣言した。年長者である恭明から順番に夭珠を調べられていく。

誰手《すいしゅ》が四度つづく。残念なことに、今回も失鹿者は出ないようだ。

「九皇子、翡翠五、黄玉一、紅玉六。はあ、また誰手ですか。がっかりだなあ」

至純の天珠を青銅盤に出して数え、蚤厓はあからさまに落胆《らくたん》した。ため息をつきながら天珠を斂牙嚢にもどし、禳焱《じょうえん》にかざす。いかにも億劫《おっくう》そうな動作でふたたび斂牙嚢の中身を青銅盤にひろげたかと思うと、蚤厓の口もとが笑みのかたちにゆがんだ。

「主上《しゅじょう》、ご照覧ください」

蚤厓が青銅盤を捧げ持って玉座へ歩みよる。水娥《すいが》は氷刃の瞳でそれを見やった。

「九皇子、失鹿」

四人分の視線が至純に集まった。

「馬鹿な！　さっき中常侍《ちゅうじょうじ》が言ったじゃないですか。翡翠五、黄玉一、紅玉六って」

「たしかに申しましたがねえ、禳焱にかざしてみると、このように」

中身が見えるよう、蚤厓は青銅盤をややこちらにかたむけた。

青銅盤には漆黒《しっこく》の玉が十個しかない。あとのふたつは翡翠と黄玉そのままの姿をしている。天珠は禳焱にかざせば黒く濁る。濁らないということは天珠ではないということ。

つまり、本物の宝玉なのだ。

「……そんな……嘘だ」

目の前が真っ暗になった。斂牙嚢の中身は毎朝毎晩、凌咒剣で磨いて黒く変色するか確かめてきた。手抜かりはなかった。今朝、確認したときには、夭珠はすべて黒く濁ったではないか。それなのに、なぜ。どうして、こんな――。

卒然として蟀谷《こめかみ》が脈打った。毒矢でうがたれたように。

思い出した。すべて、ではない。確認していないものがある。

さきほど、狗にわけてもらった夭珠だ。翡翠ひとつと黄玉ひとつ。どちらも受けとるなり斂牙嚢に入れてしまった。考えもしなかった。他人を哀れんでばかりいる好好先生《おひとよし》の狗が夭珠の偽物をわたすなどとは。

至純は機巧《からくり》仕掛けのような首をまわした。となりに座した狗を見る。狗は至純を気にする気配さえなく、なに食わぬ顔で玉座をふりあおいでいる。

衝動《かくど》に任せて怒声を吐こうとした。よくも騙したなと面罵《めんば》しようとした。

赫怒に滾《たぎ》る唇からは喉頸《のどくび》に穴があいたような呼気がむなしくもれるだけだ。奔流《ほんりゅう》のごとく肌骨を駆けめぐる瞋恚《しんい》の炎はかけらも言葉にならない。

玉座左右に置かれた丹斐鼎《たんひてい》が火を噴き、視界に鮮烈な赤が飛び散る。負け犬を喰らう禳焱の色だ。腕に足に胴に首に頭に、いたるところに禳焱がからみついても熱は感じない。

ふしぎな情動に駆られ、至純は絶笑した。輪郭《りんかく》を失いつつある肩を大きく揺らし、喉奥から乾いた声をほとばしらせて、ぼやけた両手でこぶしを握る。

ようやく理解した。自分は主役ではなかったのだと。最後に笑うだれかの前座にすぎなかったのだと。出番が終われば、端役は舞台を去る。剛飛《ごうひ》のように世建のように革義《かくぎ》のように、至純は熔解して、九鼎の鋳型《いがた》にそそぎこまれるのだ。

「なんとも意外な最期でしたねえ」

燭龍廟正殿の階《きざはし》をのぼりながら、蚤厓は踊りださんばかりに浮かれはしゃぐ。

「一皇子のように怒鳴り散らすかと思っていたのですが、すがすがしいほどに予想が外れました。燕陽公主《えんようこうしゅ》亡きあとも必死で抗《あらが》っていらっしゃったのに、死に臨んで天命を受け入れられたようです。いやはや、まことに眼福な名戯劇《めいしばい》でございました」

払子をふりまわす蚤厓を眼界の外に追いだして、水娥《すいが》は正殿の敷居を跨《また》いだ。

左右に丹斐鼎を配した祭壇は、禳焱の火影《ほかげ》を受けてきらめきわたっている。

九天逐鹿《きゅうてんちくろく》も残すところ二月。死すべき皇子はあと三人。

第六幕

九天《きゅうてん》に鹿を殺す

狗《こう》は銀盤に銖花《しゅか》をくべた。穰焱《じょうえん》が帛《きぬ》の花びらを喰らい、生糸のような煙が黛藍《まゆずみいろ》の夜空に吸いこまれていく。

昨夜から降りつづいた雪はやんでいるが、凍《い》てつく夜気は蠱鬼《こき》の鉤爪《かぎづめ》のように肌を裂く。吐息が鉛白《えんぱく》に染まるたび、どうやらまだ生きているらしいと実感する。

それが喜ばしいことなのかどうか、自分でもわからない。己の生に価値を見出したことは、いままでに一度もない。狗にとって「生きている」とは、ただそこに存在するという意味しかなかった。寵妃の愛児であったころは怨憎《えんぞう》を燃やす母のまなこに怯え、簒奪者《さんだつしゃ》の子に転落してからは飼い殺しにされる空疎《くうそ》な毎日に心身を削られた。

しかしながら、自分を罰した父帝への、あるいは祖国への復讐心が皇位を求めたというわけではない。わが子に久遠《くおん》の罪業を遺して死んだ母の遺恨を晴らしたいと思ったこともない。狗は何者をも怨んでいない。だれかを怨むほどの熱情は持っていない。

万乗《ばんじょう》の尊を目指す理由があるとしたら、とりもどすためだろう。父帝に奪われた名を。それを奪還したところで、狗のなにかが救われるわけでは、けっしてないけれども。

胸底にどのような理屈がわだかまっているにせよ、龍衣を求める気持ちに変わりはない。乳母を、杜善《とぜん》を喪《うしな》った。この命が尽きるまで忘れてはいけない。彼らは狗を生かすために犠牲になった。その献身を弊履《へいり》とするほど薄情ではないつもりだ。

「ふしぎなかたですねえ、あなたは」

聞き慣れた跫《あしおと》が近づいてきたが、狗はふりかえらなかった。

「九皇子を陥《おとしい》れて平然としていらっしゃるかと思えば、熱心に死者の供養《くよう》をなさる」

茶化すような声音《こわね》は中常侍蚤厓《ちゅうじょうじそうがい》のものだ。

「だれしも死者は悼《いた》むだろう」

「とくに杜善どのは殿下の爪牙之士《そうがのし》でしたからねえ。惜しいかたを亡くしました」

「杜善には中常侍を追贈するつもりだ」

「おや、奴才《わたくし》は鳥尽弓蔵《おはらいばこ》で？」

蚤厓はさも愉快そうに笑い、天をふりあおぐ。

「なつかしいなあ」

はらはらと炎の花びらが降りはじめた。瓊雨《けいう》だ。禳焱のかけらは満目《みわたすかぎり》をあざやかに彩り、天下を華胥《かしょ》の幻影《ゆめ》に溺《おぼ》れさせる。

「奴才が蚕室《さんしつ》から出たときも瓊雨が降っていました。怨めしいほどに美しかったのを覚えていますよ。憑《つ》かれたように眺めたものです。双《そう》一族は国じゅうから消されてしまったのに、瓊雨の輝きは寸毫《すんごう》も変わらなかった」

「六合《せかい》を変えられるものはない。たとえ煋が滅びたとしても、結局はなにも変わらぬ。人が生まれ、国が生まれ、睦《むつ》み合い、憎み合い、殺し合い、やがて滅びの道をたどる」

「始め有るものはかならず終わり有り、ですか。煋はどのように終わるのでしょうねえ。見たいような、見たくないような」

「おまえなら手放しで見たがると思ったが？」

「滅びが生ける者の宿命なら、死にゆくところを見届けてこそ意味があるというものでしょうが、この国は壊してしまうにはすこしく惜しいのですよ。九天逐鹿という最高の見世物がございますのでねえ」

ひらりひらりと舞い散る瓊雨は生糸のような煙と混ざり合い、溶け合って、闇の綾羅《うすもの》に花卉文様をほどこしていく。

「いったいだれが勝者になるのやら」

「九天逐鹿に勝者はいない」

ひとひらの瓊雨をたなごころに受け、狗はひと思いに握りつぶした。

「だれもみな、敗者だ」


「澹《たん》や、澹」

母がやさしく名を呼ぶ。令哲《れいてつ》は陽だまりに身をひたすような心地で目をあけた。

「母上！　ご無事だったんですね！」

母には右手がある。首もある。白くたおやかな身体はどこも傷ついていない。

「僕、悪い夢を見ていたんです。母上がひどい目に遭う夢を……。でも全部、悪夢だったんですね。よかった。ほんとうによかった……」

母は淡く儚く微笑《ほほえ》んでいる。令哲は官婢《かんぴ》の刻印が残る母の手にそっとふれた。しっとりと冷たいその手。よく見ればそれには、びっしりと蛆《うじ》がわいている。

令哲が短く叫んで手を離したとき、母の首が飛んだ。

噴きだした血飛沫《ちしぶき》が千本の矢のごとく令哲に降りそそぐ。母の両腕が、両足が続けざまに斬り落とされた。もはや人のかたちをなしていない胴体が浄房《かわや》に投げこまれる。人糞《じんぷん》の沼に落ちた母の残骸《ざんがい》に肥《こ》え太った豚どもが群がる。

「わたくしのせいにするな、奴婢の子」

画梁《はり》からぶら下がった衛《えい》皇后が嗤《わら》う。

「何少使《かしようし》の骸《むくろ》を始末したのはそなたであろう。なんとまあ、哀れなことよ。腹を痛めたいとし子に遺骸を燃やされるとはのう」

「嘘だ！　僕はそんなことはしない！」

「嘘をついているのはおまえだ、不孝者め」

うしろからぬっと出てきたのは世建《せいけん》だった。

「二弟が厚意で何少使の亡骸《なきがら》をさしだしたのに、おまえはあろうことか己が母の骸を罪人のように炎に投げ入れた。おまえのおかげで何少使は地獄行きだ。骸を焼かれた者は二度とふたたび人に生まれることができぬ。魂魄《こんぱく》が飛散しつくすまで地獄を彷徨《さまよ》うさだめだ」

「ちがう！　僕は母上を焼いていない！」

「嘘をつかないで」

はっとして頭をあげると、目の前に母が立っていた。生前と変わらぬ姿に安堵《あんど》して令哲は駆けよろうとした。しかし、できなかった。母の四肢《しし》はまたたく間に炎に包まれた。皮《ひ》膚《ふ》が焼け爛《ただ》れ、眼窩《がんか》から猛火が噴きだし、腕や足の輪郭《りんかく》がむごたらしく溶けていく。

「おまえが私を焼いたのよ。その口で、私の骸を焼き捨てろと命じた。その目で、私の身体が焼かれていくのを見ていた。おまえは禽獣《けだもの》だわ。いいえ、禽獣にも劣る蛮夷《やばんじん》よ」

「誤解なんです、母上！　僕は、僕は……っ」

母の残骸は完全に溶けてしまい、おびただしい蛆のようにうぞうぞと蠢《うごめ》いて令哲の足を捕らえた。火焔《かえん》の蛆が舄《せきのくつ》を焼き、襪《しとうず》を喰い破って、皮膚に飛びつく。骨まで響く痛みが足首を襲い、脛《すね》を覆う。膝が溶け、腿《もも》が焼け爛れ、腹を喰い荒らされる。胸を肩を首を這いのぼってくる炎の蛆の大群が、叫喚《きょうかん》する令哲の口にいっせいに飛びこんだ。

令哲は自分の悲鳴で目覚めた。心の臓が張り裂けんばかりに脈打っている。

真冬の夜なのに、全身が汗みどろになっていた。毎晩、悪夢を見る。夢のなかで母は幾度も惨殺され、満身を炎に包まれた姿で令哲に恨み言を吐く。水娥《すいが》から変な話を聞いたせいだ。令哲が燃やしたのは、本物の母の亡骸だったのだと……。

寝床から起きあがり、令哲は臥牀《しんだい》のそばの棚から甕《かめ》を引っ張りだした。ふたをあけると、腐肉独特の臭気が鼻をつく。なかにつまっているのは塩だ。令哲は両手で何度も塩をすくって裏返したふたの上に出し、奥に沈んでいるものをそっととりだす。

それは塩漬けにした母の手と首だった。九天逐鹿が終わったら皇太后の礼で丁重に埋葬するため、いまはこんな方法で保管するよりほかないのが心苦しい。母の亡霊が夜な夜な夢にあらわれるのも、いまだ柩《ひつぎ》に入れないせいだろう。

「衛氏のせいだ……あの奸婦《かんぷ》のせいで、母上はこんなお姿になってしまった……!!」

衛氏こそが諸悪の根源。皇后の冠をかぶったおぞましい鬼女が令哲の母をむごたらしく殺したのだ。にもかかわらず、衛氏は皇后の礼で葬られる。もし、令哲が失鹿したら、母は甕のなかで塩漬けにされたままだというのに。

赦《ゆる》せない。赦してはならない。かならず生きのびるのだ。生きのびて衛氏の墓を暴き、汚らわしい骸から金鏤玉衣《きんるぎょくい》を剥《は》ぎ、その死肉を浄房に投げこんで豚の餌《えさ》にしてやる。


「うまくいったようだね」

苦い湯液《せんじぐすり》を飲み、恭明《きょうめい》は唇をゆがめた。薄暗い薬室にいるのは恭明と、母である逢昭儀《ほうしょうぎ》が遣わした壮年の宦官《かんがん》だけだ。

「殿下の読みがあたりました。何少使の遺体が入った甕を持ちだすため、八皇子は炎のなかに飛びこみました。そのせいで大火傷《おおやけど》を負い、太医《たいい》の治療を受けています。一命はとりとめましたが、かなりの重傷です。あの身体では今後の蠱鬼狩りが難航するでしょう」

申の刻を過ぎたころのことだ。

令哲が住まう饕餮殿《とうてつでん》から火の手があがった。宦官たちが盥《たらい》を持って右往左往《うおうさおう》したが、杯水車薪《焼け石に水》。烈火はどんどん燃えひろがり、急報を聞いて令哲が駆けつけたときには玄天《てん》を焦がさんばかりに暴れまわっていた。言うまでもなく、恭明の指示による放火である。

なによりもだれよりも一心に母を慕う令哲なら、母の遺体が入った甕を運びだすために炎の海に飛びこむだろうと踏んだが、予想どおりの結果になった。

「感服するよ。孝子の鑑《かがみ》だね、八弟は」

恭明は肩を揺らして嗤《わら》った。九天逐鹿の真っ最中、母親の骸のためにわが身を危険にさらす。これほど愚蠢《おろか》な行為が、ほかにあるだろうか？

「こうなった以上、八弟はもう敵じゃない。残る障壁は四弟と六弟だな」

「やはり火を使いますか」

「だめだ。おなじ手には引っかかってくれないよ。まだ使っていない手を用いないと」

紅蓮《ぐれん》の龍衣をまとう日はそう遠くない。この出来損ないの身体を普天率土《ふてんそつと》でもっとも尊い玉体に変貌させる輝かしい瞬間の跫《あしおと》が、早くも聞こえつつある。


威昌《いしょう》が燭龍廟《しょくりゅうびょう》の大門をくぐったとき、寒天《そら》は白みはじめていた。夜通し降った雪が一面の銀世界を作りあげ、雪明かりが曙光と交わって金襴のごとくきらめいている。

清澄な空気で肺腑《はいふ》を洗いつつ、威昌は人血のしたたる淩咒剣《りょうしゅけん》をひきずるようにして歩いていた。今朝は奇妙な悪夢を見た。何者かに淩咒剣で刺される夢だ。夢のなかで威昌は油断しきっていた。背後から胸を貫かれるまで、敵の気配に気づかないのだ。

左胸から突き出た凌咒剣がひきぬかれ、威昌は血を吐いて倒れこむ。敵の顔を見ようとするが、視界は水滴が落ちた墨字のようで、人の輪郭《りんかく》がぼんやりと映るだけ。

いやな汗をかいて目覚めた威昌は羅良《らりょう》を呼んだ。須臾《しゅゆ》ののち、羅良はとっくに死んでいたことを思い出す。奇妙な夢を見たせいで混乱しているらしいと自嘲していると、宦官が湯を張った盥を持ってきた。顔を洗おうとして盥をのぞきこんだ際、慄然とした。水鏡に映る宦官の細面《ほそおもて》で、赤い瞳が爛々《らんらん》と光っていたのだ。威昌は思わず飛びすさった。いつの間にか、枕もとに凌咒剣が置かれていた。

やにわに凌咒剣をつかんで抜剣し、宦官を斬った。深黒の血をまき散らして消えるはずの宦官の胸からは、瓊雨《けいう》のような火焔紅《ほのおいろ》の血がほとばしった。

あとでわかったことだが、昨夜のうちに寝間に薬香が焚《た》かれていた。その効能が威昌の感覚をくるわせていたのだ。悪夢を見たのも薬のせいだろう。凌咒剣よりも早く香のにおいに気づいていたらと臍《ほぞ》を噛《か》み、威昌は急いで着替えをすませ、燭龍廟へ向かった。

人血で汚れた凌咒剣を清める場所は、東配殿の夾室《きょうしつ》である。

夾室は問鼎軽重《もんていけいちょう》が行われる正庁《おもてざしき》の左右に位置する小室《こべや》で、左夾室、右夾室の双方に丹斐鼎が置かれている。凌咒剣を清めるのはそのうちのどちらでもいい。

威昌は左夾室に入り、凌咒剣についた人血を禳焱で洗い落とした。手早くすませて出て行こうとしたとき、狗が左夾室に入ってきた。

「なんだ、おまえも失点したのか」

「四兄もですか」

「寝間で薬香を焚かれていたせいだ」

「私もです。目を覚ますと、頭がぼうっとしていて……。おかしいと思ったのですが、気づいたときには宦官を斬っていました」

斬ってしまった宦官とやらに同情しているのか、狗は心苦しげに眉をひそめた。

「俺たちがそろって嵌められたとなると、得をするのは二兄と八弟。どちらか、あるいは両方が仕掛け人だろうな」

「八弟ではないでしょう。火難に見舞われたばかりで、謀《はかりごと》どころではないかと」

「さてな。九天逐鹿ではだれもが謀をめぐらせる。病身であろうと怪我人であろうとな」

東配殿を出ると、奴僕《ぬぼく》に支えられて歩いてくる令哲を見かけた。問鼎軽重に出席するためだろう。歩くのもつらそうだが、燭龍廟は輿《こし》の乗り入れが許されないからやむを得ない。

「しくじるなよ、八弟」

令哲はなにも言わない。威昌を一瞥《いちべつ》することもなく、雪に覆われた路を進んでいく。

昨夜、失火のあとで令哲は暗々裏に水娥《すいが》を訪ねた。ふたりの密談が恭明の耳に入っていないのなら、今日じゅうに五脚目の九鼎が出現するだろう。

問鼎軽重《もんていけいちょう》は既死覇《きしは》に決まった。令哲は既生覇《きせいは》を希望したが、恭明は既死覇を選んだ。饕《とう》餮殿《てつでん》の放火も、威昌と狗の失点も、既死覇で一気に夭珠《ようじゅ》を増やすための謀だ。

策は面白いようにあたり、既死覇は辰《たつ》の刻《こく》からはじまった。ふたたびちらつきはじめた不香花《ふきようのはな》にときおり邪魔されながらも、恭明は順調に蠱鬼《こき》を狩っていく。

寒さは厳しいが、ふしぎと今日は心の臓の調子がよい。腕に負った大怪我もすっかり治っている。凌兕剣をふるうたびに負ってしまう真新しい傷はどれも軽傷で、切っ先を鈍らせるほど深刻なものではない。蠱鬼どもは楽允《がくいん》ら死者に化けて恭明を惑わそうとするが、無駄なことだ。死人にも過去にも興味はない。恭明は未来だけを見ている。九重鼎《きゅうちょうてい》を手に入れ、二十四旒《りゅう》の冕冠《べんかん》をかぶって天下に君臨するその日を。

「勝てる……！　勝てるぞ、これなら」

母に擬態《ぎたい》した蠱鬼を迷わず斬り、恭明は雪空をふりあおいだ。ほとばしった濡羽色の血《ち》飛沫《しぶき》が、恵みの雨のごとくひたいを、頬を、顎先《あごさき》を、小気味よく叩く。

勝利の予感が漲《みなぎ》っている。令哲が脅威にならなくなったいま、残る敵は威昌と狗のみ。

あとは片方がもう一方を誤って斬るように仕向ければいい。

龍生八子《りゅうせいはつし》が残りふたりになれば、どちらかがどちらかを斬った時点で九天逐鹿の勝敗が決する。最後の敵は狡猾《こうかつ》な威昌よりも、人の好い狗のほうが好都合だろう。狗に威昌を斬らせ、恭明が狗を斬れば九天逐鹿は終わる。

重たげに舃《せきのくつ》をひきずる特徴的な跫《あしおと》が響き、恭明はふりかえった。豪奢《ごうしゃ》な雪に覆われた階《きざはし》を亡霊じみた人影がのぼってくる。

「今度は八弟か。さて、本物か偽者か」

「本物ですよ、あいにく」

令哲はゆらゆらと不安定に身体を揺らしながら近づいてくる。恭明は懐から鉄札を出して令哲に向けた。令哲は怯えるそぶりを見せない。鏡に顔を映してみたが、雪明かりに照らしだされたおもてにあるのは黒い瞳だ。

どうやら本物らしいと鏡を懐《ふところ》にしまったとき、令哲は恭明の数歩前で立ちどまった。憔《しょう》悴《すい》しきった表情で恭明を見あげたかと思うと、倒れこむようにしてくずおれる。

「二兄にお願いいたします……」

目に見えない足で頭を踏みにじられたかのように、令哲は雪のなかに顔をうずめた。

「登極《とうきょく》なさったら、衛皇后を廃位し、かの女の骸を罪人として処分してください」

「これは面妖な。なぜ私がそんなことをしなければならないんだい？」

「……僕は、もうだめです。とても勝ち残れません。こんな身体では……」

「まだ勝負はついていないよ」

「いいえ！　もう、勝敗は決しています。すくなくとも、僕の敗北は決定的です……」

　肩を震わせ、両手で雪を握りつぶす。

「失鹿自体は恐れていません。どうせ母上はもうどこにもいないのですから、生きのびても意味がないんです。だけど、衛皇后が……あの禍々《まがまが》しい鬼女が皇后の礼で葬られることだけは我慢ならない。それだけは許せません」

「君の代わりに敵討ちをしろと言うのかい？　虫のいい話だね。私が何少使の亡骸を届けたとき、君は私の話を信じなかった。そのうえ、私の腕の傷に塩を塗りこめたじゃないか。そこまでのことをやっておきながら、よくもぬけぬけと私に懇願《こんがん》できるものだね」

「……側仕えが言ったんです。二兄が持っているのは偽者の遺体だと。あれはだれかの奸《かん》計《けい》だったのでしょう。騙された僕が愚かでした。二兄のご厚意を無下《むげ》にしてしまいました。後悔《こうかい》しています。僕が讒言《ざんげん》に惑わされたばかりに、母上は……」

　両の手が痛みを堪えるように震えている。

「虫のいい望みだということは百も承知です。それでもこうするしかないんです……。恥を忍んで二兄にお願いいたします。どうか、どうか僕に代わって、衛氏を罰してください」

「なぜ私なんだい？　四弟か六弟に頼めばいいじゃないか。私よりは頼みやすいだろう」

「あのふたりではだめなんです……！」

令哲は弾かれたように頭をあげた。

「確実に勝ち残る人じゃないと、なんの意味もないんです」

「私が勝ち残ると思うのかい」

「二兄は逢昭儀《ほうしょうぎ》の援助を受けられます。逢昭儀の配下なら安心してそばに置けるでしょう。片や、四兄と六兄には信頼できる味方がいません。おふたりには母も、同腹の兄弟姉妹もいない。本心から信頼できる相手がいない状況では疑心暗鬼に陥《おちい》りやすく、ささいなことで判断を誤りかねない。……僕自身がそうでした」

「なるほど、道理だね」

狗に威昌を斬らせるため、恭明は狗の心鬼を利用しようと考えていた。乳母を亡くし、杜善《とぜん》を喪った狗は両翼をもがれたも同然。罠を仕掛ける隙はいくらでもある。

「君の願いを叶えてあげてもいいよ」

「ほんとうですか⁉」

「衛皇后の骸から金鏤玉衣《きんるぎょくい》を剝《は》ぎとって、禳焱《じょうえん》で燃やそうか。衛皇后が蠱鬼に身を落とせば、君の宿怨もすこしは晴れるだろう」

「ありがとうございます、二兄！　御恩は忘れません。かならずや、来世で――」

「その代わり、既死覇が終わったら、すみやかに失鹿したまえ」

恭明は右手側から忍びよってきた蠱鬼を斬り捨てた。側妃《そくひ》に化けたそれは左胸から黒い血潮をほとばしらせて消える。足もとの雪は無残な燃えかすのようにどす黒く濁った。

「覚悟ができているなら先延ばしにする必要はないよ。苦しみは早く終わらせるべきだ」

「既死覇がすみしだい、ですか……」

「もちろん、私に天珠を譲ったあとでだ。できれば私の目の前で失鹿してほしいな。一度見てみたいと思っていたんだ。蠱鬼に心の臓を喰われて失鹿する龍生八子をね」

令哲は眉宇を強張らせた。舌が凍りついてしまったかのように口ごもる。

「できないのなら取引はなしだ。君の申し出が罠ではないとは言いきれないからね」

恭明が凌咒剣についた血を払って立ち去ろうとすると、令哲に呼びとめられた。

「わかりました。二兄のおっしゃるとおりにします。でも、その前に争牙嚢《そうがのう》を受けとってください。僕にはもう無用の長物ですから」

令哲は腰帯から争牙嚢をとりはずした。既死覇前に装着した争牙嚢は、既死覇終了まで本人の意思以外でとりはずすことができない。中身はとりだせないが、なんらかの取引をして争牙嚢をほかの龍生八子に譲ることは可能で、譲られた者はふたつの争牙嚢の中身を自分の得点とすることが許されている。

「紅玉が六つに白玉が五つか」

恭明は令哲から受けとった争牙嚢の口をひらいた。中身を雪明かりにさらす。

「その身体ではこれが限度だろうね。たいして足しにはならないけど、もらって……」

唐突に青銅の唸りが凍てつく外気を引き裂いた。

「──失鹿するのは僕じゃない」

腹部に衝撃が轟《とどろ》く。深く鈍く、骨の髄《ずい》まで。

「あなたですよ、二兄」

恭明の腹を凌兕剣で深々と刺し貫き、令哲は底冷えのする声でささやいた。

「……馬鹿な、なぜ……」

凌兕剣がひきぬかれる。身体が前のめりによろめくと同時に嘔吐《おうと》した。鉄錆《てつさび》じみたにおいが口いっぱいにひろがる。気づけば、足もとの雪がわっと燃えあがっていた。ちがう。真っ赤に染まっていたのだ。炎が噴きだしたように。

「まさか……獲麟《かくりん》、したのか……」

獲麟──女帝と取引して、自分の天珠をひとつも失わずに既死覇《きしは》で斬った皇子の天珠をそっくりわがものにする、窮余《きゅうよ》の策。

「ええ、そうですよ」

令哲は剣身にべっとりとついた血糊《ちのり》を払い落とした。弾き飛ばされた数粒が死に飛びこむ火取虫《ひとりむし》のように恭明のおもてに貼りつく。

「これで既死覇の勝利だけでなく、あなたの天珠も手に入る。ありがとうございます、二兄。僕の踏み台になってくださって」

悪罵《あくば》を吐こうとして、恭明は血を吐いた。両膝が石のように重くなり、雪のなかに落ちる。どくどくと血潮が流れでていく。恭明の生命が、勝利が、出来損ないの身体《うつわ》に龍衣をまとうという夢がみるみるうちに失われていく。

「……愚物《おろかもの》だね、君は」

恭明は血紅《くれない》の地面にすがるように両腕で身体を支え、令哲を見あげた。

「……獲麟は、万策尽きたときの、最後の手段だ……。行きつく先は……破滅だよ」

愚物はほかならぬ恭明自身だ。若輩者と歯牙にもかけなかった。いつでもつぶせる相手だと、たかをくくっていた。放火による火傷のせいで、もはや脅威にはならないと見くびっていた。うかつだった。忘れていたのだ。どれほど無害で善良な人間も、九天逐鹿《きゅうてんちくろく》の爪に研磨《けんま》されれば、卑劣な悪鬼になり果てるのだということを。

「僕がこの先どうなるかなんて、二兄には関係ありませんよ。あなたは九鼎《きゅうてい》になるんだ。たったいま、現世《うつしよ》の出来事はあなたと無縁になった。あなたがつぎにこの世にかかわりを持つのは、次回の九天逐鹿がはじまったときだ」

ところでご存じですか、と酷薄《こくはく》に嗤《わら》う。

「龍生八子《りゅうせいはっし》は凌咒剣で流血させれば、軽傷でも失鹿しますから、一度斬れば十分ですが、斬る回数に制限はないそうですよ。つまり、獲麟したうえで龍生八子を何度斬っても罪にはならないし、失うものはないらしいんです。龍生八子の骸《むくろ》が生前のかたちをとどめていても、臠《こまぎれのにく》になり果てていても、失鹿には変わりないので」

口もとに笑みを貼りつけたまま、令哲が凌咒剣をふるう。獣のように四つん這いになっていた恭明の両腕が横ざまに吹き飛んだ。

血煙がけぶり、恭明は地面に突っ伏した。肘から先が弾き飛ばされたにもかかわらず、激痛はない。失鹿《しつろく》は苦痛を伴わないのだ。蠱鬼《こき》に喰われる場合も、解魄《かいはく》で禳焱に焼かれる場合も、凌咒剣《りょうしゅけん》で斬られる場合も。わずかな痛みすら感じずに四肢《しし》が損なわれ、命が失われていくのを己のまなこで見つめながら死んでいく。

「あなたのせいだ！　あなたが大兄を焚きつけて母上の手を切りとらせたんだ！　あなたの奸計が僕からすべてを奪ったんだ‼」

令哲が淩咒剣をふりおろす。血と肉が踏みつけられた泥水のように飛び散る。

これが自分の末路かと、静まりかえった世界で恭明は自問していた。

呂恭明は不完全なまま終わるのだ。とうとう十全にはなれないのだ。これまで使い捨てきた出来損ないの替え玉どももと同様に。

「二皇子、失鹿！」

亡霊どもの高らかな嗤笑《ししょう》が打ち鳴らされる鐘のように雪空にこだました。


「素晴らしい！」

禳焱が見せる恭明失鹿の一幕に、蚤厓《そうがい》は興奮気味に両手を打ち鳴らした。

「なにが素晴らしいんだよ。第二皇子は肉片になるまで滅多切りにされたんだぞ。ったく禳焱のやつめ、胸糞《むなくそ》悪りぃもん見せやがって」

陸豹《りくひょう》は筆を投げだして几案《つくえ》に肘をついた。

「第三皇子の失鹿だっていやなもん見ちまったなと思ったが、今回のはそれの比じゃねえ。第二皇子が善人だったとは言わねえが、いくらなんでもここまでする必要があるか？」

「仕方ないよ。二皇子が一皇子を焚きつけて何少使《かしょうし》を害させたのは事実だからね。古人曰《いわ》く、爾《なんじ》に出ずるものは爾にかえる。人はだれしも己の悪業に復讐されるということさ」

蚤厓はかろやかにくるりとふりかえる。

「ですよね、主上《しゅじょう》？」

「ああ、それが道理だ」

水娥《すいが》は禳焱が映しだす惨劇を見つめていた。

「何人たりとも己が罪業からは逃れられぬ。心の臓が張り裂けるほど遠くへ逃げても、いずれは追いつかれて喉笛《のどぶえ》を嚙《か》みちぎられる。ために謀をめぐらす者は、幸福を望んではならぬ。他人を踏みにじった足では、まっとうな道を歩むことなど、できぬのだから」

「二皇子はその覚悟がなかったのでしょうねえ。玉座のむこうに姑射山《らくえん》があると思うのがそもそもの間違いで。まあ、なんにせよ、二皇子の最期はあっぱれでございました。奴才《わたくし》から手放しの賛辞を贈らせていただきます」

「おまえの賛辞なんざ、第二皇子に言わせりゃ、くそまみれのくそだろうよ」

陸豹に睨《にら》まれても、蚤厓は無邪気に笑いつづける。

「さてさて、つぎの主役はどなたでしょうかねえ？」

雪が吠える。斬撃のような風が頰を殴りつけ、ほつれたひと房の黒髪が視界を舞う。

失点分をとりもどすため、狗《こう》は一心に蠱鬼を狩っていた。恭明は失鹿した。いよいよ終幕が目前に迫っている。終わりが近いと思えば気が急いてしまうが、焦りは禁物だ。

失鹿した兄弟たちはもとより、乳母や杜善《とぜん》ら、狗にゆかりのある人物に擬態《ぎたい》した蠱鬼が蜎《ぼうふら》のようにわいてきて、狗の心を掻《か》き乱そうとする。

狗はつとめて頭をうつろにし、歯車で動く機巧《からくり》のように凌兇剣をふるいつづけた。思考してはいけない。四肢《しし》だけを動かすのだ。なにも感じず、なにも思わず、黒々とした返り血を浴びる。心を殺して黙々と戦いつづけること。それこそが勝利への唯一の近道。

「――――」

だれかに名を呼ばれた。女人の声だ。首をめぐらせ声の主を探す。

「妾《わらわ》はここよ」

雪風になぶられる椿の花牆の前に、落霞紅《ゆうやけいろ》の深衣《しんい》をまとった女人が立っていた。淡雪でそっとかたちづくったような玉のかんばせが狗の両眼を刺す。

あえかな微笑《ほほえ》みをたたえたそのひとは、天女のような足どりでこちらへやってくる。なにもかもおなじだ。声色も、微笑みかたも、歩きかたも、左の目尻を艶《つや》っぽく彩る、夜のしずくのような泣きぼくろも。なつかしさが胸をつまらせた。このひとはだめだ。このひとにだけは、心を殺すことができない。

「かわいそうに。疲れたでしょう」

彼女は生前と変わらぬたおやかな言葉を吐いた。一歩一歩近づいてくる跫《あしおと》さえも、記憶のなかのそれと、苦いほどに重なる。

「だれにも頼らず、弱音を吐くこともできずに、たったひとりで頑張ってきたのですものね。どれほどつらかったか……」

美しい蛾眉《まゆ》がせつなげにひそめられる。

「もう、いいのよ。頑張らなくていいの。さあ、妾のところへいらっしゃい。抱きしめてあげるわ。昔のように」

狗の数歩前で立ちどまり、そのひとは胡蝶《こちょう》のように両腕をひろげた。

凌咒剣の柄を握りしめた手が覚えずゆるむ。おそるおそる半歩踏みだした足。ものくるおしく焼ける胸。なにもかも捨てて駆けよりたくなる。なにもかも忘れてすがりたくなる。感情があふれだす。隠そうとしても隠しきれぬ、肉親への思慕が。

「妾にあなたを抱きしめさせてちょうだい。あなたのぬくもりを感じて安心したいの」

騙されるな。うろたえるな。偽者を本物と見誤るな。明日を迎えたくば卑劣であれ。この非情なる戦場《いくさば》では、心を殺せぬ者から順に滅びていくのだ。

「どうしたの。ほら、妾の――」

狗は純白の地面を蹴って駆けだした。懐《ゆか》しいひとの首を、一撃で刎《は》ね飛ばす。

噴きだした深黒の血飛沫《ちしぶき》が雪になりそこねた雨のごとく降りそそぎ、狗の頬から涙をこそぎ落とした。

第十一回の解魄《かいはく》に失鹿者はいなかった。

血まみれの足をひきずりながら、令哲《れいてつ》は自室に入った。

獲麟《かくりん》したせいで蠱鬼を見抜くまなこが日に日に弱っていく。先刻も蠱鬼に気づくのが遅れ、鋭利な鉤爪《かぎづめ》で腿の肉をえぐられてしまった。火傷《やけど》もいまだ癒えていないのに、こんな大怪我を負ってしまっては蠱鬼狩りどころではない。夕刻までには時間があるが、早めに切りあげて治療に専念することにした。

奴僕《ぬぼく》に言いつけて太医《たいい》を呼び、解蠱薬《かいこやく》を作らせる。解蠱薬は作り置きできない。時間が経つにつれて薬効が消えるからだ。薬ができるのを待つあいだ、雄黄酒《ゆうおうしゅ》で腿の傷口を洗い、禳焱《じょうえん》で炙《あぶ》った布で止血しておく。

布を縛りつけるや否や精も根も尽き果て、令哲は臥牀《しんだい》に倒れこんだ。満身が不快な熱に包まれている。炎で武装したおびただしい数の蜈蚣《むかで》が皮膚《ひふ》を這いまわっているかのようだ。苦しみを感じることこそが、生きている証なのだろう。失鹿すれば感覚はなくなる。人のかたちを失い、器物となり果て、だれかが天祚にのぼるのための道具として使われるのだ。そんなことは絶対に許さない。令哲は生き残る。生き残って衛《えい》皇后を廃す。豺狼《けだもの》の心を持つ鬼女に罰を下してやる。正義をなさねばならない。怠惰《たいだ》なる上帝《てん》に代わって。

仰向けになって目をとじていると、扉がひらかれる音がした。太医が来たのだろう。起きあがろうとしたが、四肢《しし》が言うことをきかない。度重なる疲労と心労にくわえて火傷と蠱鬼による怪我。体力はとっくに限界を超えている。わが身を叱咤《しった》し、臥牀を這うようにしてなんとか半身を起こしたとき、慕わしい声に耳を射貫《いぬ》かれた。

「澹《たん》や、澹」

殴られたように心の臓がはね、令哲は苦々しいため息をもらした。ずいぶんまいっているらしい。幻聴が起こるほど、意識が朦朧《もうろう》としているとは。

「まあ、なんてひどい怪我……」

春の風のような、花のにおい《くん》のする微風が臥牀に近づいてくる。

ふせた視界に淡粉《うすべに》の裙が映りこんだ。殺気を漲《みなぎ》らせて顔をあげ、令哲は息をのむ。

花鳥文の曲裾深衣《きょくきょしんい》を着た、たおやかな婦人。長い黒髪を高髻《こうけい》に結った手弱女《たおやめ》は、令哲を産み育てた母にちがいなかった。

「はは、うえ……」

こぼれんばかりの思慕が舌を震わせた。母がいる。令哲の目の前に。

あれほど会いたかった母が、夢でしか会えなかった母が、手をのばせば届くところで、淡くやさしく微笑んでいる。

まやかしだとわかっていた。枕もとにほうり投げたままの凌咒剣がそれを証明していた。母はたしかに死んだのだ。手を斬り落とされ、首を刎ね飛ばされたのだ。哀れな亡骸は愚かな息子の早合点によって、無惨にも灰にされたのだ。

事実は事実として承知しているのに、なぜこんなにも心が軋《きし》り音をあげるのだろうか。あたかも本物の母と再会したかのように、胸が震えるのだろうか。

「お薬を持ってきたわ。ちょっと熱いから、冷ましてあげるわね」

母は陶器《とうき》の碗を大事そうに持っていた。湯気の出る湯液《せんじぐすり》を匙《さじ》ですくい、花びらのような唇をすぼめて息を吹きかける。

いつだったか、令哲が感冒《かぜ》をこじらせて寝こんだときも、母はこうして湯液を飲ませてくれた。苦いからいやだと駄々をこねる令哲に、母はすこし困ったような微笑みを浮かべ、薬を飲んだらあとで月琴《げっきん》を弾いてあげると言った。令哲は母が奏でる月琴の音色を聴きたくて、無理をして湯液を飲み干したのだった。

「お飲みなさい。おいしいものじゃないけれど、怪我を治すためよ。頑張って」

母はおっとり微笑んで、匙を令哲の口もとに運ぶ。

うっすらと焼き印の痕が残るその手をはねのけるべきだった。すぐさま湊咒剣をつかみ、まんまと母になりすました蠱鬼《こき》を斬り捨てるべきだった。

それが最善の行動だと知りながら、令哲は正反対のことをした。気づかわしげにさしだされた匙に、そろりと口をつけたのである。

「……苦いです、母上」

人肌の湯液が喉《のど》をすべり落ちると同時に、こみあげてくる熱いものが視界を覆った。今日まで母に擬態した蠱鬼にはなぜか遭遇しなかった。

いっそ出てきてくれればいいのにと思ったことさえあった。それほどまでに飢えていた。飢饉《ききん》にあえぐ邑《むら》の道端に捨てられた、死を待つばかりの赤子が乳を求めるように。母の声が母の微笑が母のにおいが、恋しくてたまらなかった。

「薬だからしょうがないわ」

母は薄い眉を愛おしそうにゆがめた。

「全部飲んだら、月琴を弾いてあげましょう」

なにもかもおなじだ。単に似ているのではない。記憶のむこうの、母そのものだ。

令哲は母がさしだす匙から湯液を飲んだ。餌付《えづ》けされる小鳥さながらにくりかえし匙に口をつけ、けっして甘くはないしずくを飲みくだす。

「ちゃんと飲めたわね。えらいわ」

　年端のいかぬ童子を褒めるように、母は令哲の頬を撫でた。

「母上、ごめんなさい……」

　舌足らずな言葉が涙とともにこぼれ落ちる。

「僕のせいで、僕のせいで……母上は……」

　これは母ではない。亡霊でもない。蠱鬼が見せる、付け焼刃の幻影だ。歴然とした現実に背を向け、母の手を握りしめる。

「僕は不孝者です。大馬鹿者です。母上は僕を慈《いつく》しんでくださったのに、僕のために苦労してきたのに、大恩をかえせなくて……」

　兄弟たちは冷やかし半分に令哲を孝子と呼んだ。知らず知らずのうちにそう呼ばれることを誇る気持ちが生じていた。だれよりも母に尽くしていると慢心していた。

　結果はこれだ。孝行者どころか、立派な賊子《ぞくし》だ。母殺しの罪人だ。

　犯した罪の重さが双肩にのしかかってくる。骨身に染みついた血の臭気が肺腑《はいふ》を内側から爛《ただ》れさせている。なぜ、どうして、こうなってしまったのか。令哲は母を皇太后にしたかっただけなのに。母のために戦っていたはずなのに、なぜ、こんな――。

「いいのよ」

壊れたように震える令哲の手の上に、やんわりと母の手が重ねられる。

「あなたはなにも悪くないわ、澹」

「いえ、僕は大罪人です。だって母上の」

「やむを得なかったのでしょう。わかっているわ。あなたがいつも母を想ってくれていることは、ちゃんと伝わっているから」

暮春《ぼしゅん》のにおいをまとった細腕が令哲を包んでくれる。怖いものから守るように。

「謝らなくていいの。どんな苦難が私たちを引き裂こうと、どんな絶望が私たちに襲いかかろうと、母が子を想う気持ちは変わらない。いつだってあなたは私の自慢の息子だわ」

嘘だ。偽りだ。蠱鬼は令哲が聞きたがっている台詞《せりふ》を吐いているだけだ。

「大好きよ、澹。なにがあっても、私にとっていちばん大事なのはあなたひとり」

母上、と呼ぶ声が喉を焼く。とめどなく流れる涙が頰を伝い、領《えり》を濡らす。

「僕も母上が大好きです。母上だけが僕の宝物で……母上以外にはなにもいらなかった」

はじめから令哲は天祚など望んでいなかった。華麗な龍衣も、二十四旒《りゅう》の冕冠《べんかん》も、赫々《かっかく》たる玉座も、本心から欲していたわけではない。

令哲が渇望《かつぼう》していたのはただひとつ、母とともに生きていくこと。幾《いく》ひさしく母に孝養を尽くし、仲睦《なかむつ》まじく暮らしていくことだった。

たったそれだけの願いさえ叶えられないのか。流血の淵に沈んだ、この禁城では。

母の背に腕をまわし、令哲は心のままにまぶたをおろした。

ひどく疲れていた。渾身《こんしん》の力を使い果たしてしまった。これ以上は戦えない。凌咒剣を持つことはおろか、一指すら動かすことができない。

まろやかな体温に身を任せていると、安らぎが潮のように打ちよせる。

案外、悪くないかもしれない。母の腕《かいな》に抱かれて——死ぬるのなら。


「ご覧になりましたか、主上《しゆじよう》！　真っ赤に染まった臥牀《しんだい》を！　八皇子の死に顔を！」

視命《しめい》の最中である。例によって蚤厓が払子《ほつす》をふりまわし、飛んだり跳ねたりしている。

「蠱鬼もなかなか味な真似《まね》をするじゃありませんか。最後の最後で何少使に化けて出てくるとは。八皇子も恋しいご母堂との再会が叶い、満足して失鹿なさったことでしょう」

「あれのどこが再会だよ。しょせんは蠱鬼が見せる贋鼎《まぼろし》だろうが。偽者の母親に心の臓を喰われて死ぬことのどこが味な真似なんだよ」

陸豹《りくひよう》はふんぞりかえって紫煙を吐いている。

「偽者だからこそ味なんだよ。ほんとうに会いたいと願っているひとなら、たとえ本人ではないとわかっていても、自分に都合のいい夢幻でしかないと知っていても、目の前にあらわれたそのひとにすがりたくなるものさ。そうお思いになりませんか、主上？」

「さあな。予《よ》にはわからぬ。幻影《まぼろし》でもよいから会いたいと願うほどの者はおらぬゆえ」

水娥は凭几《ひじかけ》にもたれ、見るともなしに禳焱《じょうえん》を眺めた。令哲失鹿の場面は消え、禳焱は素知らぬ顔で緋赤の手足を揺らめかせている。

「とうとう最後のふたりになりましたねえ！　どちらが勝つか、賭けましょうよ。四皇子か、六皇子か。主上はどちらで？　可卿《かけい》、君はどちらにする？」

「おまえはどうするんだよ、子長《しちょう》」

陸豹の視線を受け、蚤厓は破顔する。

「天だ！　天に賭けよう！」

「はあ？　それじゃ賭けにならねえだろ」

「いやいや、私は天に全財産を賭けるよ。鴻毛《こうもう》より軽きわが命もふくめて」

能天気な声を聞き流し、水娥は席を立った。玉座からおり、燭龍廟正殿の敷居を跨《また》いで外に出る。冬の日暮れは早い。あたりは黒漆《くろうるし》を塗りこめたように暗く沈んでいる。

残る龍生八子《りゅうせいはっし》はふたり。九重鼎を手中におさめることができるのは、いずれかひとりだ。

横殴りの雪に攪拌《かくはん》され、夜陰は白く濁っている。

刺すような冷気に肌身をひたしながら、狗《こう》は威昌《いしょう》を待っていた。

令哲《れいてつ》が失鹿したいま、生き残っているのは威昌と狗だけ。最後のふたりになれば、夭珠《ようじゅ》は関係ない。一騎打ちで殺し合い、どちらかが血だまりに倒れればそれで終幕だ。

ゆえに狗は威昌を待っている。わざわざこちらから捜しにいく必要はない。威昌のほうから近づいてくるはずだ。

ひゅうひゅうと物悲しげに夜風が鳴く。背後にひろがる池のおもてがささくれ立つのが目に見えるようだ。荒れくるう雪風は夜そのものが奏でる音楽であり、まもなく誕生する敗者に捧げる挽歌であった。

「死ぬ覚悟はできたか、六弟」

ほの白い暗がりに跫《あしおと》が反響する。不気味なほど明るい視界のなかで、頭から蠱鬼の血をかぶった威昌は毒々しく際立って見えた。

「いいえ」

「凌咒剣を足もとに置いているのに？」

「蠱鬼に襲われないためです。四兄と戦う前に蠱鬼狩りで消耗してはいけませんので」

「戦う気でいるのか」

「当然です。私は死ぬために九天逐鹿に参加したのではありません」

「へえ、勝ち残るつもりなのか」

「だれもみな、負けるつもりで凌咒剣を持ったわけではないはずです。大兄も二兄も三兄も五兄も八弟も九弟も……」

　失鹿者たちの顔が散り落ちる朽葉《くちば》のように脳裏にちらついた。

　彼らは蠱毒になりそこね、大切なものを奪われ、人のかたちを壊されて、とこしえに未来を断たれた。あまたの犠牲をのみこんでもなお、九天逐鹿は敗者を求めている。七人の皇子が失鹿しなければ、戦《いくさ》は終わらない。威昌か狗か、どちらかが未来をあきらめなければならないのだ。禳焱に守られたすべての黎民《たみ》が、あらたな御代を迎えるには。

「みな、失鹿すべくして失鹿した。やつらは帝王の器ではなかったんだ。九天逐鹿は恨めしいほどよくできた制度だよ。玉座にふさわしくない者は確実に排除されていく」

　凍てつく疾風がふたりのあわいを駆けぬけた。

「たとえば三兄だ。三兄は王子のために判断を誤った。子を溺愛《できあい》する皇帝は暗君になりやすい。わが子が過ちを犯したとき、わが子が不幸に襲われたとき、情に溺《おぼ》れて公正な判断ができなくなるからな。大義とわが子を天秤《てんびん》にかけてためらわずに前者を選ぶことができぬなら、君主にはむいていない」

「大兄は傲慢《ごうまん》なかたでした。あのような気性は天子にはふさわしくないでしょう」

「驕慢《きょうまん》は四方に敵を作る。怨みを買えば報復される。大兄は思慮に欠けていた。他人の感情が自分を生かすことも殺すこともあるということを、知らなかった」

「五兄はなにゆえ失鹿なさったと？」

「あいつは女で政道を誤る無能な君主の典型だ。帝王が女に与えるのは寵愛であるべきで、恋情であってはならない。五弟のように、ひとりの女に赤心《せきしん》を捧げるなど愚の骨頂。単なる花として愛《め》で、使い捨てることができぬなら、玉座にはのぼるべきではない」

威昌は音もなく忍びよってきた宦官《かんがん》を一撃で仕留めた。ほとばしった蠱鬼の血潮があたりの雪を鉄漿《かね》の色で塗りつぶす。

「九弟は狡猾《こうかつ》なやつだったが、つめが甘かったな。魯鈍《ろどん》ではないが、しょせんは五尺の童子。慎重さが足りなかったために、おまえの策にまんまとひっかかって自滅した」

「二兄は周到な策謀家でしたよ」

「途中まではな。八弟を罠に嵌めて大怪我を負わせ、俺とおまえに失点させて一気に夭珠を増やすつもりでいたが、八弟の嘘に手もなく騙されて臠《こまぎれのにく》になるまで叩き斬られた。過ちは好むところにありだな。二兄は奇策を弄したせいで八弟にやりかえされたわけだ」

またしても人影が威昌に近づく。こたびは羅良《らりょう》である。威昌はなんのためらいもなく袈《け》袈裟《さぎ》斬りにし、黒々とした返り血を浴びた。

「八弟は孝心が厚すぎたのが仇《あだ》になった。二兄を始末したところまではよかったが、何少《かしょう》使《し》に化けた蠱鬼に惑わされ、戦意を喪失した。心弱き者は天下を背負う重責に耐えられぬ。よって九天逐鹿はやつを落伍《らくご》させた」

「四兄はいかなる理由で失鹿なさるので？」

「おいおい、いやに強気だな。失鹿するのはおまえだとこの期におよんでもわからぬか？」

「四兄かもしれないではありませんか。勝敗は最後の最後までわからないものです」

そうかい、と威昌が楽しげに口をゆがめる。

刹那《せつな》、ひゅうと風を切る音がした。二度、三度、四度と、つづけざまに響く。衝撃が肩を、胸を、腹を襲い、狗は思わずたたらを踏んだ。

「……卑怯な……！」

焼けつくような痛みが声をつまらせる。

「最後の勝負は一騎打ちのはず。暗がりから矢を放つなど……」

「笑止。いまさらなにをとぼけたことを言っているんだ？　九天逐鹿の規矩《おきて》を忘れたか。勝者こそが正義。敗者には一分の理もない」

体勢を立てなおす暇もなく、威昌が凌冗剣をひっさげて駆けてくる。狗は血まみれの身体を叱咤《しった》し、足もとに置いていた淩咒剣をつかんだ。柄に手をかけたが、間にあわない。抜剣しようとした瞬間、威昌が突き出した剣身が狗の左胸を貫いていた。

「これが天意だ、六弟」

威昌が淩咒剣をひきぬく。狗の口から鮮血がほとばしった。身体が大きくよろめいて、ふらつくかかとが虚空を踏む。

「安心して九鼎《きゅうてい》の淵で眠れ。俺が崩御《ほうぎょ》する日まで」

重心がゆっくりとうしろにかたむく。のばした手はむなしく空をつかみ、暗い水飛沫《みずしぶき》が満身を包んだ。狗は抜かれることのなかった淩咒剣とともに池底へと沈んでいく。

口からこぼれた呼気が手繰《たぐ》りよせられるように水面へのぼっていった。それらは磨かれた玻璃《はり》のきらめきを放ち、せつないほどに美しい。

ようやく終われるのだと、狗は奇妙な安堵《あんど》を感じていた。

つらい戦《いくさ》だった。長く苦しい春秋《いちねん》だった。失ったものはすくなくない。残された傷もひとつやふたつではないけれど、これで打ちどめだと思えば後悔《こうかい》はない。

終結はだれの身にもやってくる。今夜は狗の番だ。

「可卿《かけい》！　とうとうこのときが来たよ！」

蚤厓《そうがい》は履物を脱ぎ捨てんばかりに飛びあがった。

「いよいよだ！　大団円を迎える前のいちばんの見せ場がやってくる！」

「落ちつけ、子長《しちょう》。おまえ、年いくつだよ。豎子《がき》みたいにはしゃぎやがって」

陸豹《りくひょう》はあきれかえって紫煙を吐く。

燭龍《しょくりゅう》廟《びょう》正殿は祭壇前。禳焱がふりまく火光《ひかり》に照らされ、鍾山帝君《しょうざんていくん》の神像が闇に浮き彫りされたように輝いている。

「童心にかえっているのさ。だって考えてもごらん。じき新帝が誕生するんだよ。あらたな歴史が生まれる瞬間に立ち会えるんだ。落ちついていられるわけないだろう」

「くだらねえ。だれが新帝になろうと、俺の知ったことじゃねえよ」

「またそんなことを言う。もっと人生を楽しんだらどうだい。目の前で起こることを面白がらないで、いったいなにを面白がるのかね」

「面白がってる余裕なんかあるか。これから禅譲《ぜんじょう》および皇位継承、女帝の処刑、新帝即位式、大廷告《だいていこく》、大朝会《だいちょうかい》……くそつまらねえ行事が目白押しだ。準備と後始末で忙殺されるんだぞ。面白がるどころか死にたくなるよ」

「どうしてそう悲観するんだろうねえ。歴史の目撃者になれるっていうのに」

「俺は史家じゃねえんだよ。歴史なんかどうでもいいんだ。そんなことより早く――」

屛風《びょうぶ》のむこうで大扉がひらいた。凍風《いてかぜ》が吹きこみ、連枝灯《れんしとう》の燭花《ともしび》をかき消す。ひそやかな衣擦れの音をひきずって歩いてきたのは、歩揺冠《ほようかん》をいただいた水娥《すいが》だった。

「主上《しゅじょう》！　お待ちしておりました！」

蚤厓は小走りで水娥のもとにはせ参じた。

「主上、太祝令、奴才《わたくし》。あとは四皇子がご到着なされば、伶人《やくしゃ》がそろいますねえ」

「いや、それではひとり足りない」

水娥は蚤厓を見ていない。その冷徹なまなざしは玲瓏《れいろう》と輝く鍾山帝君を貫いている。

咆哮《ほうこう》する雪風に逆らい、威昌は玉石の階《きざはし》をのぼっていた。礫《つぶて》のごとき飛雪が錦の外套《がいとう》をもてあそび、千本の針をふくんだような風が頰を切る。

一歩進むごとに外気は冷酷さを増すが、威昌の胸は熱く高ぶっていた。やっとここまで来た。ようやく九重鼎《きゅうちょうてい》を得る資格を手に入れた。けっして平たんな道のりではなかったが、数々の艱難《かんなん》があればこそ、勝者の栄誉はいっそう光り輝くというものだ。

そびえたつ朱赤の大門《だいもん》が視界に入ったとき、なぜか母を思い出した。目を射る鮮烈な色彩が母の赤髪を思わせるからだろうか。

威昌の母は夷狄《いてき》出身の歌妓《かぎ》であった。宴席で歌舞を披露した際、父帝の目にとまり龍《りゅう》床《しょう》に召された。夜となく昼となく御前に侍《はべ》ったが、天寵が増せば増すほど衛《えい》皇后や妃嬪《ひひん》たちの嫉妬が母を責めさいなんだ。

衣服を切り刻まれ、汚物や獣の死骸《しがい》を送りつけられ、毒を盛られるなどは、ほんのはじまりにすぎない。忠実な婢僕《めしつかい》を醢《ししびしお》にされ、就寝中に居室に火を放たれ、果ては祖父母の亡骸《なきがら》を凌辱《りょうじょく》された。しだいに母は心身を病み、瘦《や》せ細っていった。容色が衰えれば寵愛も衰える。父帝は母の殿舎《でんしゃ》から遠ざかり、后妃《こうひ》たちの妬心《としん》もほかへ移った。

しかし、それは幸運ではない。失寵《しっちょう》した后妃は奴婢にさえも軽んじられる。あからさまに食事の質が落ちた。腐った羹《あつもの》が出てくる日もあった。それでも毎日なにかしらの食べものを口にできるだけましだった。

やがて勅命《ちょくめい》により母は降格された。居室は冷宮《れいぐう》なみの茅屋《あばらや》になり、寝具は絹から麻に変わり、高価な調度品はいつの間にか消え去っていた。わずかな俸禄《ほうろく》は婢僕たちがかすめとってしまい、衣装を新調することはおろか、日々の糧《かて》にすら事欠くありさま。

後宮の底辺まで転落しながら、母は再起を目指さなかった。もともと華やかな暮らしに憧れはなく、貧しくとも平穏な生活に焦がれていたという。猫のひたいほどの内院《なかにわ》に畑を作り、厨《くりや》に立って火を熾《おこ》し、糸をつむいで布を織った。

その暮らしぶりは寒村の農婦にも劣るほどであった。あなたさえいればいいと母は繰り言のように威昌にささやいた。どんなに苦しくても母子ふたりで暮らせれば十分だと。

威昌は災難に身をゆだねるだけの母がきらいだった。善良さは愚かさの言いかえである。とくに悪人がはびこる禁中では、善心ほど役に立たないものはない。

母がとるべきだった行動は、自分の衣を裂いて息子の冬着を仕立てることではなく、父帝の寵愛を受けているうちに敵となる后妃たちを排除し、みずからが後宮の主となることだった。とるべき行動をとらず、不幸に甘んじたために母は病臥《びょうが》し、毎日多量の血を吐いた。太医を呼んでも放置され、薬すらもらえなかった。

三千の美姫が咲き乱れる天子の花園に、愛されぬ女の居場所はない。氷のような褥《しとね》の上で、母は骨と皮ばかりの骸《むくろ》をさらした。

皇宮で生きる者にとって、弱さは死に値する罪である。母のみじめな骸がそれを証明していた。威昌は決意した。なんとしても生きのびると。生き残るために善心を捨て、他人を蹴落とし、皇族に生まれた者が渇仰《かつごう》する最高のものを手に入れると。

あの瞬間だ。威昌が天祚への道を歩みはじめたのは。

長く険しい道程の終わりがすぐそこまで迫っている。はやる気持ちを抑えつつ大門をくぐり、威昌は方塼《れんが》敷きの路をとおって燭龍廟正殿に足を踏み入れた。

薄靄がかかったような殿内で、扶桑樹《ふそうじゅ》をかたどった連枝灯に火を灯している女。火焔紅《ほのおいろ》の龍衣をまとったこの女こそ、威昌に帝位を譲り、威昌の勅命で処刑される女帝だ。

「勝負はついた。俺が新帝だ」

声をかけても、水娥は返事をしない。ふりむきもせず、青銅の灯架を炎で彩っていく。

「聞こえないのか？　早く禅譲の――」

跫《あしおと》が背《そびら》を叩く。宦官でも来たのかとなにげなくふりかえり、威昌は瞠目《どうもく》した。

「おまえは……失鹿したはずでは」

正殿の敷居を跨《また》ぎ、白い夜陰を背に立っていたのは、ずぶ濡れの狗だった。

胸や腹に刺さっていた矢は一本もない。凌兕剣で貫いたはずの左胸からも出血がない。黛藍《まゆずみいろ》の袍服《ほうふく》から水がしたたっているだけである。

「あいにく私は失鹿できぬのだ、四皇子」

狗は頭頂の髻《もとどり》から白玉の簪を引きぬいた。烏羽玉《うばたま》の黒髪が水滴とともに流れ落ちる。

「龍生八子《りゅうせいはっし》ではないからな」

にやりと美しく唇をゆがめ、狗は嗤《わら》う。刺すようなまなざし、豊かに流れた黒髪、低く落ちついた声、燃え盛るの炎のごとき覇気《はき》。

「……おまえは――」

背中に打撃を受けた。否、斬撃だ。見れば、左胸からぎらりと光る剣身が突き出ている。

剣身に浮き彫りされた文様は狻猊《さんげい》。金象嵌《きんぞうがん》の鳥虫篆《ちょうちゅうてん》で銘じられた姓名は――呂狗。

目を見ひらいた刹那《せつな》、威昌を貫く凌咒剣がひきぬかれた。反動で身体がぐらつき、鉄錆くさいものがせりあがってくる。堪えきれず吐きだした生血が花氈《かせん》の昇り龍を真っ赤に塗りつぶした。

「……うまく化けたものだ」

両膝を落とし、威昌は頭をもたげた。

水娥は――水娥の衣を着た狗はたけりくるう禳焱《じょうえん》を背景に威昌を見おろしている。紅《べに》粧《おしろい》をほどこした細面《ほそおもて》にはいかなる感情も映っていない。

「俺が狗を始末したときには入れかわっていたというわけか。……どうりで矢で射られ、凌咒剣で刺されても死ななかったわけだ」

先刻、狗に化けた水娥は凌咒剣を足もとに置いていた。蠱鬼《こき》に襲われぬためではない。あれが凌咒剣ではなかったからだ。あの時点で凌咒剣は本物の狗の手もとにあった。

威昌が水娥と対峙していたとき、狗は祭壇の前で二度目の釁礼《きんれい》を行っていたのだ。

「ちがいますよ、四兄」

狗が持つ凌咒剣から、赤いしずくが雨垂れのようにしたたり落ちる。

「私たちははじめから入れかわっていたんです。四兄が参加なさる以前、釁礼がはじまったときにはすでに、私は閏水娥《じゅんすいが》を、水娥は呂狗を演じていました」

「馬鹿な、それはありえぬことだ。大廷告の宴の夜……平巌侯《へいがんこう》の忌日《きにち》に、俺は女帝がまちがいなく閏水娥であることを確かめた」

「当然のことです。あの夜、われわれは本来の役柄にもどっていたんですから」

「……読んでいたというのか？　俺が、あの夜に女帝を詰問すると？」

「読むまでもありません。四兄は私の筋書きどおりに動いていらっしゃいましたので」

「どういうことだ？　おまえはいつから……」

「董卜師《とうぼくし》を覚えておいでで？」

「龍生八子に替え玉がいると指摘した卜師だろう。何者かに……殺された」

悪寒がした。血みどろの喉《のど》が凍りつく。

替え玉の疑惑は董卜師の死からはじまった。董卜師が殺されたから龍生八子に替え玉がいると確信した。その前提がまちがっていたのではないか。董卜師は替え玉を指摘したから殺されたのではなく、替え玉の疑惑を植えつけるために殺されたのでは――。

「実を言えば、董卜師は重要人物ではありません。公金で私腹を肥《こ》やしている凡百《ぼんぴゃく》の卜師のひとりにすぎず、彼は龍生八子に替え玉がいることにも言及していないのです」

替え玉を指摘していた卜師の不審死という状況を作ることが目的だったと狗は語る。

「わざわざ替え玉がいることをあきらかにしたと？　いったいなんのために」

「疑わせるため、そして疑惑を何者かに否定させるためです。人は己が導きだした事実を唯一無二の真実と思いこむ傾向がある。たとえそれが演出された事実だとしても」

　禳焱の火影《ほかげ》が狗の片頰で揺らめいている。

「女帝を替え玉にする策はだれもが考えつく凡策。いままで幾度も使われてきました。この策を使うなら、どこかではっきりとその可能性を否定しなければならない。要するに水娥を半殺しにする者が必要だったんです。水娥の不死の身体を目《ま》の当たりにすることで、女帝はまちがいなく女帝だと確信させたかった」

　思えばあの夜、狗は蠱鬼狩りをしなかった。宴の直前、乳母を斬ったからだ。

　凌咒剣を清めてこないのかと威昌が言ったとき、狗は「今日はもう、しくじりたくありません」と答えた。あれは嘘だったのだ。狗は失敗を恐れて蠱鬼狩りをしなかったのではなく、できなかった。釁礼を経ていない者が凌咒剣をふるっても、一糸も切ることができないから。

「……乳母を斬ったのも計算のうちか」

「凌咒剣を使わずにすむ状況を作るには、やむを得ない犠牲でした」

　狗は凌咒剣についた血を払い落とした。

「四兄は実に有益な梟棊《てごま》でしたよ。あなたは董卜師の死から替え玉を疑った。木人《ひとがた》を拾い、厭勝《まじない》で蠱鬼狩りをごまかしている者がいると睨《にら》んだ。平巌侯の忌日に水娥を詰問し、彼女が本物の女帝であることをみなの前で証明した。それだけではない。楽允《がくいん》が故意にこぼしたささやかな手がかりから、二兄と楽允の入れかわりに勘づいたのも、四兄でした」

「楽允は……おまえの走狗《いぬ》だったのか？」

「参内《さんだい》前、楽允と取引しました。彼の弟を二兄から守る代わりに、彼は私があてがった配役を演じきると。楽允も優秀でしたよ。女帝が替え玉ではないことを確信した四兄に、二兄の入れかわりの奇策をほのめかし、董卜師が指摘した替え玉は楽允のことだと思いこませた。おかげでこの事件以降、四兄もほかの龍生八子も、女帝が替え玉である可能性についてはまったく考えなくなりました」

退屈な上奏文を処理するかのような表情で、狗は凌咒剣を鞘《さや》におさめた。

「まさか……杜善《とぜん》を斬ったのも謀《はかりごと》のためだったと言うんじゃないだろうな」

「ええ、そうです。適度に失点しなければ四兄たちに怪しまれますし、身近な者を斬らなければ不自然だと思われますので」

恭明《きょうめい》の策に嵌められたふりをして宦官《かんがん》を斬ったのも、あえて失点するためだった。狗の口ぶりは淡々としすぎていて寒気がする。

「……なぜ、俺なんだ」

花氈を染めていく血糊《ちのり》が禳焱の光に舐《な》められてぬらぬらと不気味に輝く。

「ほかのやつではなく、俺を利用したのはなぜだ」

「私が欲しかったのは七脚目の九鼎《きゅうてい》――つまり最後の失鹿者になってくれるだれかです。大兄は傲岸《ごうがん》な性格が災いして早々に失鹿すると予測しました。二兄は慎重な策謀家でしたが、持病を抱えていた。いつ体調が急変するかわからない。三兄は王子への情が深すぎるのが難点。あれでは遅かれ早かれ敵に王子を利用されて失鹿する。五兄は野心がないのが最大の欠点でした。野心のない者に九天逐鹿は勝ちぬけない。八弟は純粋すぎて他人に騙されやすい。私以外の策に易々と騙されてもらっては困ります。九弟は狡猾《こうかつ》でしたが、うかつなところがありました。七脚目になるまで生き残れるか確信が持てなかった」

おわかりでしょう、と狗は血の通わない声でつづけた。

「あなたしかいなかったんですよ、四兄。最後の失鹿者にふさわしいかたは」

「……選ばれたというのか。俺は……おまえに……あつらえむきの、梟棊《てごま》として」

「だから細工をしました。七弟の違背後、あなたが龍生八子に選出されるように。もっとも、私が手をまわす必要はなかったかもしれませんが」

威昌も卜占に細工をしたのだ。図らずもおなじ目的で。

乾いた笑いが血濡れた唇から羽ばたいた。

威昌は狗の意のままに動かされていた。盤上で敵を殺す碁石《ごいし》よろしく。とんだ笑話《わらいばなし》ではないか。碁盤を見下ろし、自分の指で石を動かしていたつもりが、己の思考も行動も、碁客に操られる石そのものだったとは。

「ご苦労さまでした、四兄」

視界がぼやけ、狗の姿がかたちを結ばなくなる。

「どうぞごゆるりとおやすみください。私が崩御《ほうぎょ》する日まで」

腕に力が入らない。身体を支えていられなくなり、威昌は血紅《くれない》の淵に顔をうずめた。

「最後に、ひとつ……訊きたい」

死に臨んで、痩せ細った母の横顔が眼裏《まなうら》によみがえった。

枝きれのような指で母は威昌の袍《ほう》を仕立てていた。自分は単衫《ひとえ》のまま、ほつれた髻《もとどり》には威昌が手折ってきた野花をさして。

「俺が、失鹿《しつろく》した……理由は、なんだ……？」

夜風が濁流のごとく吹きこんでくる。禳焱は咆哮《ほうこう》した。さながら嘲弄《ちょうろう》するように。

「それはあなた自身がよくご存じでしょう」

ああ、痛いほど知っている。天子のおわすこの紫庭《はこにわ》に、弱き者の生きる場所はない。

禅譲《ぜんじょう》の儀は深更《しんこう》よりはじまった。場所は燭龍廟《しょくりゅうびょう》正殿の祭壇前である。殷紅《ふかきくれない》の朝服《ちょうふく》に身を包んだ三公九卿《さんこうきゅうけい》が勢ぞろいした殿内では、巫覡《ふげき》たちが丹斐鼎《たんひてい》で香草を焚《た》き、楽人《がくじん》たちが鬼神《きしん》を讃える九天歌《きゅうてんか》を奏す。

馥郁《ふくいく》たる芳香と荘重なる妙音が満ちるなか、九卿の一、宗廟《そうびょう》の祭祀《さいし》をつかさどる太常《たいじょう》が九天逐鹿の生みの親である太宗聖祚帝《たいそうせいそてい》の神霊に祝詞《のりと》をあげる。

通常の祭祀では犠牲《いけにえ》を捧げるが、禅譲の儀では不要とされる。失鹿した七人の皇子が犠牲にほかならぬからだ。

禳焱に照らしだされた祭壇の下で、狗は太常の祝詞に耳をかたむけていた。

身にまとうは皇子の正装たる烏黒《うこく》の袍服《ほうふく》。銀糸であらわされた文様は龍虎、髻にいただく冕冠《べんかん》の垂旒《たれかざり》は前後合わせて十八本。蛟《みずち》をかたどった金帯鉤《きんたいこう》、瑠璃《るり》と翡翠《ひすい》の組玉佩《そぎょくはい》が禳焱の火の粉を映してゆらめくように輝いている。

祭壇の上に立つ水娥《すいが》は火焔紅《ほのおいろ》の大裘冕《だいきゅうべん》姿だ。

玄《くろ》青い上衣《じょうい》には日月星辰など六種の模様がきらめきわたり、金菊《きく》で摺染《すりぞめ》したような黄赤の下裳《かしょう》には宗彝《そうい》や藻、火などの六種の文様が刺繍《ししゅう》されている。上衣は天、下裳は地をあらわし、玉笄《たまのかんざし》で髻に固定した大裘冕には垂旒がない。凜とした澄明な美貌《びぼう》は艶やかな化粧《けしょう》で華やぎ、ひたいにほどこされた金箔の花鈿《かでん》が光の泡沫《うたかた》のごとく瞬いている。

「燭龍よ、鍾山帝君《しょうざんていくん》よ、ご照覧あれ。九鼎はここに七脚そろった」

太常の祝詞が終わると、水娥は長い袖《そで》を払って両腕をひろげ、九台の方卓を指し示した。むかって右から順に摧冥鏡《さいめいきょう》、莫謬硯《ばくびゅうけん》、弘衛盾《こうえいじゅん》、佯義面《ようぎめん》、兢林爵《きょうりんしゃく》、斉厤琴《せいれききん》、來嘉扇《らいかせん》まで、七脚の九鼎が安置されている。

「九天逐鹿はあらたな帝を生んだ。献霊帝《けんれいてい》が第六子、呂狗《りょこう》がそれである。よって、天子臣《しん》蕙《けい》はわが血を用いて皇皇后帝《こうこうごうてい》に昭告《しょうこく》す」

水娥は左手首に右のたなうらをあてがう。すると、そこに光輝の環があらわれた。女帝を女帝たらしめる祭器、瑩鳳鐲《えいほうたく》である。水娥が左手を禳焱にひたせば、瑩鳳鐲は結び目がほどけるようにするりと肌から離れ、空中で匕首《ひしゅ》のかたちをつくる。

水娥は匕首の切っ先で手のひらの肉をえぐり、あふれた生血を丹斐鼎にくべた。とたん、禳焱は藻井《てんじょう》まで燃えあがる。

「朕《われ》は勝者狗に玉座を譲りわたす」

水娥が匕首を丹斐鼎に放ると、禳焱の火柱が砕け散った。おびただしい火の粉は焔《ほむら》の花びらとなって殿内に降りそぐ。

「来たれ、狗。わが足下《そっか》に」

命じられるまま、狗は祭壇へかかる玉階《きざはし》の下まで歩みよった。

「天の暦数《れきすう》は爾《なんじ》の躬《み》に在る。朕を斬り、瑩鳳鐲を爾のものとせよ。九重鼎《きゅうちょうてい》を奉じ、帝位を継承せよ。普天《ふてん》の下《もと》、皇土《こうど》にあらざるはなく、率土《そつど》の浜《ひん》、皇臣《おうしん》にあらざるはなし。いまこそ燭龍をその躬に宿し、一天四海《いってんしかい》の主となれ」

狗はうやうやしく稽首《けいしゅ》した。

「臣《しん》狗が申しあげます。臣は丹朱《たんしゅ》のごとく頑凶《がんきょう》で、商均《しょうきん》のごとく暗愚です。至尊にふさわしくありません」

丹朱は帝堯《ていぎょう》の子、商均は帝舜《ていしゅん》の子。いずれも天子の器ではない人物の象徴だ。

「爾こそはまことの天子である。天命を受けよ」

「臣のような小人《しょうじん》が帝位にのぼれば、祖宗《そそう》の遺徳を辱《はずかし》めることになります」

狗は再拝稽首して固辞する。古礼にのっとり、禅譲では三度《みたび》拝辞することになっている。

「伏してお願い申しあげます。大王《だいおう》は主上《しゅじょう》のお言葉をお聴き入れくださいますように」

左丞相《さじょうしょう》が群臣を代表して進み出る。狗は王位を持たないが、九天逐鹿の勝者は王位の有無にかかわらず「大王」と呼ばれる決まりだ。

「百官および万民は大王のご即位を衷心《ちゅうしん》より待ち望んでおります。なにとぞ、瑩鳳鐲をお受けになり、登極なさいませ」

左丞相は伝国璽《でんこくじ》を捧げ持ってひざまずいた。高官たちはいっせいに跪拝《きはい》し、「どうかご即位なさいますように」と唱和する。

「天道は盈《えい》を虧《か》きて謙《けん》に益す。ゆえに天の暦数は爾に在るのだ。受けよ。禳焱《じょうえん》で海内《かいだい》をあまねく照らし、神州兆民《しんしゅうちょうみん》を安寧《あんねい》せしめよ」

これで四度目の下命だ。狗は再拝稽首した。

「臣は不才不徳ゆえ、はなはだ恐懼《きょうく》しております。しかしながら、天命は抗いがたきもの。つつしんで受命いたします」

三拝して立ちあがり、玉階をのぼる。祭壇の上でふたたび稽首したのち凌咒剣《りょうしゅけん》を抜き、水娥がこちらにさしだしている左手を一思いに斬った。

手ごたえはない。あたかも霞を斬ったかのようである。血潮はしぶかず、水娥の手首から瑩鳳鐲が消えた。消えた瑩鳳鐲は左から二番目の方卓に出現している。まるで千年前からそこにあるように。狗は凌咒剣を鞘におさめ、左端の方卓に置いた。

鞘の表面に刻まれた黄金の龍文がぼうっと光を帯びる。

闇に投じられた明晰な光輝は、瑩鳳鐲の文様に、來嘉扇の文様に、斉麻琴の文様に、兢惏爵の文様に……飛び火するように伝染していく。すべての九鼎がまばゆい光を放ったとき、それに呼応して禳焱が藻井高く舞いあがった。

九つの光る文様は降りそそぐ瓊雨《けいう》とまじり合い、いっそう輝きを増す。それぞれの光は徐々に暗がりに溶けだし、文様そのものが九鼎から離れ、宙に浮かびあがる。ひとつひとつは意味をなさぬかたちが瓊雨と交わりながら結ばれていく。

火の粉をふりまく長い尾が、焔《ほむら》の鱗《うろこ》に覆われた太い胴体が、五本の鉤爪《かぎづめ》を持つ足が、紅蓮《ぐれん》に燃える長髯《ちょうぜん》が、炎で造形された頭部があらわれ、巨大な龍となって空中を浮遊する。九百年にわたって煋《せい》を守護してきた燭龍の威風堂々たる雄姿がそこにあった。

「赫々《かつかく》として上《かみ》に在《あ》り、明々として下《しも》に在り」

狗はもう一度、凌兕剣を手にとった。鞘に包まれたままの剣身をつかんで高くかかげる。

「命《めい》有り天自《よ》りす、寡人《われ》に命ず」

群臣のはるか頭上でとぐろをまく燭龍。その炯々《けいけい》たる双眼をしかと見すえる。

「炎帝《えんてい》の子よ、燭龍よ。爾はわが劔《つるぎ》。寡人は爾が鞘。下れ。わが躬に爾の刃をおさめよ」

燭龍の咆哮が殿内を震撼させる。群臣は頭上をふりあおいだ。畏怖《いふ》をにじませた眼差しで、狗めがけて空中を翔ける燭龍を追う。

燭龍は凌兕剣を持つ狗の右腕から体内へ入っていく。傍目には瓊雨をまき散らして消えていくように見えるが、狗にはそれが己の肉叢《ししむら》にしみこんでいくのがわかる。

しだいに大きくなる鼓動が耳をつんざき、四肢《しし》が炎で焦がされたように滾《たぎ》った。

燭龍の雄姿が彫青《いれずみ》となって素肌に刻みつけられるのを感じる。背《そびら》に肩に腕《かいな》に、身魂に龍《りゅう》気《き》がそそぎこまれ、血が肉が骨がつくりかえられていく。燭龍を下した時点で、その身体は人のものではなくなり、大煋帝国に君臨する天子の軀《うつわ》となる。

「新帝陛下、万歳、万歳、万々歳」

水娥が真っ先にひざまずいて拝礼した。

「新帝陛下、万歳、万歳、万々歳」

三公九卿をはじめとした群臣が声をそろえて唱える。

瓊雨降りしきるこの場で拝跪していないのは、狗ただひとり。

「みな、立つがよい」

狗の命を受け、衣擦れの音が響きわたった。

「予の登極に尽力した者をねぎらいたい。まずは予の側仕えであった杜善《とぜん》。幼少のころより忠実に仕えてくれ、九天逐鹿においても予を支えてくれた。中常侍《ちゆうじようじ》の位を追贈し、遺髪《いはつ》を皇陵《こうりよう》に陪葬《ばいそう》する。つぎに蚤匡《そうがい》。前へ」

丹斐鼎のそばにひかえていた蚤匡が進み出た。揖礼《ゆうれい》の姿勢のまま、綸言《りんげん》を待つ。

「そなたはわが謀《はかりごと》の一助となり、犬馬の労を尽くした。予の登極はそなたの協力なくして実現しなかったであろう。その忠勤に報い、太史令《たいしれい》に任じる。史家として予に仕え、竹帛の功をたてよ。また本来の姓を名乗ること、養子を迎えて双《そう》家を再興することを許す」

「皇恩に感謝いたします」

蚤厓は慇懃《いんぎん》に拝礼する。無数の礫《つぶて》を投げ入れた水面のごとく、高官たちはざわめいた。宦官《かんがん》が太史令になるなど前代未聞だ、と棘《とげ》をふくんだ声がそこかしこで聞こえてくる。

「新帝の登極に尽力した者はだれであろうと恩賞を受ける資格がある。これは太宗がおさだめになった九天逐鹿の縄墨《きそく》だ。あえて規矩《おきて》に歯向かいたければ止めはせぬ、予を諫《いさ》めるがよい。わが禳焱でそやつの三族を焼き滅ぼし、蠱鬼《こき》の列にくわえてくれよう」

群臣は絞め殺されたようにおし黙った。

「最後に閏蕙《じゆんけい》。こちらへ」

水娥が下賞《かしよう》の裾《すそ》をひきずって進み出る。

「そなたは予の身代わりとなって六皇子呂狗になりすまし、だれにも正体を見破られなかった。今回の九天逐鹿におけるいちばんの功労者だ。よって、鴆酒《ちんしゆ》を賜《たまわ》う。――厓」

狗が目配せすると、蚤厓は配下に爵《さかずき》を持ってこさせた。耳を疑うというように顔をあげた水娥がみるみる青ざめていく。

「鴆酒だと……？　どういうことだ？」

「女帝の処刑法にさだめはない。磔《はりつけ》、腰斬《ようざん》、棄市《さらしくび》……支解《しかい》や車裂《くるまざき》にした例もあった。先帝は先代の女帝を斬首に処したが、予はそなたを斬首するに忍びない。そなたの献身なくば、予は九重鼎を手にすることができなかった。ために恩情をかけて賜死《しし》とする」

「……ふざけるな!!」

水娥は苛烈《かれつ》な怒声を放った。

「おまえは私に約束したではないか！　九天逐鹿に勝利した暁《あかつき》には、私を閨氏の女の宿命から解放すると！　あの約定を忘れたのか！」

「たしかにわれわれは盟約を結んだ」

狗は冷然と水娥を見つめかえす。

「それがなんだというのだ？　女との口約束を破ることが天に仇《あだ》なす大罪だとでも？」

「貴様っ、私を騙したのか……!?」

「利用しただけだ」

「……下種《げす》が!!」

狗につかみかかろうとする水娥を、武官たちがとりおさえた。

「おまえに代わって蠱鬼を狩り、おまえを勝たせてやったのはだれだ!!　私が替え玉にならなければ、おまえが在る場所はそこではなく、九鼎《きゅうてい》の列だったかもしれないのだ!!　私を利用して尊位にのぼっておきながら——」

「こう言わねばわからぬか、閏蕙。そなたはもう用済みなのだと」

水娥は絶句した。血走った両眼で狗を睨《にら》みつけ、糸が切れたように笑いだす。

「百官よ、見るがいい！　こやつの顔を！　裏切り者の面貌《めんぼう》を！　この男は私に凌咒剣を持たせ、自分は女帝のなりをしてのうのうと高みの見物をしていた！　蠱鬼狩りを私に押しつけて危険から遠ざかり、最後には四皇子を背後から斬った卑劣漢だ！　九天逐鹿の長い歴史のなかでも、呂狗ほど下劣な者はおるまい！　他人事《ひとごと》だと思うな！　こやつはおまえたちも私のようにあつかうぞ！　我欲のために使い倒し、弊履《へいり》のごとく捨て去るのだ！　わが末路を見よ！　呂狗という人心を持たぬ悪鬼を信用したばかりに——」

「死にゆく者の戯言《ざれごと》を聞いている暇はない。始末しろ、厓。耳障りだ」

武官たちが水娥の口をこじあけ、蚤厓が鴆酒をそそぎこむ。琥珀黄《こはくいろ》のしずくが臙脂《べに》で縁取った唇の端からこぼれ、白い喉《のど》を伝い、火焰紅《ほのおいろ》の上衣《じょうい》からのぞく胸もとを濡らした。

「……呂狗よ、簒奪者《さんだつしゃ》の子よ」

瞋恚《しんい》の焔《ほむら》に燃えるまなこが狗を射た。

「貴様の両手は怨嗟《うらみ》の血にまみれている。みずから手を下さなかったがゆえに、いっそう汚らわしい。ろくな死にかたはせぬぞ。栄華をほしいままにしようとも、平穏とは無縁の生涯だ。寧日《ねいじつ》などない。一日たりとも……！」

水娥は罵声《ばせい》まじりの血を吐いた。宝珠をつらねた組玉佩《そぎょくはい》が迅雨のごとく鳴る。もはや言《こと》の葉《は》はつむがれず、鮮血ばかりがとめどなくあふれてくる。上衣はますますあざやかに色づき、黄赤の下裳には血紅《くれない》の点滴が落ちた。

水娥はのたうちまわりながら喉をかきむしる。顎下《あごした》のひもがほどけ、大裘冕《だいきゅうべん》が転げ落ちる。ついには修羅《しゅら》を燃やす双眸《そうぼう》で狗を刺し貫いたまま、その場に倒れこんだ。

「女帝閏蕙は死んだ。後顧《こうこ》の憂《うれ》いは断たれたのだ」

水娥の死を太医に確認させたあと、狗は殿内を見晴るかした。

「これよりのち、天下は朕《われ》ひとりのもの。この世にわが領土ではない土地はなく、わが臣民ではない黎民《たみ》はいない。朕を畏《おそ》れる者は栄え、朕に逆らう者は滅びるであろう」

「お慶び申しあげます、主上《しゅじょう》。願わくは輝かしい御宇《ぎょう》がとこしえにつづきますように」

九度《くたび》くりかえされる万歳三唱が正殿を打ち震わせる。

高揚《こうよう》はない。安堵《あんど》もない。ましてや喜悦などあろうはずもない。群臣の言祝《ことほ》ぎを受けながら、狗は静かに戦慄していた。

これはほんの序幕にすぎない。まことの戯劇《しばい》は、いまこの瞬間からはじまるのだ。

終幕

咲《わら》う亡霊

「お目覚めですか、主上《しゆじよう》？」

采玥《さいげつ》は火襄炎《じようえん》で湯を沸かしながら臥牀《しんだい》に視線を投げた。その人は大儀そうに半身を起こし、黒い岩清水のように流れた髪をかきあげる。

「あれから何日経った？」

「二日です。ひどくうなされていらっしゃいましたわ。悪夢でもご覧になって？」

「いやな夢だった。思い出すと悪寒がする」

ぶるりと震え、錦の衾褥《ふとん》を胸までひきあげる。

「主上を怖がらせるなんて、どんな夢かしら」

「おぞましい悪夢だ」

「蠱鬼《こき》に襲われる夢ですか？」

「蠱鬼のほうが三千倍ましだよ」

「では、どういう夢でしたの？」

采玥が興味津々《しんしん》に問いかえすと、そのひとは蒼白なおもてをゆるりとこちらに向けた。

「あいつの皇后になる夢だ」

「どなたですか？」

「あいつといえばあいつしかいないだろう。狡猾《こうかつ》で悪辣《あくらつ》で冷血で不愛想で、感情というものを前世に置き忘れてきたような男のことさ」

「まあ、主上のことですか？」

采玥は目をぱちくりさせ、ふふと笑った。

「おふたりならお似合いだと思いますわよ。九天逐鹿《きゅうてんちくろく》の勝利もおふたりで勝ちとったもの。大志を胸に共闘する夫婦なんて素敵ではありませんか」

「なにが共闘だ。やつは私を顎で使っていただけだぞ。まったく、虫の好かない話だ。この私があんな小鬼《がき》にこき使われるとは」

憤然《ふんぜん》と言い捨てたのは、つい二日前、群臣の眼前で毒殺されたはずの閏水娥《じゅんすいが》である。

「でも、息ぴったりでしたわよ？　私だって四皇子が失鹿するまですっかり騙されていましたわ。先日のお戯劇《しばい》も惚れ惚れ《ほれぼれ》しました。とくに主上……もと主上は迫真の演技で」

「あれのために特訓させられたからな。どうせ薄暗くて群臣にはろくに見えないから、ほどほどの演技でいいのに、狗《こう》のやつが細かいところにまで注文をつけてきやがって」

「特訓の成果が出ましたわね。みな、もと主上が事切れてしまわれたと思いこんでいましたわ。まさかあの鴆酒《ちんしゅ》に龍鱗《りゅうりん》が混ぜてあったとは夢にも思わないでしょう」

禅譲《ぜんじょう》の儀は二度挙行された。

一度目は威昌失鹿《いしょうしつろく》当日。三公九卿《さんこうきゅうけい》には知らされず、秘密裏に行われた。燭龍を下したあと、狗は鴆酒に龍鱗――すなわち天子の血を混ぜて毒性を弱める実験をした。実験結果をもとに龍鱗の分量を調節して、死なない鴆酒を作りだした。

最後の失鹿から三日後、狗は百官の面前で禅譲の儀を再現し、ひと戯劇打った。非情にも水娥との盟約をたがえ、彼女を処刑したという筋書きで。

「それにしても、あいつが約定を守って私を殺さなかったのは意外だな。あいつのことだから土壇場《どたんば》で裏切るんじゃないかと思っていたが」

「主上は御身をとても心配していらっしゃいましたわよ。何度もお見舞いにいらっしゃって、まだ目覚めぬかとお尋ねになりましたわ」

「見舞いだと？　とどめを刺しに来たのではないのか」

「とんでもない。御身が毒の作用で苦しんでいらっしゃるご様子でしたので、龍鱗を御手ずから飲ませてくださったのですよ」

　粲玥は白湯《さゆ》を水娥に手渡した。水娥は喉を鳴らして飲み干し、顔をしかめる。

「気色悪いな。なにか魂胆《こんたん》でもありそうだ」

「まあ、ひどいおっしゃりよう。純粋に御身を案じていらっしゃったのではありませんか。主上にとっては大切な従姉《いとこ》どののなのですから」

　狗の母季氏《きし》には双子の弟がいた。儷《れい》国滅亡後、双子の姉弟は祖国を滅ぼした煋に復讐を誓い、姉は宦官の養女となり後宮へ、弟は出自を隠して漓《り》国へと赴《おもむ》いた。

　九天逐鹿は女帝の勅命《ちょくめい》ではじまり、期間中は女帝が呂姓の皇帝に代わって禳焱を燃やす。逆に言えば、女帝なくして九天逐鹿は存続しえないということだ。季氏の弟は女帝の産地である漓国に潜入し、漓王家の女子を根絶やしにしようと目論んだ。彼が入国してから、漓国では王族女子の不審死があいつぎ、懐妊できない身体になる王女も増えていた。

　しかし、武人としての才覚を見出され、漓王の寵を受けて平巌侯《へいがんこう》となった彼は、わが子である水娥には手をかけなかったばかりか、暗殺されかかった漓王を守って落命した。

　春秋《とき》の流れとともに平巌侯の心境になんらかの変化があったことは明白だが、それがなんなのかは、いまとなってはだれも知らない。水娥の左腕と、狗の右腕に残った金翅鳥《こんじちょう》の痣《あざ》が、亡国につらなるふたりの血筋を示すのみだ。

「主上からうかがいましたわ。おふたりの出会いは四年前なのですってね。青宮《せいぐう》から脱走なさった御身と、幽閉先から逃げだした主上が逃亡先で偶然めぐり会い、お互いの境遇を語りあって肝胆相照《かんたんあいて》らす仲になったとか」

「どちらかといえば同病相憐《どうびょうあいあわ》れむだろう。囚われの身で未来がないという点は共通していたからな。二年前、狗が女楽師のなりで青宮にもぐりこんできたときは、命知らずなやつだとあきれたが、九天逐鹿で私と役割を入れかえたいなどと馬鹿げたことを言いだすから、あきれをとおりこして大笑いしてしまった」

水娥はなつかしそうに肩を揺らした。

「わざわざ替え玉をだれかに勘づかせ、さらにはそいつ自身に否定させるとは、なんとまあ酔狂《すいきょう》なことよと笑ったが、狗は本気だった。くそ真面目《まじめ》な顔で、帝位についたら、私を閏王家の宿業から解放してやると豪語した」

「主上をお信じになったのですね？」

采玥は串焼き肉を禳焱で温めなおして水娥に供した。水娥は目を輝かせて舌なめずりし、花椒《さんしょう》をまぶして炙《あぶ》った羊肉に大口でかぶりつく。

水娥のために串焼き肉を用意しておくよう命じたのは狗である。病みあがりなのだから粥《かゆ》のほうがいいのではと采玥は進言したが、狗は「水娥は寝て起きたら餓狼《けだもの》のように腹をすかせている女だ。肉でも食わせないとおさまらない」と言った。

「冗談じゃない。狗の言葉を素直に信じるなど、鴆を丸ごと喰らうようなものだぞ」

水娥は幸せそうに炙り肉を咀嚼《そしゃく》する。どうやら狗の判断は正しかったようだ。

「でも、謀《はかりごと》に賛同なさったのでしょう?」

「賛同したのではなく、賭けてみたくなったのさ。あいつが天意に値する男かどうか、試してやろうという気になった。どうせ狗と手を結ばなければ、確実に処刑されるんだから、一か八か、この男の奇天烈《きてれつ》な策に乗ってみるのも一興だと思ってな」

「賭けには大勝利なさったようですわね」

「だといいがな。あいつはなんといってもうさんくさい男だから、また私を――」

「病人のくせにやけに元気だな」

抑揚《よくよう》に乏しい声が臥室《しんしつ》に響いた。炎焔紅《ほのおいろ》の龍衣をまとった狗が供を連れずにやってくる。

「予《よ》の顔になにか?」

水娥が無遠慮にじろじろ見るので、狗は怪訝《けげん》そうに眉をはねあげた。

「従姉《あね》として忠告してやる。おまえは線が細すぎる。化粧《けしょう》をしていなくても女みたいだ。そんな痩身《ざま》では朝廷の古狸どもに舐《な》められるぞ。もっと肉を食って身体を鍛えろ」

「人に忠告する前に己をふりかえるんだな」

「私は肉を食って身体を鍛えているぞ」

「そういう意味じゃない。すこしは自分が女であることを自覚しろと言ったんだ」

狗の冷ややかな視線の先で、水娥は胡坐《あぐら》をかいて串焼き肉をがつがつ頬張っている。

「腹ぺこなんだよ。二日も寝込んでたんだぞ」

「それだけ食欲があれば大丈夫だろう」

「おまえが手ずから龍鱗を飲ませてくれたんだって？　いちおう、礼を言っておくよ」

「感謝されることではない。そなたの忠勤に対する恩賞だと思ってくれればいい」

「忠勤だの恩賞だの、仰々《ぎょうぎょう》しい言いかたは好かぬな。私たちは互いに約定をたがえなかった。それでいいじゃないか」

水娥はあっという間に串焼き肉を四本平らげ、ふたたび白湯を喉《のど》に流しこんだ。

「腹ごしらえはすんだし、行水でもするか。盈《えい》、支度《したく》はできているな？」

「はい、ただいまお持ちしますわ」

采玥は宦官《かんがん》たちを呼んだ。ほどなくして隣室から大きな沐浴桶《もくよくおけ》と水桶が運ばれてくる。

「沸かさなくていいんですか？」

「ああ、水で十分だ」

「おい待て。まさか水浴びをするつもりか？　外は雪が降っているのだが？」

「ここは纕焱があるからあたたかい。それに真冬の行水は身体を鍛えるのにいいんだ。おまえも真似《まね》してみろ。感冒《かぜ》をひかなくなるぞ」

水娥は帯をほどき、さっさと夜着を脱ぎはじめる。狗はあわてて屏風《びょうぶ》のうしろに隠れた。

「べつに見てもいいんだぞ。減るものじゃないからな」

「……そなたには羞恥心というものはないのか」

「そんなものをひとなみに持っていたら、まる春秋《いちねん》、男のふりをすることなどできなかったろうよ。おまえは運がいい。私という従姉《いとこ》がいた時点で勝利は約束されていた」

「運がいいのはお互いさまだ。予という従弟《いとこ》がいたから、そなたはいまも生きている」

水娥になりすますため、狗は周到に準備していた。変声をおくらせる薬さえ服用していたのだ。女装が堂に入っていることといい、つくづく酔狂なやつだ。

「おまえが約定を守るとは正直思わなかった。私を裏切って本物の鴆酒を飲ませることもできたのに、どうしてそうしなかった？」

「知らぬのか。予は仁義に厚い男だぞ」

「仁義に厚い？　はっ、これは傑作《けっさく》だ！」

のけぞって大笑いしたあと、水娥は屏風に描かれた飛翔する鳳鳥《ほうちょう》を睨《にら》んだ。

「あえて確認する。ほんとうに私を殺さなくていいんだな？」

「その必要はない。目下のところは」

「必要が生じれば、いつでも殺すと？」

「予は天子だ。わが煋のためなら、だれであろうと殺す」

「たいした心がまえだ。さすがは九天逐鹿の勝者だな」

「勝者という言いかたは不適切だ。予は何者にも勝っていない」

「では、なんと言えばいい？」

「八人目の敗者とでも言ってくれ」

「妙な口ぶりだな。皇帝になってうれしくないのか」

「玉座の上で小躍りするほど、能天気ではないつもりだ」

「それは重畳《ちょうじょう》。亢龍《こうりゅう》悔い有りというからな。身をつつしむに越したことはない」

采玥が澡豆《そうず》で髪を洗いはじめると、水娥は心地よさそうに目をとじた。

「旅支度はととのえておいた。快復したら出立《しゅったつ》するがいい」

「助かる。じゃあ、明日にでも旅立つか」

「せめて数日は療養してからにしろ。そなたはもう女帝ではない。瑩鳳鐲に守られてはいないんだ。怪我もすれば病にもかかる。いままでのような無茶はできないぞ」

「わかっているよ。せいぜい気をつけるさ」

水娥はまぶたをとじたまま左手首にふれる。もはやそこには瑩鳳鐲があらわれない。

「もう女帝ではない、か……。いまだに実感がわかないな。九天逐鹿が終わったのに私は生きている。夢でも見ているような気分だ」

「いや、閨蕙はたしかに死んだ。いま、のんきに行水しているのは朱朋鸞《しゆほうらん》という女だ」

「朱朋鸞？」

「姓は朱、名は瓏《ろう》、字《あざな》は朋鸞。今後はそのように名乗れ」

「もしかして、おまえが考えたのか？」

「予では不服か」

　いささかむっとしたような声が落ちる。水娥はからからと陽気に笑い飛ばした。

「悪くない。鸞の翼なら遠くまで飛べそうだ」

「どこへ行くか決めたのか」

「南方だ。『羈鳥録《きちようろく》』の足どりをたどってみたいと思っている」

「そのまま定住するつもりか？」

「さあな。行ってみないことにはわからぬ」

「気がむいたら土産話《みやげばなし》でも聞かせてくれ」

「戻ってこいと言っているのか」

「そう聞こえたか？」

「いや、勘違いだな。おまえにとって朋鸞は利用価値のある梟棊《てごま》ではない」

「使い道がないわけではないが、そなたはそれを望まぬだろう」

狗は立ち去ろうとした。水娥は沐浴桶から身を乗りだしてひきとめる。

「餞別《せんべつ》におまえの名を教えてくれ」

「なにをいまさら。とっくに知っているだろう」

「狗はほんとうの名じゃないんだろ？　先帝に奪われた名はなんというんだ？」

「なぜそんなことを知りたがる」

「なぜって、記念だよ。嘘つきしかいない歴代龍生八子《りゅうせいはっし》のなかで、尾生《びせい》のごとく盟約を果たした稀有《けう》な男の名を、記憶に刻んでおきたい」

暫時の沈黙を禳焱《じょうえん》のゆらめきが埋めていく。

「――靕《しん》だ」

「靕？　たいそう似合わない名をつけられたものだな」

靕は正しい、邪悪に染まらないの意である。

「そなたに言われたくない。寝起きに肉を喰らい、真冬に水浴びする女のどこが蕙《はな》だ」

蕙は紫蘭。転じて美しいという意味になる。

「互いに似合わぬ名をつけられたわけだ。容姿だけでなく、妙なところも似てしまったな」

水娥はあっけらかんと笑い、おおざっぱに頭を洗い流した。髪を絞りつつ沐浴桶から出て、采玥がさしだした布を身体にまきつける。

「見送りには来るな。辛気《しんき》くさく別れたくない」

「安心しろ。行くつもりはない。旅支度のほかに必要なものがあれば、匡に……」

狗の言葉が途切れる。濡髪を右肩に垂らした水娥が目の前にあらわれたためだ。

「ありがとう、晴。約束を守ってくれて」

水娥は颯爽《さっそう》とした仕草で揖礼《ゆうれい》する。狗は黙りこんだまま、気まずそうに目をそらした。

「感謝されるようなことじゃないと言ったはずだ。われわれは互いに約定をたがえなかった。それだけのことだ」

「素直じゃないな。礼くらい受けておけ。ついでにおまえも私に感謝しろよ」

「なぜ予がそなたに感謝せねばならぬ」

「聞き捨てならぬ台詞《せりふ》だな？　だれのおかげで玉座を得たのか、忘れたとは言わせぬぞ」

「すでにそなたの望みはかなえただろう」

「ものをくれてやったから仕舞い、じゃだめなんだよ。感謝の気持ちは言葉で示せ」

水娥に睨まれ、狗は不機嫌そうに眉宇をよせた。いかにもしぶしぶ揖礼をかえす。

「感謝している。そなたのおかげで予は……私はようやく生きることができる。呂狗としてではなく、呂蹟として」

「おまえも自分をとりもどしたんだな」

水娥は狗の両肩をがっとつかみ、挑むような目つきで顔をのぞきこんだ。

「せっかく万乗《ばんじょう》の尊にのぼったんだ、どうせなら歴史に燦然《さんぜん》と輝く名君になれよ。ゆめゆめ暗君にはなるな。暴君など論外だぞ」

「もし私が暗君や暴君になったら……どうする?」

「言うまでもない。私がおまえを殺す」

狗は目を見ひらき、かすかに笑う。ひとひらの雪が指先にふれて露を結ぶように。

「いいだろう」

心なしか、浮きたつような声音《こわね》だった。

「私を殺す者がいるとすれば、そなたをおいてほかにはない」


即位式は大廷告《だいていこく》にて幕を閉じる。

「皇帝陛下、万歳、万歳、万々歳」

瓊雨《けいう》に塗りこめられた九天《そら》のもと、広場に百官の声が轟《とどろ》いた。

大裘冕《だいきゅうべん》姿の呂狗——黎元《れいげん》はくりかえされる万歳三唱を背中に受けながら、方塼《れんが》敷きの路を歩いていく。かたわらに従っているのは太祝令《たいしゅくれい》陸豹《りくひょう》と太史令《たいしれい》双匡《そうがい》である。

「ひきとめなくてよかったんですかねえ」

「だれを？」

「そりゃあ、水中の姮娥《こうが》さまのことですよ」

ふりかえるまでもなく、双匡が意味ありげににやけているのがわかる。

「いまごろ、京師《みやこ》を出るところでしょうか。急いで追いかければ間に合うと思いますよ」

「予は去る者は追わぬ」

「賢明なご判断ですな」

陸豹は双匡を鋭く睨んでうなずく。

「あのかたは主上《しゅじょう》にとっても煋にとっても禍《わざわい》の種になりかねない。おそばに置いておくのは危険です。皇宮から遠ざけておくのが上策でしょう」

亡国儷《れい》では、金翅鳥《こんじちょう》の痣《あざ》を持って生まれた王族男女が結婚することで、金翅鳥を目覚めさせて国を守った。目覚めた金翅鳥が燭龍にとってどれほどの脅威となるか未知数である以上、呂晴と朋鸞は結ばれてはいけない。

「遠ざけておけば目の届かないところで火種となるかもしれませんよ？　禍を生むかもし

れないならなおさら、近くで監視すべきでは」

「匡、そなたは面白がっているだけだろう」

「おや、ばれていましたか」

双匡は軽快に笏《しゃく》をふりまわす。

「だって最高の素地がととのっているじゃありませんか。皇帝と女帝の玉体《からだ》に眠る亡国の守護神、絶対に結ばれてはならない男と女……煋の建国の歴史ともからんで空前絶後の名《めい》戯劇《しばい》が見られそうな予感がしますよ」

「おまえはなんでも面白がる癖《くせ》をどうにかしろ。金翅鳥の件は洒落《しゃれ》にならねえ話なんだぞ。下手《へた》したら煋が禳焱を失うかもしれないんだ」

陸豹に小突かれても、蚤匡は相変わらずへらへらしている。

「煋の存亡がかかっているからこそ盛りあがるんじゃないか。国か情か、どちらかを捨てねばならないとき、主上はどのような葛藤を見せてくださるんだろうとわくわくするよ。ひょっとするとこれは、九天逐鹿より面白い戯劇になるかもしれないなあ」

「その妄想は予が朋鸞《あれ》に恋情を抱いているという前提がなければなりたたぬぞ」

「抱いていないんですか？」

「いない」

「それは残念至極《しごく》。亡国の王の血をひく男女が共闘して玉座を勝ちとり、禁忌《きんき》の間柄と知りながら互いに惹《ひ》かれあうという劇的な展開を期待していたんですがねえ」

「そなたの期待にはそえぬ。予には色恋にうつつをぬかしている暇などないのだ」

母方の親族がいない黎元は、いまのところ孤立している。

いくら禳焱を自在にあつかえても、百官を従えられなければ天子とはいえない。真の意味で皇帝となるには、有用な梟棊《てごま》を増やし、一日も早く朝廷を掌握《しょうあく》しなければ。

「先行きは険しそうですねえ。なにせ、九天逐鹿とちがって期限がありませんから。十年、二十年、三十年、四十年。幾多の骸《むくろ》を踏みつけながら進む帝王の皇猷《みち》は過酷ですよ。泥道、雪道、獣道、袋小路に落とし穴。やすむこともふりかえることも、助けを求めることも許されず、進みつづけなければならない。天涯《てんのはて》を目指す孤客《たびびと》のごとくに」

「どれほど険しい道のりでも進まねばならぬ。この足で、一歩でも前へ」

泣き言は言えない。死んでいった兄弟たちが、大勢の人びとがそれを許さない。

はじめて龍衣をまとったとき、骨が軋むほどに重く感じた。

その理由がやっとわかった。この衣はおびただしい流血をすすっているのだ。生きられなかった者たちの血潮で染められた衣を龍衣と呼ぶのだ。

燃える血紅《くれない》は命の色、双肩にのしかかるは命の重さ。ゆめゆめ忘れるなと黎元を戒《いまし》めている。おまえは他人の未来を貪《むさぼ》って生きている咎人《とがにん》なのだと。

「太史令双厓に命ず。偽りも虚飾もなく、予の治世をありのままに書き記せ。予が幾人の民を殺し、幾人の民を生かしたか、巨細もらさず竹帛《ちくはく》にあらわすのだ。千年後の人びとが予の帝業《はたらき》に正当な評価を下せるように」

御意《ぎょい》、と首《こうべ》を垂れる双厓を見やったあと、黎元は九天をふりあおいだ。

はらりはらりと舞い散る瓊雨のひとひらをたなうらに受け、力強く握りしめる。満目《みわたすかぎり》を埋めつくしていた殷紅《ふかきくれない》の花は消え、臘月《ろうげつ》の風景が戻ってくる。

はるか彼方《かなた》で輝く日輪に目を細めていると、視界の端で鳥影がひらめいた。

「私は煋という国を見てみたいんだ」

四年前、水娥は狗にそう語った。

「青宮《せいぐう》から……漓《り》国から飛びだして、海内《かいだい》をくまなく旅したい。禳焱が守っている人たちの顔を見て、彼らの声を聞きたい。知りたいんだよ。自分が生まれ落ちた世界のことを」

狗は彼女に共鳴した。そうだ、われらは知らなければならない。この世界に生まれ落ちた理由を、己が生きる意義を。

だから水娥に翼を贈った。死ぬまで皇宮に囚われる狗に代わり、天高く飛べるよう祈りをこめて。

——翔けよ、朋鸞。そなたの心のままに。

煋の城肆《まち》にはいたるところに丹斐鼎《たんひてい》が置かれており、禳焱を見ない場所はない。きっといまもどこかで、彼女の瞳は神威《しんい》の色に染まっている。

京師《みやこ》尞周《りようしゆう》は活気に満ちていた。

冬晴れの都大路は思い思いの花衣《はれぎ》に身を包んだ老若男女であふれ、食べものや縁起ものを売る屋台がひしめき合っている。客を呼ぶ威勢のいい声とともに、炙《あぶ》った豚肉や煮込んだ羊肉、五香《ごこう》をきかせた熱々の羹《あつもの》、からりと揚げた魚、ごまをたっぷり生地に練りこんで焼いた胡餅《こへい》のにおいがあちらこちらからただよってくる。

道々、立ちどまって食べものをつまみ、朋鸞《ほうらん》は新帝即位を祝う人びとを眺めた。だれもみな、あたらしい御代に浮きたち、青天《そら》のようにほがらかな表情だ。

巷口《まちかど》に置かれた丹斐鼎には黒山の人だかりができていた。人びとは物売りから買った木札を禳焱に放りこんで一心に拝んでいる。木札は各地の祠廟《しびよう》で一晩祀《まつ》られたものであり、麟鳳呈祥《りんぽうていしよう》、貴寿無極《きじゆむきよく》などの縁起のいい語句がつらねてある。それを禳焱で燃やせば、願い事は煙となって天にのぼり、上帝《かみ》に祈りが通じると信じられているのだ。

朋鸞も物売りから木札を買い、裏に願い事を書いて禳焱に投じた。糸のように天にのぼっていく煙を見あげ、両の手のひらを合わせる。

　晸《しん》はこれから苦難に見舞われるだろう。うしろ盾を持たぬ皇帝にとって朝廷は難敵だ。忠臣の顔をした奸臣《かんしん》どもが入れかわり立ちかわり晸に忍びより、あるときは甘言を弄し、あるときは讒言《ざんげん》をささやいて晸を惑わそうとするだろう。間断なく仕掛けられる罠を、晸はひとつひとつ攻略していかねばならない。九天逐鹿によって天子の器と認められたくらいだから、朝堂《ちょうどう》に巣くう蠱鬼《こき》どもに後れはとらないと思うが、彼の行く末がすこしでもあかるいものであるようにと祈らずにはいられない。

「偸盗《ぬすっと》だっ！」

　やにわに切羽詰まった大声が喧騒《けんそう》を破った。声のするほうを見やると、ひげ面《づら》の男が人ごみをかきわけて駆けてくる。うしろからは二人組の青年が追いかけてきた。

「そいつが俺の行李《こうり》を盗んだんだ！　捕まえてくれ！」

　蒼白の青年が人波にもまれながら必死で叫ぶ。男がこちらに突進してくるので、朋鸞は鞘《さや》に包まれたままの剣であて身を食らわせた。すかさず足を払って地面にねじ伏せる。男が持っていた行李の口がひらき、じゃらりと銅銭がこぼれ落ちた。

「すまねえな、兄さん。あんがとよ」

「助かったぜ！　馬鹿兄貴のせいで大事な旅費を盗まれるとこだった」

追いついてきた青年たちが鄙《ひな》びた言葉遣いで礼を言った。

「おいっ、だれが馬鹿兄貴だと!?」

「馬鹿だろうがよ！　脊周には偸盗がうようよいるから行李には気をつけてくれよって忠告しただろ。なのに兄貴が食いもんばっか見てぼけっとしてるからこうなるんだぜ！」

「うるせえよ！　もとはといえば、てめえのせいだぞ！　通りすがりの美人に見惚《みと》れて店先の蔬菜籠《やさいかご》をひっくりかえしたのはだれだよ。ふたりして蔬菜拾いしてる隙に、この偸盗野郎が俺の行李を盗みやがったんだ。要するにてめえが悪いんだよ、くそ弟！」

　青年たちが言い争いをしているうちに、男は逃げようとした。朋鸞はもう一度、あて身を食らわせて男の腕をねじりあげる。

「喧嘩はあとにして下吏を呼べ。こいつを突きださないと」

「おうよ！」

「任せとけ！」

　青年たちは飛矢のごとく駆けだしたが、寸刻もしないうちに戻ってきた。

「官衙《やくしょ》はどこだ!?」

　官衙に偸盗を突きだしたあと、立ち去ろうとした朋鸞は青年たちにひきとめられた。

「あんたは俺たちの恩人だ。感謝の印に酒をおごらせてくれ」

礼はいらないと言うのにふたりがあんまりしつこいので、三人で近くの酒楼《しゅろう》に入った。

「へえ、おまえたちは雍《よう》国から来たのか」

朋鸞は耳杯《さかずき》にそそいだ濁酒を豪快にあおった。

「雍国は水郷として有名だな。九王時代からつづく水源が国じゅうを潤し、城肆《まち》のすみずみまで水路がはりめぐらされているとか。水路の水はそのまま飲めるほど清いらしいな」

「兄さん、そいつはずいぶん昔の話だぜ。いまじゃ、ほとんどの水源は干上がっちまって、水路にはきたねえ雨水がときどき流れてるだけさ」

「残ってる水源の水も濁っちまって使いものにならねえ。くさくて飲めねえだけでなく、米が作れねえんだ。どういうわけか、あの水を使うと稲が枯れちまう」

三年前からは疫病が流行《はや》りはじめたという。

「俺の邑《むら》の連中は疫病でみんな死んじまった。しょうがねえから、よそに行こうと思ってぶらぶらしてたら、こいつと会ったんだ」

「俺も邑を出てきたところだったんだよ。もともと親兄弟はいなかったしな」

意気投合したふたりは義兄弟の契りを交わした。

「水が使えないのに、雍王はなんの対策もしていないのか」

「官府《おかみ》はなにもしてくれねえよ。雍王は水源が死んでるってことを朝廷に隠してるらしい。

噂じゃ、朝廷にばれるとまずいことがあるんだってよ」

　雍国の水源に関する悪しき報告は、まったくあがってきていない。

「行くところもねえしよ、どうせなら京師にでも行ってみるかって話になったんだ。新帝がお立ちになる脊周なら、いい仕事にありつけるかもしれねえからな」

「まずは雍国を出るのが大変だった。そこらじゅうで人の出入りを取りしまってて、なかなか出られねえんだよ。下吏どもに捕まりそうになったんで、獣道をとおってきたんだ」

　雍国に問題があることよりも、それが朝廷に報告されていないことのほうが厄介《やっかい》だ。だれかが君主の目や耳をふさいでいる。おそらくは私利私欲のために。

　晴の前に立ちはだかる敵の根城は、禁中だけではない。

「そういえば、まだ名乗ってなかったな」

　朋鸞が考えこんでいると、青年たちはおのがじし溌剌《はつらつ》と名乗った。

「あんたはなんていうんだ？」

　ふたりが目を輝かせて訊いてくる。朋鸞は笑顔で身を乗りだした。

「朱朋鸞だ」

炎盛《えんせい》元年末、献霊帝《けんれいてい》の第六子呂狗《りょこう》は烈帝《れつてい》より禅譲《ぜんじょう》を受けて即位した。
これが神義帝《しんぎてい》である。
主上《しゅじょう》は名を本来の晴《しん》に戻し、字《あざな》を黎元《れいげん》とした。
わが身を黎元《たみくさ》と名づけた帝王の長き治世は、これよりはじまる。

『煋書』　神義帝紀

あとがき

中国史に八王の乱という内乱があります。時代は武帝司馬炎《しばえん》（三国時代に活躍した司馬《しば》懿《い》の孫）が建てた晋《しん》王朝末期。武帝の崩御《ほうぎょ》後、有力な八人の皇族が玉座をめぐって骨肉の争いをくりひろげました。血で血を洗う壮大なお家騒動は晋を滅亡へ導き、やがては激動の五胡十六国《ごこじゅうろっこく》時代が幕をあけることになります。

本作のテーマは天下を狂瀾怒濤《きょうらんどとう》の時代に引きずりこんだ八王の乱です。戦《いくさ》は往々にして権力者や野心家が引き起こすものですが、戦によって被害をこうむるのは玉座とは無縁の民です。あちこちでひっきりなしに戦火があがるので生活はめちゃくちゃですし、毎日、命の危険にさらされます。八王の乱では大勢の民を踏みにじって争った挙句、肝心《かんじん》の王朝そのものが滅びているんですから目も当てられません。

これじゃあ民がかわいそうすぎるな、と小一時間考えて作りだしたのが九天逐鹿《きゅうてんちくろく》という皇位継承制度です。九天逐鹿の戦場は皇宮に限られ、軍兵は使いません。皇子たちは自分の身体と才知を元手に、親族や使用人など、身のまわりにいる人を用いて戦います。九天逐鹿の期間中、政《まつりごと》は女帝が担《にな》いますので民の暮らしは九天逐鹿開始前とさして変わりません。皇子たちが血みどろの争いをくりひろげているあいだ、のんびり畑を耕したり、村のお祭りを楽しんだりしています。民にやさしい八王の乱、それが九天逐鹿です。

しかし、皇子たちとその関係者にはまったくやさしくありませんね。

下敷きにした時代は漢《かん》王朝、とくに前漢です。九王時代は秦《しん》王朝以前をイメージしています。あえて紙が存在しない時代を書こうと思ったので、紙を出していません。実を言えば、前漢の時点で紙自体は存在していたらしいですが。（ただし、文字を書くものとして普及していたわけではない）紙がないとなにかと不便ですね。文書や書物は言うまでもなく、傘は？　扇《おうぎ》は？　紙銭《しせん》は？　といちいち疑問に思って立ちどまりながら書きました。

ところで、最初のほうで豚になってしまった第七皇子定穏《ていおん》と、女帝主催の宴《うたげ》でふるまわれた炮豚《やきぶた》は同一の豚ではありません。釁礼《きんれい》後に逃亡を図って家畜になってしまった人はその姿のままで親族のもとに帰されます。定穏は母にひきとられ、妹たちに可愛がられて（豚として）元気に暮らしています。どうぞご安心ください。

お気づきのかたがいらっしゃると思いますが、蚤匡《そうがい》のモデルはかの有名な司馬遷《しばせん》です。蚤匡が宦官《かんがん》になる経緯など、参考にしています。

本作を書くために『漢書』を勉強しようと思ってすこしばかり読みましたが、王莽伝《おうもうでん》がいちばんのお気に入りです。私は簒奪者《さんだつしゃ》の物語が好きなのです。だれよりもぎらぎらした野心を持つ人間が謀略《ぼうりゃく》の限りを尽くして覇道《はどう》を突き進み、天下で唯一の地位にのぼりつめるけれど、玉座にのぼったとたんに風向きが変わってしまい、ついには自分を怨むすべての人たちから復讐され、悲惨な末路をたどる――その壮絶なドラマが大好物です。

断っておきますが、晴《しん》の今後とは関係ありません。私の趣味について語っただけです。

さて、謝辞に移ります。素晴らしいイラストを描いてくださったアオジマイコさま、プロット作りから根気強くご指導くださった担当さまに心から感謝します。担当さまがいらっしゃらなかったら、『九天に鹿を殺す』というタイトルにはなりませんでした。実を言えば私は、べつの（変なの）を推していたので……。危ないところでした。

こうして自分の作品を本のかたちでお届けできるのは、たくさんのかたがたのおかげだということをひしひしと痛感しております。ほんとうにありがとうございます。

そして拙著《せっちょ》をお手にとってくださった読者のみなさまに心からの感謝を。ろくなことが起きない話ではありますが、楽しんでいただければうれしいです。

はるおかりの

主要参考文献

小竹武夫訳注『漢書』筑摩書房、一九九七年
小竹文夫・小竹武夫訳『史記』筑摩書房、一九九五年
小野沢精一訳注『新釈漢文大系26　書経　下』明治書院、一九八五年
石川忠久訳注『新釈漢文大系112　詩経　下』明治書院、二〇〇〇年
蜂屋邦夫訳注『老子』岩波書店、二〇〇八年
金谷治訳注『論語』岩波書店、一九六三年
小林勝人訳注『孟子』岩波書店、一九六八年
田中佩刀訳『全訳　列子』明徳出版社、二〇一八年
西野広祥・市川宏訳『韓非子　中国の思想1』徳間書店、一九九六年
近藤光男訳『戦国策』講談社、二〇〇五年
町田三郎訳『呂氏春秋』講談社、二〇〇五年

川合康三訳注『文選　詩篇』岩波書店、二〇一八年
竹村亞希子編『「易経」一日一言　人生の大則を知る』致知出版社、二〇〇九年
陳政主編　向井佑介監訳『埋もれた中国古代の海昏侯国』シリーズ、樹立社、二〇一九年
桐本東太『中国古代の民俗と文化』刀水書房、二〇〇四年
小南一郎『古代中国　天命と青銅器』京都大学学術出版会、二〇〇六年
白川静『中国の神話』中央公論新社、一九八〇年
壇上寛『天下と天朝の中国史』岩波書店、二〇一六年
梅原郁『皇帝政治と中国』（白帝社アジア史選書）白帝社、二〇〇三年
笹間良彦・瓜坊進『図説龍とドラゴンの世界』（遊子館歴史選書6）遊子館、二〇〇八年
澤田瑞穂『中国の呪法』平河出版社、一九八四年
張競『中華料理の文化史』筑摩書房、一九九七年
幾喜三月『これから皇帝になる人のはじめての即位』下巻（祭祀）楽史舎、二〇一七年
黄能馥・陳娟娟・黄鋼編著　古田真一監修・翻訳『中国服飾史図鑑　第一巻』国書刊行会、二〇一八年
中国国家文物鑑定委員会編纂　小澤正人監修　今村佳子翻訳『中国文化財図鑑　第三巻　兵器』科学出版社東京、二〇一五年

【初出】青春と読書2019年6月号〜2020年5月号

集英社オレンジ文庫をお買い上げいただき、ありがとうございます。
ご意見・ご感想をお待ちしております。

● あて先
〒101-8050　東京都千代田区一ツ橋2-5-10
集英社オレンジ文庫編集部 気付
はるおかりの先生

九天に鹿を殺す
煋王朝八皇子奇計

集英社
オレンジ文庫

2020年8月25日　第1刷発行

著　者　はるおかりの
発行者　北畠輝幸
発行所　株式会社集英社
〒101-8050東京都千代田区一ツ橋2-5-10
電話【編集部】03-3230-6352
【読者係】03-3230-6080
【販売部】03-3230-6393（書店専用）
印刷所　図書印刷株式会社

※定価はカバーに表示してあります

ISBN 978-4-08-680339-7 C0193